spring

故事之神
恩田陸
十年大作

スプリング

恩田陸——著

緋華璃——譯

目錄

Ⅰ 跳動 005
Ⅱ 萌芽 101
Ⅲ 噴湧 199
Ⅳ 春至 295

I

跳動

「是《二〇〇一太空漫遊》[1]，所以沒有『U』。」

這拼錯了吧？不是「HALU」或「HARU」嗎？當我指著名片反覆詢問時，那傢伙沒頭沒腦地回答。

「什麼？」

我一時半刻無法理解他在說什麼。

「是電影的片名啦。」

那傢伙以見怪不怪的態度接著說。

HAL是取自電影中搭載於太空梭上，與人類為敵的電腦名稱。據說這個名稱是影射當時全球最大的IBM電腦公司、往前各推一個英文字母，在當時好像是很有名的江湖傳聞。

事實上，後來他有一次讓我看他的護照，名字拼音確實是「HAL」，沒有「U」。

不僅如此，那傢伙的姓，也很特別。

起初在工作坊的名單上看到「萬春」這兩個字時，還以為該不會是中國人吧？後來聽到他自我介紹：「我姓萬（Yorozu），單名春（Hal）。」總算把文字與姓名連起來了。

客座講師艾瑞克問他的名字是什麼意思（艾瑞克習慣問大家的名字是什麼意思），那傢伙回答：「Ten thousand springs.」艾瑞克瞪大雙眼，似乎很喜歡這個解釋：「好棒的名字。」

大家都很親暱地直接喊他下面的名字。喊習慣了以後，叫起來倒也很順口。

艾瑞克都喊他「HAL」，可想而知，他腦海中的拼音肯定是英文字母「HAL」。李察是法國人，似乎不太擅長H的發音，所以喊他「AL」。其他人則用平假名拉長音的「はる～」

喊他「春」。而我則是以片假名喊他。在我心裡，那傢伙的「春」是片假名的「ハル」[2]。

沒錯。人的一生頂多只能迎來一百個春天，那傢伙的名字卻有一萬個春天。而且除了教他跳芭蕾舞的啟蒙老師以外，我大概是第一個發現那傢伙在名字之外還有什麼天賦異秉的人。

當然，工作坊的老師也很快就注意到了，但我比老師們早一步遇見他，所以給我發現者的稱號也不為過吧。

其他人都說那傢伙「不起眼」，但我從一開始就注意到他了。

名為工作坊，實為試鏡。有潛力的學生若能從這裡脫穎而出，就能（有機會）獲選去海外的芭蕾舞學校留學，過去也有幾個學生就這樣鯉魚躍龍門地成為巨星。以前任何人都能參加這個工作坊，近年甚至出現了專為能參加工作坊而設計的訓練課程（也等於是實質上的試鏡）。

參加大型比賽得到名次，進而得到海外知名芭蕾舞學校入學許可的方式，變得家喻戶曉，世界各地的芭蕾舞團永遠在尋找巨星的原石，也透過其他各種不同的管道挖掘舞者。

我其實也偷偷地瞄準了這些管道。參加比賽的確能學到很多東西，或許也是很好的經驗，但如果目的是進入海外的芭蕾舞團，老實說我還是想以最短的途徑進入好的芭蕾舞學校，成為專業舞者。

舞者可以在舞台上綻放的花期很短，包括父母在內，老師們也經常把這句話掛在嘴邊。從

---

1 一九六八年由史丹利·庫柏力克執導的美國科幻電影。

2 平假名「はる」和片假名「ハル」的日文發音都一樣。

小看著前輩們潮起潮落，我早已深刻地體認到這一點。

事實上，我已經透過推薦得到參加工作坊的門票，但仍自告奮勇地報名相當於海選的訓練課程。因為我想知道來自全國各地的學生水準如何，如果連海選都無法突破，也別想在工作坊雀屏中選了。

人同此心，心同此理，參加訓練課程的人數相當驚人，我充分感受到近年來跳芭蕾的男性人口與日俱增。有些是剛進入發育期的孩子，也有相當大的比例是立志成為專業舞者的人。

一看就知道哪些是立志成為專業舞者的人。

因為這些人都鬼鬼祟祟地打量著其他學生，從眼神中可以看出他們試圖窺探什麼、並收穫些什麼。

身為舞者的力量、作為舞者的可能性、是否會成為自己的競爭對手？

觀察是舞者的天性，就跟工作沒兩樣。自小就得從頭到腳打量鏡子裡的自己，不得有一絲遺漏。觀察老師的指尖、腳尖、表情、編舞師的動作，以及其他舞者。

觀察。凝視。望穿。看透。

但凡有點本事的舞者，單是一點細微的動作，立刻就能看出對方有多少斤兩。戰鬥已經開始了，每個人心裡都有一張名單，列出誰是必須重點觀察的對象。如果有人記動作記得很快，會不動聲色地將他放到心裡的名單。跳舞時一面觀察那些能擺出有如範本的姿勢、動作很漂亮的人，還能了解對方與自己的差距，更容易產生具體的印象。

哈哈哈，這些人都想當專業舞者啊。

正當我邊想邊在腦海中觀察時——

咦？

突然，視角一隅有股異樣的感覺，來自左後方。

怎麼回事？

很難用言語形容那股異樣的感覺。

具有某種不同的質感，跟周圍不太一樣。我從左後方察覺到這樣的存在。

回頭看。

那傢伙就站在我的左後方。

真不可思議，明明還有一籮筐的參加者，我卻一眼就找到站在會場最後一排的他。

當他的身影猛然映入眼簾時，不知道為什麼，看起來比周圍更濃墨重彩一些。

後來我多次試著反芻當時的記憶。回憶中，那一刻其他人的顏色看起來都帶著淡淡的灰，只有那傢伙特別黑，像是用炭筆快速勾勒的素描，輪廓異常分明。

那傢伙給人瘦瘦高高的印象。

但絕不是柔弱無骨，他的站姿就像柔韌的彈簧。儘管還在發育，卻是已經配合他那個年紀能鍛鍊到的身體最佳狀態。

頭很小，脖子和手臂、膝蓋以下很修長，比例很好，是受到上天眷顧的身材。個子也夠高，只比我矮一點點，至少有一七七、一七八公分吧。不只，說不定更高，只是因為臉太小，才給人感覺只有一七七、一七八左右。

而且他還會再長吧。因為我已經超過一百八了，也還在長高。

我們大概一樣大。就算不同年，頂多只差一歲。

頭髮柔順漆黑，有點長，不知道是不是故意留長的。眉清目秀，側臉很好看。

不過，我是後來才看清楚那傢伙長什麼樣子，因為身高長相並不是我第一眼發現那傢伙時，對他印象深刻的原因。

是別的要素讓我產生異樣的感覺。回頭看——

是那傢伙的眼神。

他也在看。

屏氣凝神地睜大雙眼，看著眼前初出茅廬的舞者。

看到那傢伙的眼神時，不曉得為什麼，我非常震驚。說頭皮發麻也不為過。

同時，直覺告訴我，他看的並不是這群舞者。

那傢伙的視線確實望向這群舞者——舞者也確實落在他的視線範圍內。但我總覺得他的視線並非落在舞者身上，而是透過這群人在看別的東西。

該怎麼形容那傢伙奇妙的視線呢？

每次有人問我關於那傢伙的問題時，我好幾次都想訴諸言語，但直到現在仍無法好好解釋，只能「嗯……」地陷入沉思。

好比說，我也會觀察別的舞者。當然一次只會觀察一位，觀察他或她的動作，觀察細節，以推測其跳舞的技巧或舞蹈的流派。如果對方是自己的舞伴，還會觀察得更仔細，像是姿勢定格的氣息長度、樂句的間隔、動作的習慣……諸如此類，好掌握舞蹈在節奏上的特徵。

總而言之，視線會集中在一個人身上，盯著那個人看。

但，那傢伙並非如此。

他的視線不怎麼移動。偶爾也會盯著某個人看，但基本上只是凝視著周圍全體。等等，那種視線該說是「看」嗎？硬要說的話，比較像是「感受」整體的氛圍。

而且他同時也在思考。

感覺他一邊靜靜地看著四周，同時也在拚命地思考。

好奇怪的人呀。

我是這麼想的。

後來當我們開始交談，變得比較熟了以後，我第一個問他的問題便是——

「你平常到底在看什麼？」

「咦？」

那傢伙露出非常驚訝的表情，說是驚慌失措也不為過。我猜那是我第一次，也是最後一次看到他那麼慌亂的表情。

「不，沒有，我沒有在看什麼。」

那傢伙支支吾吾地把話吞回去。

「才怪，少跟我打馬虎眼。」

我繼續追問：

「你總是兩眼發直地看著什麼吧？感覺你看的東西跟我們不太一樣。」

聽我說到這裡，那傢伙愣了一下，噤口不言。

我緊迫盯人地繼續問：

「話說回來，你在想什麼？你總是靜靜地看著什麼，陷入沉思。」

我無論如何都想知道答案，因為我對他很感興趣。
「真傷腦筋。」
那傢伙用力地抓亂了頭髮。我忍不住看著他的手，看到出神。好美的手指，撥頭髮的動作也像在演默劇。
「你是第一個問我這種問題的人。」
他的視線在半空中游移：
「怎麼說呢？或許我是在看——」
他以困惑的表情看著我。

把桿練習開始後，每個人的力量、格局會立刻顯現出來。
如同字面上的意思，會從內側開始釋放某種光芒，只有那裡看起來特別亮。
我站在可以看到那個「怪傢伙」的位置。
然後我馬上明白了，那傢伙也立志成為專業舞者。因為從動作可以清清楚楚地看出來，他具有高度的體能與技巧。
可是另一方面，他果然很奇怪。
他經常會不解地微微側著頭。我本來還以為莫非有什麼動作做得不夠完美，但他的軸心很穩，肩膀和膝蓋也很有彈性，看在旁人眼中，姿勢標準得令人著迷。
又或者是他偶爾會望向莫名其妙的方向，像是天花板，或是旁邊。而且非常唐突，所以講師的視線有時候也會被他帶跑。

絕不是注意力散漫，毋寧說正好相反。

專心跳舞的人，看起來會有種下沉的感覺。並不是動作遲滯沉重，而是自帶向心力，吸引周圍空氣中的能量，給人一種質量俱增的感覺。

那傢伙也有這樣的向心力。

光是慢慢地活動身體，所有人的目光就集中在他身上，空氣彷彿源源不絕地被吸進他體內。

看得出來講師也對他另眼相看。

艾瑞克露出不可思議的表情，站在他旁邊，不知跟他說什麼。

那傢伙點點頭，重心放得更低一點。

艾瑞克把手輕輕地放在他背上，又說了些什麼，稍微側著頭，貌似淺淺一笑。

我感覺自己彷彿能聽見艾瑞克那一刻的聲音。

「好有趣的孩子啊。」

「就是說啊。」我在心裡附和艾瑞克的心聲。

這傢伙很怪吧。

當然我也很專心在自己的動作上。因為我一定要參加工作坊，一定要從工作坊更上一層樓，進入下一階段的芭蕾舞學校。

準備得滴水不漏，我一直這樣實事求是、不屈不撓地擬訂長期計畫。我控制好自己的全身，將上天賦予我的條件發揮到淋漓盡致。

我知道喔——艾瑞克心領神會地莞爾一笑，轉身走到我旁邊，對我說：「JUN^3，good.」

但他的表情隨即換上銳利的目光。

他的目光由上到下掃射我全身，彷彿在掂量我身為舞者的可能性。

「給我一個機會，我想進入你的芭蕾舞學校，以及你的芭蕾舞團。」

我在心裡向艾瑞克請求。

事實上，我和艾瑞克並不是第一次見面。他認識我爸媽，以前也來過我們家的芭蕾舞教室教課。上次見到他的時候，我還很小，當時他也問我：「你的名字是什麼意思？」我應該是用結結巴巴的英語回答：「Pure.」

練習淡淡地進行，從頭到尾都是基本動作。

這個會場到底有幾個人呢？光是男生班就分成一天兩班，可見男生就有將近八十個人。

除此之外還有幾個引人注意的學生，但最令我印象深刻的還是那傢伙。

可想而知，那傢伙也進了工作坊。

當然，我也是。

至今仍偶爾會想起。

當時他那驚慌失措的表情，抓亂了頭髮時美麗的手指。

「怎麼說呢？或許我是在看——」

以及如此說時，不偏不倚地看著我的那雙眼。

這時，我第一次發現。

那傢伙的眼睛是有點不可思議的顏色。

「你在看什麼？」
那傢伙只是呆滯地張開嘴巴，遲遲不往下說。我有點失去耐心，用不耐煩的聲音追問。
於是那傢伙歪著腦袋，天真無邪地回答：
「這個世界的形狀……吧。」

那傢伙喜歡寫生。
總是隨身帶著灰色的素描本，我還記得他利用休息和自由時間，邊哼歌邊運筆的模樣。
「春，你在畫什麼？」
想當然，大家都好奇地從那傢伙背後偷看他的素描本。
可是下一瞬間，大家都露出「？」的表情。
那傢伙確實屢屢抬頭，貌似「看著」什麼在「寫生」，但他筆下的畫與眼前的景色一點關係也沒有，所以大家都很疑惑。
我也不討厭畫圖。在聽師長耳提面命「要培養美感」、「要增進教養」前，就很喜歡上美術課，也深受展覽會、服裝秀、電影及戲劇等吸引。但唯獨拿一種藝術沒轍，就是所謂的抽象畫。
第一次看到畢卡索的畫時，我的想法是「怎麼畫得這麼爛」。

3 「純」的日文發音。

〈格爾尼卡〉[4]看得我一頭霧水，〈哭泣的女人〉[5]更是莫名其妙。

不過，現在我明白了。那幅〈哭泣的女人〉非但不抽象，簡直再「寫實」不過。把一開始故意哭給男人看，哭著哭著開始自我陶醉起來，最後忘記原本的目的，呼天搶地的女人——或許該說是將模特兒的心情變化與時間經過，都濃縮在一幅畫裡。畢卡索果然是天才，令人好生佩服。

可惜當時我不喜歡那種畫，所以看到那傢伙的素描本時也傻眼了一下。

因為他只畫了線條和類似圖形的東西。

一幅畫只有許多大小不一、指著各種方向的箭頭，另一幅畫則畫了層層疊疊的三角形和四邊形。雖然偶爾也有樹枝或大樓窗戶那種「寫實」的東西（這種畫倒是描繪得非常細膩且正確），也有活像阿米巴原蟲的圖案、塗黑的漩渦線條，或是數字或文章，但與寫實八竿子也打不著邊的東西占了絕大多數。

就算要他解釋，也得不到像樣的回答；即使他真的解釋了，大概也聽不懂他在講什麼。漸漸地，我只覺得「春又在畫莫名其妙的東西了」。

就像讓小孩子畫圖，他們會把自己感興趣的東西畫得大一點，才不管與其他物體的比例。在孩子眼中，有興趣的東西想必就是那麼大吧。

經常覺得月色很美，拍下來一看卻發現照片中的月亮遠比目視的月亮還要小，這點總讓我感到不可思議。明明四周的風景都跟看到的一樣大，只有月亮特別小。

人只看見自己想看的東西，而且會主動強調自己感興趣的東西。

所以他大概真的看到自己筆下那些「莫名其妙的東西」了。

從這點來看，我認為那傢伙回答「這個世界的形狀」，既沒有說謊，也不是信口開河。儘管不是一般年僅十四、五歲的小鬼有辦法說出口的台詞，但那傢伙老實地回答了我的問題。

工作坊一共五天。

只有五天。長達五天。

我只知道一件事，五天就足以讓講師判斷學生的實力與可能性了。

男生班有二十三人參加工作坊，從十三歲到十八歲，精銳盡出。代表艾瑞克等人認為，這二十三人或許有資格就讀他們的芭蕾舞學校。

看到參加的成員時，我有些意外，因為有幾個明顯想成為專業舞者又有技巧的人不見了。其中不乏在國內的比賽得過獎，我也聽過名字的人。

也有可能已經拿到門票，卻因為某些因素主動退出。但老師們在意的點到底是什麼呢？我不免有些不安。因為就算技巧再高超，也不見得能被選上。

剩下的成員中，當然不乏技巧令人驚艷的，但是真要說的話，也有很多還怯生生地、尚未經過打磨的原石。

4　畢卡索最著名的作品之一，描繪了經受炸彈蹂躪之後的格爾尼卡城。

5　畢卡索於一九三七年創作的油畫作品。畫中的人物朵拉．瑪爾，與畢卡索相識時是一名專業攝影師，後來成為畢卡索的情婦。

「只要能好好成長就行了，不由我來教也無妨。」

過了很久很久以後我才問艾瑞克，工作坊的選人標準是什麼。他毫不掩飾地如此回答。

「咦？你是說我沒有好好地成長嗎？」

我反問。艾瑞克苦笑著猛搖手：「不不不。

「抱歉，不怕老實告訴你，我舉辦試鏡是為了我自己。我的選人標準只有我想培養這個孩子，教這個孩子會很開心、很有趣。如果我覺得這孩子身上沒有我可以提供建議的地方、真沒意思……我就不會選他。」

說得一派輕鬆，但仔細想想其實很殘酷。

「那李察呢？」

我繼續追問。艾瑞克又苦笑著猛搖手：

「那傢伙跟我完全不一樣。他很認真地思考芭蕾舞團的未來，甚至還想到未來十年後的遠景，所以腦海中隨時有一張芭蕾舞團需要的舞者形象清單。再從那張清單反過來推敲，選擇將來能成長為那種舞者的孩子。所以我們經常僵持不下，要找到能同時符合雙方要求的孩子可不是一件容易的事。」

「這也很誇張呢。」我深感佩服。

「就像大聯盟那樣。」艾瑞克補上一句充滿美式風格的說明：

「這就是補充與補強的不同。補充是用高到不合理的簽約金，挖角別人家的明星球員；補強則是從長遠的角度，招募真正能對球隊做出貢獻的人才，像是鈴木一朗那種人。而李察總是把補強放在第一位。」

「原來如此。」我點頭如搗蒜。

沒有架子、溝通能力很強、被學生們視為兄長般仰慕的艾瑞克，與永遠往後退一步、客觀地觀察一切，不苟言笑，總是冷靜提供建議的李察，簡直像是出現在連續劇裡的「好警察與壞警察」。

如果說艾瑞克徹底扮演著鼓勵學生、讓學生自由成長的白臉，李察就是有憑有據地嚴厲指出學生缺點及需要改善之處的黑臉。李察很少——不，嚴格來說是從來沒有稱讚過我。

啊，不對，只有一次。

我記得是芭蕾舞學校的畢業公演時。

「你不管做什麼，都能讓一切變成你的亮點呢。」

彩排結束後，李察自言自語似的輕聲說道。

我倏地停下腳步，窺探李察的表情。

咦，等等，他是在稱讚我嗎？李察剛才肯定了我嗎？「李察李察，你是在讚美我吧？」

見我興奮得手舞足蹈，李察頓時露出「糟了」的表情，隨即恢復成平常嚴肅的神色說：

「JUN，活潑開朗和初生之犢不畏虎是你的優點，但有時候會讓你顯得很蠢很幼稚喔。」

居然說我蠢，連我爸媽都沒這樣說過我，好過分。

總之，那年真的好快樂。

艾瑞克想起什麼似的笑瞇了雙眼。

「JUN 和 HAL 都在呢。最不可思議的是，你們不是單獨出現，而是同時出現。」

「這有什麼好不可思議的？」

我反問。艾瑞克轉了轉眼珠子回答：「你們兩個都是有趣的孩子。

「上天安排？命中注定？要怎麼形容都可以。我猜你們大概遲早都會出現在我面前，但兩人同時出現，這裡頭肯定有什麼意義。」

有什麼意義？

我不解地反問：「我們只是剛好同年參加同一個工作坊、進入同一所芭蕾舞學校，能有什麼意義？」

艾瑞克將雙手的食指相抵。

「你們既然已經在這裡相遇了，就算彼此沒有意識到，冥冥中肯定有什麼力量在運作。因為對方已經出現在眼前了，自然無法視而不見吧。這大概是上天事先安排好的互補關係。」

「互補關係啊？不是競爭對手嗎？」

我不服氣地大聲反駁。

「嗯，我不覺得你們是競爭對手喔。就連互補關係這個詞，也是剛才靈機一動突然想到，應該還有其他更貼切的形容。互為對照嗎？但又不是。」

艾瑞克仰頭苦思。

「可是我又沒有跟春搭擋過。」

艾瑞克搖搖食指。

「不，你們合作過一次《雅努斯》吧。」

冷不防，站在幽暗舞台上的感覺在腦海中甦醒。須臾不離，安靜、危險、濃密的氣息，如影隨形地緊貼在我背後——

「啊，對耶。但就只有那麼一次。」

我回過神來，慌張地回答。

《雅努斯》。

由那傢伙編舞，和我一起跳的雙人舞。

雅努斯是羅馬神話中，前後各有一張臉的門神。因此我們從頭到尾都沒有正面瞧過對方的臉，必須一直背對背，是一支很難的舞。

如影隨形地緊貼在我背後——

「我叫萬春。」

這傢伙是日本人嗎？好奇特的姓啊。

工作坊第一天的自我介紹，那傢伙的長相與名字對上了。

名牌寫的也是「HAL」，心想是不是拼錯了，卻又聽見艾瑞克被「Ten thousand springs」逗得哈哈大笑。注意力隨即被下一個自我介紹的人拉走。

「我叫棚田誠。」

老實說，那傢伙不會激起我的競爭意識。讓我視為競爭對手的，是風格雷同的舞者。

也就是棚田誠這種人。

我也認識他，因為我爸媽認識他爸媽。

他比我大一歲，是大阪某大型芭蕾舞教室的學生。他的父母也開了一間芭蕾舞教室，所以從小就一頭栽進芭蕾舞的世界。天賦與努力兼具，長相與身材都挑不出毛病，屬於正統派的王

子型。換句話說，很有可能是將來跟我在同一個賽道上競爭的舞者。

大概只有認真與性格好，這兩點沒有跟我撞型，比較適合扮演多愁善感的王子。但我也是有很多煩惱的青少年。

「誠，你的名字是什麼意思？」

艾瑞克問道。

「Honesty.」

誠有些害羞地回答。

我腦海中立刻響起比利．喬的歌曲。

「Such a lonely word」6，從他一臉害羞仍努力回答的樣子，可以看出他的性格真的非常好。艾瑞克大概也有同感，但不知是否想對誠的「Honesty」表示敬意，只是微笑頷首。

這時的李察依舊板著一張臉，抱著胳膊，站在艾瑞克旁邊看大家自我介紹。

大家也都很忌憚李察的存在感與壓迫感，但仍專心地自我介紹並回答艾瑞克的問題。

自我介紹依然繼續下去。

事過境遷再回頭看，就算不是艾瑞克，我也覺得那一年參加工作坊的人都很「有趣」。

那年只有我和那傢伙可以去艾瑞克的芭蕾舞學校，但誠和高志後來在洛桑7得獎。除此之外也有很多人在國內外成為專業舞者。

高志當時剛滿十四歲，個頭嬌小。

眼睛圓滾滾地，很討人喜歡，最令人印象深刻的是刺蝟般的頭髮，既跟山豬一樣，又像鬃刷，也像恐怖電影裡尖叫時會全部豎起來的奇特髮型。

「高志，你那顆頭是怎麼弄的？」

「你去剪頭髮的時候都怎麼跟美髮師說？」

我和那傢伙都覺得很不可思議，請他讓我們摸他的頭髮。明明沒有塗抹任何髮膠之類的東西，卻硬邦邦地很扎手，忍不住把手縮回來。

那頭硬邦邦的頭髮似乎令他很苦惱。

比起頭髮，高志之所以令人印象深刻，是因為風格強烈的自我介紹。

「我叫松永高志。」

高志立正站好，如應援團[8]團長般大聲說道。個子明明很矮，聲音卻很宏亮。這種體育社團的態度（他也確實參加過國中的應援團），在芭蕾舞的世界實屬罕見。

「好有活力啊。」

艾瑞克笑咪咪地說。

「你的名字是什麼意思？」

高志依舊立正站好，正經八百地大聲回答：

---

6 Honesty is such a lonely word 是美國歌手比利．喬的代表作之一〈Honesty〉的歌詞。

7 洛桑國際芭蕾舞大賽，對於十五至十八歲、沒有舞團合約的學生來說是非常重要的賽事，每年在瑞士的洛桑舉行，是年輕舞者爭取獎學金、嶄露頭角的跳板。

8 日本體育文化的一種啦啦隊制度，以大聲吆喝或帶動場上氣氛的方式為支持的社團打氣。

「啵意思——嗶——安嗶瞎斯。」
「啥意思？」
所有人都聽得目瞪口呆。
後來才知道。艾瑞克請學生用英文解釋自己的名字，在業界早已是公開的祕密，所以高志提前預習了。
他來自札幌，因此不難想像，從名字「高志」聯想到舊札幌農業學校的克拉克博士那句最有名的台詞「少年啊，要胸懷大志」[9]。
只是沒想到他會原封不動地拿來用。
而且他說的還不是「Boys be ambitious」，而是直接用日文發音成「啵意思——嗶——安嗶瞎斯」。
艾瑞克與李察面面相覷。這時，身兼日文翻譯與課堂助理的女性跑進來，強忍著笑意翻譯並解釋給艾瑞克和李察聽。
高志依舊動也不動，嘴巴抿成一條線，但似乎也發現自己「該不會說了什麼奇怪的話吧？」臉頰逐漸染上一抹紅暈。
他的樣子實在太老實了，再加上發音也太日式，我忍不住大笑。
艾瑞克和李察瞠目結舌地聽完翻譯解釋，又互看了一眼。
那是我第一次看到李察臉上浮現笑意。但他馬上就忍住了，背對我們，肩膀微微抖動。
艾瑞克則完全控制不住，從聲帶發出「噗！」的一聲，抱著肚子笑得前仰後合。「捧腹大笑」就是指他這種狀態。

我告訴自己，一定要記下來，將來呈現當代舞的肢體動作時可以派上用場。

話說回來，能成為傳說的舞者，都有足以象徵自己的姿勢，塑造出深入人心的形象。像是尼金斯基在《牧神的午後》[10]，指尖並攏朝向前方站立的姿勢。像是豪爾赫·唐恩在《波麗露》[11]，宛如屈膝動作般怡然自得、行雲流水的姿勢。像是西薇·姬蘭[12]那個也用於高級手錶的廣告，人稱「六點鐘方向」的抬腿動作；顧名思義是舉起一條腿、與踩在地上的那條腿呈一百八十度，名符其實地指向六點鐘方向……等諸如此類的姿勢。

即使不是這些名留青史的舞者，每次想起身邊或熟識的舞者，不知怎地，腦海中總會浮現出相同的姿勢。

---

9 此處的克拉克博士是指威廉·史密斯·克拉克，受日本政府之邀前往札幌農業學校任教，「少年啊，要胸懷大志」（boys be ambitious）是他任期屆滿離開日本時，留給前來送行的學生的臨別寄語。札幌農業學校即為現在的北海道大學。

10 瓦斯拉夫·弗米契·尼金斯基是波蘭裔俄羅斯芭蕾舞者和編舞家，以非凡的舞蹈技巧及對角色刻畫的深度而聞名。《牧神的午後》是根據法國詩人斯特凡·馬拉美的詩作所創作的芭蕾舞劇。

11 豪爾赫·唐恩是洛桑貝嘉芭蕾舞團的標誌性舞者。《波麗露》是法國作曲家莫里斯·拉威爾最後一部舞曲作品，創作於一九二八年。

12 法國芭蕾舞演員，十九歲即成為巴黎歌劇院芭蕾舞團的首席。

至於那傢伙，想起他時，最先浮現在腦海中的，莫過於他說「這個世界的形狀」時、稍微歪著腦袋的姿勢。

那大概是他的習慣吧。後來在他編排的舞蹈動作裡，也經常出現這個姿勢。

彷彿要抱住自己的身體，左手放在右邊的鎖骨上，有點失去平衡地傾斜身體，稍微向後仰，貌似要抬起下巴側著頭。

他好像說過，把手放在鎖骨上是取自《去年在馬倫巴》[13]女主角的姿勢。或許是因為自己的名字跟電影有關，那傢伙對電影也非常有研究。

還有一個動作，用雙手夾住臉頰，像是要撐住下巴的姿勢，也令我印象深刻。這個夾住臉頰、上下左右移動的舞蹈動作，我看過好幾次。看起來像是要戴上面具，也像是要摘下面具。

那個動作，每次都令我驚艷於他那修長柔美的手指。

應該沒有人能不被他用力夾住臉頰到泛白的手指吸引住目光吧。

當初被他撥頭髮的動作搞得神魂顛倒，也是因為手指。

指尖是舞者非常重要的配件，那傢伙的手明明很大，卻一點也不粗獷，而是非常光滑細緻，讓人聯想到「水晶魚」。

總之指甲的形狀非常漂亮——我們家對化妝品很有研究的妹妹是這麼說的。事實上，那傢伙後來真的為法國的高級化妝品拍了指甲油廣告。我還記得第一次看到那支廣告時，就覺得這手指好長好美，想著我是不是在哪裡見過？

「那是春哥啦。居然看上春哥的指甲，真不愧是＊＊＊品牌。」我妹興奮地說。

那支廣告的評價非常好，至今還能在網路上看到。那傢伙穿著祖母綠的服裝跳舞（感覺上好像是以海王星為設計概念的商品），鏡頭不時停格在他的手指上拍特寫，非常有品味，就像佛像結手印，很神祕。指尖的每一個動作都美極了，塗上冷色系漸層的指甲，不時閃爍著妖異的光芒。

妹妹甚至心醉神迷地嘆息：「就連女生也很少看到這麼漂亮的橢圓形、這麼適合擦指甲油的手指呢。」

我看了看自己的手，大概跟他一樣大、一樣長，但我的手指節崢嶸，指甲呈正方形，一眼就能看出面積太大。就連走王子路線的我，至今也不得不對他的手指另眼相看。

沒錯，那傢伙很中性——說得更具體一點，大概同時具有兩種性別的特徵。或許是這樣才能拍攝指甲油的廣告，也或許是這樣才會被形容成佛像。（佛像既不是男人也不是女人吧？）

順帶一提，看到奈良中宮寺的菩薩半跏思惟像[14]時，我第一個想到的就是氛圍跟春好像。身體微微前傾，臉上浮現出柔和的微笑，令人感覺如沐春風，充滿包容力。

話說回來，佛像本身就是信仰或念想的形狀具體成形之後的結果。所以與他正在尋找「這

---

13 法國導演亞倫．雷奈執導的電影，於一九六一年上映，獲得威尼斯影展金獅獎。

14 結合半跏坐姿和思惟相的悉達多太子或彌勒菩薩像。一般左足支地、右腿盤起橫放在左大腿上（半跏坐），以手支頤呈現出思索的狀態。

個世界的形狀」，或許有著異曲同工之妙。

話雖如此，我對那傢伙的印象不見得與其他人對他的印象一樣。

具有雌雄同體的氣質，意味著兩種角色都能勝任愉快。那傢伙長得人高馬大，只要有心詮釋，也能赤裸裸地展現出野性的味道。既能詮釋正統派的王子，也能扮演好個性化的舞蹈角色，遊刃有餘。反過來說，因為演什麼像什麼，故也能詮釋鬱鬱不得志的角色。

直到現在，說到那傢伙的姿態，我記得的都是他剛開始正式編舞時編的那些動作。

也就是說，現在每當我想起那傢伙，時間一定會倒流回那時候——工作坊的那五天，和「這個世界的形狀」。

直到現在，我都還記得很清楚。在工作坊看到他，我放下心中大石的同時，競爭意識也源源不絕地湧上心頭。

自我介紹結束（艾瑞克終於止住笑了），重新開始把桿練習。

好幾排等間隔的把桿。

沿著牆壁圍成一圈的學生開始動起來。

我找尋可以同時看到棚田誠和那傢伙的位置，因為我已經鎖定這兩個人了。

每個人喜歡的位置不一樣，這點很有意思。

老師都說這時候應該積極向前，而且不管站在哪裡，都必須把那裡變成自己的主場才行。

但其實還是有一站上去就覺得舒服自在的地方。

反正跳得好的人，不管站在哪裡都是眾所矚目的焦點，跳著跳著，自己就會發光。

棚田誠似乎喜歡第一排的最左邊，他參加工作坊之前的試鏡也站在那一帶。

那傢伙則總是站在最後面的正中央。從我第一眼注意到他之後，基本上都沒有換過位置。看在老師眼中，大概會認為他個性不夠積極吧，但我總覺得那是因為他喜歡站在可以看到所有人的地方。

而我喜歡的位置其實是「正中央」。我的個子很高，雖然覺得站在正中央對後面的人不好意思，但我就是喜歡正中央。不管從哪個角度看過來的正中央，那裡最能使我身心安頓。

喜歡正中央的我，可以看到棚田誠，但這麼一來就看不到那傢伙了，傷腦筋。當然，只要看前面的鏡子還是能看到他，但我不想從鏡子裡看，我希望一眼就能看到他們兩個。

第一天站在哪裡，很容易到最後一天都站在同一個位置，所以我很猶豫，但如果那傢伙執意要站在最後一排，我再怎麼努力也只能站在他旁邊，一樣看不到。既然如此，我還是選擇自己喜歡的正中央。那傢伙雖然站在最後一排，幸好不是正中央，所以還是能從鏡子裡看到他的舞姿。

我當然很清楚跳舞的時候不應該看別人，要專注於自己的舞蹈，但我單純只是喜歡看別人跳舞，尤其是風格與自己不同的人、動作很有魅力的舞者跳的舞。

舞者的魅力。

我從剛開始跳舞，就一直在思考這個問題。

有人明明長得很好看，也有足夠的技巧，為什麼無法吸引別人的眼光呢？

相反地，也有沒什麼了不起的技巧、長得也不怎麼樣的人，為什麼目光卻無法從他身上移開？

到底是舞蹈中的什麼吸引住別人的目光，讓人捨不得撇開視線呢？

我從小就在父母的舞蹈教室見過各式各樣的學生，從還不太會跳舞的時候開始，這個疑問就一直盤踞在我腦海。

總之我先從模仿開始，研究自己認為魅力十足的舞者動作。眾所周知，模仿別人需要一定程度的技巧與觀察力，我在這一點可以說是天才（這句話可不是我說的，所以絕不是老王賣瓜、自賣自誇。這是老師說的，別誤會了）。

我從一開始就會跳舞了，也從一開始就會模仿了。

這點令父母非常擔心。因為一旦學會，小孩子很容易三分鐘熱度，疏於基礎練習。

因此，他們雖然也會稱讚我，但基本上還是恩威並施，非常嚴厲，近乎執拗地為我打下基礎。針對我的性格和心態，也苦口婆心地諄諄教誨，像是「你這孩子有點不知天高地厚，容易得意忘形，所以要格外小心」云云。

沒錯，李察也說過同樣的話，我的確有些不知天高地厚，但其實非常小心謹慎。我從小就有自覺，不知天高地厚其實是為了讓自己放鬆，或者是為了激勵自己而演出來的。我知道藉由誇大這個部分，可以讓自己看起來更強大、更容易親近。

父母和老師其實早就看出來了，仍故意「陪」我演戲，這點我們彼此都心知肚明。

因此工作坊的第一天，我非常幸福。身邊有各種不同類型，各具魅力、年紀跟我差不多的舞者，我快樂極了。

另一方面，每個人全身上下都有隱藏不住，壓抑著緊張、不安、鬥志、興奮的熱氣，導致會場充滿各式各樣的空氣，忽而劍拔弩張，忽而又令人心潮澎湃。

艾瑞克與李察一臉雲淡風輕地看著這一切。

靜靜地開始把桿練習。

站直。呼吸。伸展。延伸。

我很喜歡這個瞬間。感覺體內好像有一條繃緊的線，充滿靜謐的光芒。

我也很喜歡被看，喜歡自己成為值得被看的存在。喜歡自己活在眾人的注視下。喜歡包圍著自己的世界好像倒過來，內臟彷彿反過來包圍這個世界的瞬間。

那一刻，我覺得好幸福。

專心感受幸福的同時，我一面觀察四周的舞者。

這也是一種練習。舞台不是一個人能成就的作品，必須隨時留意共舞的人的動作及彼此之間的距離感。

這時映入眼簾的果然還是棚田誠。

這個男人的緊張與自信都恰到好處，而且看得出來隨時間經過，寧靜致遠的自信將贏過緊張。

越看越覺得不偏不倚的強大軸心，與打好基礎的每個姿勢，都美得令人移不開眼睛。

嗯，真不了起，我在內心念念有詞。

另一個舞進我眼簾的是松永高志，那個大喊「啵意思——嗶——安嗶睹斯」的傢伙。

他就在我的斜前方。

哦，這傢伙的運動神經很好呢。

動作很俐落，彈性絕佳，所以輪廓極為清晰。大概跑得很快，跳得也很高吧。

原來如此，「胸懷大志」不只是說說而已。這傢伙也要盯緊——我提醒自己。

這時——我又覺得肩膀那邊有股奇妙的感覺。

似曾相識的感覺。上次試鏡的時候，也有過這種感覺。

有什麼奇怪的東西在我背後，或者是有什麼奇怪的人在我背後——

我從鏡中望向自己身後。

與對方在鏡子裡對上眼。

雖然早就預料到了，果然是那傢伙的視線。

不知道能不能用「四目相交」來形容。

在我的記憶中，就算站得再遠，也覺得那傢伙的眼睛超大。

我嚇了一跳，情不自禁地向後轉。

但，這時他已經沒有在看我了，而是慢慢地做出前屈動作。

艾瑞克察覺到我的視線，他也在看那傢伙。

我連忙把頭轉回來。

那是什麼眼神？

我有些慌亂地思考。

上次也有這種感覺，該說是視線嗎？總之那傢伙的眼神很特別，與眾不同，令人耿耿於懷。

剛才真的有對到眼嗎？那傢伙真的在看我嗎？

當我靠近把桿，開始進行中間訓練時，這個疑問再次湧上心頭。

與不對勁的感覺渾然一體的存在感。

我的目光無論如何都會跑到他身上。

然後就會看到那雙給我奇妙印象的雙眼。

他到底有沒有在看我？為何我會如此在意？我不知道，所以格外在意。不行不行，我專心做中間訓練。

如我所料，松永高志的跳躍能力異於常人，能與身高差到將近二十公分的人跳到幾乎相同的高度，甚至比對方更高。看到他的表現，我們忍不住「哇！」地發出歡喜的叫聲。

從他跳躍與落地時的穩定度來看，肯定也很擅長轉圈吧。

當我看著高志，暢想他的可能性時，那股異樣的感覺又來了。

肯定不只我察覺到那種奇特的感覺。

因為這時大家發出的聲音不是高志跳躍時的驚嘆聲，而是有些不可置信的喃喃低語：

「咦？」

又是那傢伙。

大家都目瞪口呆地看著空中。

明明大家排成一列同時跳躍，只有他還留在半空中。

那傢伙的跳躍不只高，同時也緩慢得驚人，簡直跟慢動作沒兩樣。就像使用了定格的手法，一瞬一瞬像是停留在半空中的切片，然後晚大家一拍呼吸的時間，才靜靜著地。

眾人面面相覷，艾瑞克和李察也呆若木雞。

然而，比起那傢伙滯留在空中的時間，他的眼神更令我感到奇特。

他的眼睛看上去有各種顏色，光這樣就足以讓他的眼神籠罩在神祕的迷霧裡。後來看到與那傢伙類似的眼神，已經是很久很久以後的事了。

那是我去京都的某座寺廟，仰望描繪著巨龍的天花板，聆聽關於龍的說明時。那條龍的眼睛畫成無論從廟堂的哪個角落看，都覺得龍正看著自己，與自己四目相交。

我受到衝擊。

一樣。

感覺有一把冷汗沿著背脊往下淌。

跟那傢伙的眼睛一模一樣。無論在哪個位置，那傢伙的雙眼都看著一切，與所有看著他的人四目相交。不是被那雙眼睛看著，而是那雙眼睛發出什麼照亮我們。因為意識到這點，才會覺得那麼不對勁。

工作坊最後安排了當代舞的課程。

如今當代舞的課程已不稀奇，可是這個工作坊從很久以前，早在日本的芭蕾舞教室對當代舞還一無所知時，就有專門的課程了。艾瑞克的芭蕾舞團有創作出許多前衛當代舞傑作、新作品的傳統，因此有這課程也是理所當然。

現在這個時代，如果要成為專業的芭蕾舞者，會跳當代舞已經成為必要條件。當代舞在比賽中占的比重也一年比一年高。

翻開字典查「當代舞」，會出現現代的、同時代的等詞語。這款舞種通常與古典芭蕾分開來講，實際上很難定義，老實說，我直到現在都還分不太清楚。

在工作坊的當代舞第一堂課，艾瑞克就問過大家這個問題。

「古典舞與當代舞差在哪裡？」

眾人面面相覷，有人小聲地回答「不用穿芭蕾舞鞋的是當代舞」，或「完成於二十世紀前的作品是古典舞」等。

松永高志側著頭，稍微想了一下，簡單扼要地回答：

「除了古典舞以外都是當代舞。」

不知怎地，每次高志一開口，大家就笑了。「啵意思——嗶——安嗶瞎斯」的影響力實在太大，這次大家也笑成一團。艾瑞克「原來如此」地點點頭。

「這倒是很容易分辨呢。」艾瑞克笑咪咪地說。

「誠呢？」

棚田誠被點到名，他心裡似乎已經有答案，氣定神閒地說：

「我認為當代舞是由當代舞老師編的舞。說得直接一點，委託人委託編舞師編成當代舞，那就是當代舞。」

「哦，這也很簡單明瞭呢。那如果編舞師斷定這不是當代舞，就不是當代舞嗎？」

「是的，我認為就不是了。」

「嗯嗯。JUN 呢？」

艾瑞克問我。

古典舞與當代舞的差異——

老實說，我從小就經常在思考這個問題，當時覺得「就是這個」的答案，過了一段時間又

覺得「不對，好像不是這樣」。我心裡一直沒有正確答案，定義總是變來變去。
「不讓觀眾感受到重力的芭蕾是古典舞，讓觀眾感受到重力的芭蕾是當代舞。」
我知道李察露出了「哦」的表情。
我暗自竊喜，但心中依舊沒有定見。
「——我原本是這麼想的。」
見我欲言又止，李察和艾瑞克換上「嗯？」的表情。
「那現在又是怎麼想的？」艾瑞克要我把話說完。
我搜尋著字眼回答：
「呃……我最近覺得好像有點不太一樣——不讓觀眾感受到重力的芭蕾是古典舞，這部分還是跟以前一樣，但不是讓觀眾、而是讓舞者自己感受到重力的才是當代舞。」
「有什麼不同？」
艾瑞克興味盎然地探出身子追問。
「棚田同學剛才說的，我們舞者是在跳舞之前先定義『接下來要跳當代舞』才開始跳舞，對吧？也就是說，我們認為是『當代舞』的舞蹈，就是當代舞。而我認為自己在跳當代舞時最有感覺的是重力，但我在跳古典舞的時候完全沒有意識到這一點。不如說，我根本忘了重力的存在，或壓根沒放在心上。只想著輕盈一點，再輕盈一點，最好連體重都消失，能多靠近天花板一公分也好。就像師長經常耳提面命的那樣，感覺有一條線從天上垂下來吊著自己。」
我指著天花板：

「所以在當代舞感受到重力的人，其實是舞者吧。」

「原來如此。那是不是可以定義為，『舞者在跳舞的時候沒有意識到重力的是古典舞，跳舞時意識到重力的是當代舞』呢？」

艾瑞克觀察我的反應。

「嗯……還是有點不太一樣。」

我心中還是沒有答案。

所以我搔著頭回答：

「如果是古典舞，有沒有感受到重力的決定權在觀眾手上——我是這麼想的。但如果是當代舞，我覺得決定權在舞者身上。」

「欸，不對稱啊。」

艾瑞克思索了片刻，莞爾一笑：

「真有意思，JUN 是這樣想的啊。」

想也知道，艾瑞克要的並不是正確答案，也不會告訴我們正確答案。他只是想知道學生的想法。

我明知道，但是沒有答案的焦躁始終沒有消失。

艾瑞克繼續挨個問下去，終於輪到那傢伙回答了。

「HAL 呢？」

所有人都不約而同地看著他。

不知道為什麼，那傢伙就是會受到眾人的期待。眾人就是會無憑無據地期待他是否會做出

什麼跟大家不一樣的選擇。

只見那傢伙又微微地側著頭，輕輕收著身體，抬起下巴，側身站著。

我沒頭沒腦地想起歌舞伎的語源「傾[15]」這個字。

世間有長達數百年的傳統，與牢不可破的「型」。顧名思義，在藝術的世界裡有著「沒有懷疑餘地的正確之物」。

而歌舞伎則把那個沒有懷疑餘地的正確之物「傾斜變異」了。

我覺得並非一切所謂「正統派」的東西都有這個共通點，芭蕾舞也不例外。當代舞反重力，將原本直立的東西搞到失去平衡，傾斜變異。說得更誇張一點，是一種崩解、擊潰、剷平的動作。

實不相瞞，我也很喜歡彈鋼琴（而且彈得還不錯，才華洋溢可真令人傷腦筋啊），彈古典鋼琴要抬頭挺胸，手指也要垂直地落在鍵盤上，可是彈爵士鋼琴時，身體會不自覺地前傾，手指也會不由自主地想「躺」在琴鍵上。身體的輪廓和聲音都變得「軟趴趴」的，想把口水塗在自己與世界的交界處，讓界線變得模糊。

讓正統派傾斜變異的人，才能開拓新世界。

這個先跳過。那傢伙會怎麼回答呢？

稍微隔了半拍，那傢伙悠悠開口：

「古典芭蕾是一束花。」

看得出來大家的眼裡又浮現問號，我當然也不例外。

沒想到是這種天外飛來一筆的回答，艾瑞克和李察也愣住了。

「什麼意思？」

這廂也稍微隔了半拍，艾瑞克反問。

那傢伙微微一笑說：

「不是這樣嗎？花束會以當時開得最漂亮的花為中心——如果是玫瑰，就把玫瑰放在中間，周圍加上菊花或非洲菊，外圍再加上霞草之類的圍一圈。為了從正面看過來可以呈現最美的視覺效果，還會用紙和玻璃紙包起來，綁上緞帶，這才遞給對方。」

令人驚訝的是，那傢伙還用肢體語言表演給我們看。

細心地整理花、用玻璃紙包起來、綁上緞帶，在「這才遞給對方」時，真的就像遞出一大束花，看得我直眨眼。

「把狀態絕佳的花做成花束，變成商品，插在昂貴的花瓶裡，供人欣賞，這就是古典芭蕾。至於當代舞嘛……」

那傢伙有一瞬間望向遠方：

「是樹——樹木吧。雖然跟他說的有點不太一樣（那傢伙看了我一眼），但樹木會在地面扎根，所以確實會感受到重力，感受到大地。」

這時，那傢伙的視線好像捕捉到什麼。

大家都反射性地望向他的視線前方。

15　日文為傾く，KABUKU，含有「與眾不同」或「怪誕不經」的意味。

感覺那裡好像有一棵樹，枝繁葉茂地朝天空生長的大樹。

「——我能理解花束的比喻。」

平常極少開口的李察插進來問道：

「但不太能理解樹木的比喻。可以請你再說明得具體一點嗎？」

那傢伙一臉不可思議地看著李察，喃喃自語：「具體一點啊……」又陷入沉思。

「嗯……」美麗的眉毛微蹙，轉動左手食指。

半晌後，他似乎想到了什麼，露出靈機一動的表情。

「芭蕾舞是花店。」

那傢伙回頭看著李察說：

「以前花店的商品只有花束。啊，也賣那種只能插一朵花的小花瓶。獨舞就是那種花瓶。群舞則是把玫瑰或百合等漂亮的花做成花束來賣。買花的人也是因為那些花，認為花店的商品就是美麗的花束，才去買玫瑰或百合。」

那傢伙又讓我們陷入他捧著幻影花束的錯覺。

彷彿能聽見玻璃紙在他懷中沙沙作響，看見花束沉甸甸地在他懷中垂下來。

「只不過，」

那傢伙突然張開雙手。

張開他那指節柔美的手。

幻想花束轉瞬消失。

「美麗的定義不斷改變，花店販賣的商品也越來越多。只要有人喜歡欣賞蕨類或苔蘚類的植物、有人覺得沒有花的枝葉很美，那些東西就能變成商品。慢慢地，花店開始向外展開，枯山水的庭園、廢墟的庭院、就連景觀本身也成了商品。花店的版圖越來越大。想當然耳，樹木也成為販賣的對象、成為商品。而這種商品的鑑賞方式，自然跟花束不太一樣。」

那傢伙的視線又望向空中。

他的視線前方有一棵幻想中的大樹。

「樹枝什麼形狀、樹葉怎麼排列，就連那棵樹長在哪裡、如何長成的，都成了看點。像是這裡因為海風很強，所有樹枝都朝同一個方向生長，或是那裡的土壤很不肥沃，屬於砂地，所以無法長得更大。」

「原來如此。」

李察輕哼一聲：

「你的意思是說，當代舞的作品是要鑑賞作品的背景、編舞師的出身或思想嗎？」

「嗯……」

那傢伙念念有詞。

然後慢條斯理地搖頭：

「我沒有想這麼多，只是覺得當代舞在觀眾追求的東西、舞者被要求的東西上，與古典舞不一樣。」

那傢伙稍微移動了站的位置，似乎在表示他已經講完了。

教室裡鴉雀無聲。

李察和艾瑞克面面相覷。

「真是……太驚人了。」
艾瑞克雙眼圓睜：
「HAL，你從什麼時候開始有這個想法？」
那傢伙愣了一下：
「從什麼時候——我一直隱隱約約有這個想法。」
「一直隱隱約約有這個想法啊。」
艾瑞克搖頭：
「古典芭蕾是芭蕾舞這家花店賣的花束，而且這束花還是花店標配的招牌商品。你比喻得好傳神吶。HAL，我可以引用這句話嗎？」
艾瑞克似乎是認真的，一臉正色地問他。
那傢伙臉上浮現出嬌憨的笑容：
「請用。」
「謝啦。」
艾瑞克把手貼在胸口，行了一禮。
所有人都目瞪口呆地聽他們討論。
當然我也是。
經過漫長的歲月，或許記憶已經遭到竄改也說不定。畢竟那傢伙當時才國中三年級，真的有辦法成熟地說出那麼難的詞彙嗎？
我甚至記不清這段對話是用英語表達，還是加入了翻譯的日文，我只清楚地記得那傢伙思緒清晰，將當代舞比喻成樹木、將古典芭蕾比喻成花束。

艾瑞克似乎也對當時的對話印象深刻，後來我問他：「您在哪裡用上了那個比喻呢？」只見他難得露出害羞的表情說：「呃，好幾次想用，可是又想到我都一把年紀了，還引用十五歲學生說的話，也太不好意思了。所以到現在一次都還沒用過。」太好笑了。

「可是啊，那時候，我就已經確定了。」

艾瑞克向我坦承。

「確定什麼？」

我其實已經隱約猜到他要說什麼了，但還是如此反問。

「那孩子大概會來我的芭蕾舞學校。」

「是噢，那你是什麼時候想到我？」

我不希望他認為我在和那傢伙互別苗頭，卻又忍不住不問。艾瑞克苦笑。

「我找你來工作坊的時候就已經決定了。」

「那就好。」我回答。腦海中閃過一個念頭，說不定這只是艾瑞克的場面話。

「還有，很少預設未來的李察，難得說了一句話。」

艾瑞克喃喃自語。

「與春有關嗎？」

「嗯。」艾瑞克點頭。

他說：「那孩子會成為編舞師。」

有人問過我：「深津先生不編舞嗎？」

「不喔。」我言簡意賅地回答。「哦，這樣啊。」對方通常也不會再問下去。

這麼問我的人，心裡想到的是那傢伙吧。

那傢伙後來成為世界級的編舞師，而我們相處的時間很長，所以他們可能都在想我會不會受到他的影響。

我確實受到他的影響。如同艾瑞克所說，「在這裡相遇」應該有它的意義。

反過來說，正因為那傢伙距離我太近了，我親眼目睹他創作的過程，才會早早放棄編舞，認為「我不適合編舞」。

憑良心說，我對編舞並非完全沒有興趣。我喜歡跳當代舞，也上過編舞課。跳自己編的舞應該很開心吧——我想得很單純。

也在編舞課嘗試過編舞。

從某個角度來說，芭蕾舞者就像一個容器，所以對舞者而言，想像編舞師的思考邏輯、身歷其境地沉溺其中，對舞蹈非常有幫助。

打個比方，就像鋼琴家在音樂大學選修作曲的課程，大家不會問古典音樂的鋼琴家：「您不作曲嗎？」沒錯，因為表現與創作完全是「兩回事」。

都說編舞師只能編出自己跳得出來的舞。所以為了成為獨當一面的編舞師，也必須具備身為舞者該有的技巧。

至於擁有卓越技巧的舞者，能否成為編舞師，倒也不盡然。

因為兩者完全是「兩回事」。

卓越的舞者（包括我在內）在跳舞這件事上，其實比編舞師更了解每個舞步，能在舞台上創造出更多東西。他們透過舞蹈深入了解自己，同時也以自己為媒介，深刻地理解舞蹈。知道該怎麼把自己與舞蹈重合，才能加深理解。我認為唯有能深刻理解跳舞是怎麼一回事的人，才稱得上是卓越的舞者。

但，編舞師似乎不是這樣。

他們看的是舞者的對面——舞蹈的對面，更遼闊的景色。

跳舞對舞者而言就是「目的」本身，但是對編舞師來說，舞蹈只不過是一個「手段」，「目的」在更遠的地方。

他們只是剛好擁有舞蹈這個「手段」，如果有別的技術，他們大概會以那個別的技術為「手段」來達成「目的」。

結束工作坊的第一天，我和棚田誠原本就認識，自然而然地結伴同行，正要一起走向最近的車站時，松永高志對他說：「你是大阪的棚田誠同學吧？在福岡的芭蕾舞比賽拿到第二名。」

定睛一看，萬春就站在高志旁邊，以平靜的表情看著我們。

冷不防，那傢伙突然大步流星地走向我，站在我面前說：「深津，可以耽誤你一下嗎？」

「什麼事？」

他從正前方直視我的雙眼，令我心跳加速。

以為他是丹鳳眼，近距離看才發現他的眼睛比我想像中還要大，白眼球帶了點藍色，黑眼

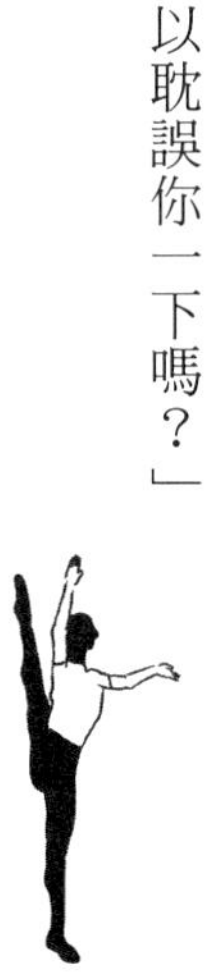

珠漆黑無比。

還以為他比我矮一點，但我們身高原來差不多。他突然拍拍我的肩膀，稍微退後一步，看著我的臉，目不轉睛地觀察我的脖子和背。

「你在做什麼？春。」

因為他的態度太隨興、太自然了，我也不由自主地喊他的名字。

「不，沒什麼。嗯，謝謝你。」

那傢伙說完，向一頭霧水的誠和高志點頭致意，跟我們一起走向車站。

真是個怪人。

「老師真的很認真在教當代舞耶。這是本人第一次上這種正式的當代舞課。」

高志連講話的方式都很體育社團風。（講個無關緊要的小知識，我是參加這個工作坊聽高志和誠提起，才知道「本人」這種說法在東日本是第一人稱，在西日本是第二人稱。）

「我也是。」

棚田誠點頭附和。

「我們家的舞蹈教室也會上一點類似當代舞的課，可是世界級專業舞者教的就是不一樣。」

「春是哪裡人？東京嗎？」

我問那傢伙，他回答：「長野。」

這麼說來，他的確有幾分長野人的感覺，真不可思議。

「你爸媽該不會也開了芭蕾舞教室吧？我和誠家都是。」

那傢伙搖頭：

「不是。我沒有家學淵源。」

「那你怎麼會開始學芭蕾？」

男生開始學芭蕾的契機，十之八九不是因為姊妹先開始學，就是家裡開芭蕾舞教室。

那傢伙頓時有些不知所措地說：

「為什麼啊？嗯……我也不知道。」

「怎麼會不知道咧。」

我被他打敗了。

「因為形狀很有趣吧。」

「什麼形狀？」

誠一頭霧水地問道。

「咦，你們不覺得很有趣嗎？芭蕾舞不是可以讓人體做出各種形狀嗎？而且很好看。」

大家臉上都浮現出問號。不過那傢伙說話總是這麼天馬行空，久而久之大家也就習慣了，學會聽聽就過去。

「這不重要。突然要我們創作，本人完全不知道該怎麼做才好。」

高志不安地說。

當代舞課的第一天最後，艾瑞克笑著說：

「最後一堂課，每個人都要自訂主題，在所有人面前發表一分鐘的即興舞蹈。」

一分鐘。如果要認真地從頭跳到尾，其實是很漫長的時間。

「只要拿出自己的看家本領不就好了？擅長旋轉的人一定會轉得跟陀螺似的。」
聽我這麼說，高志露出暗自心驚的表情，然後慢慢地漲紅了臉：
「可惡！本人剛才就是這麼想的。」
「即興舞蹈說起來簡單，其實是最難的呢。」
誠嘆了一口氣。
那傢伙突然停下腳步，害我嚇了一跳。
回頭看，那傢伙正直勾勾地盯著某樣東西。
順著他的視線看過去，只見一片行道樹的葉子正緩緩飄落。
在空中左右搖擺，徐徐勾勒出巨大的弧線，重複以上的動作，直至飄落地面。
下一秒，那傢伙開始揮動手臂。
往左、往右，徐徐勾勒出巨大的弧線。
我發現他是在模仿剛才飄落的樹葉。
慢條斯理地左右擺盪的手臂，突然停住不動。小指與無名指、中指與食指緊緊貼合，指尖伸得筆直，擺出美麗的靜止姿勢。
「啊，抱歉。」
他似乎發現自己脫隊了，小跑步地跑向回頭看他的我們。
「春同學真是個有趣的人吶。」
高志輕聲說道。
「是有趣嗎？還是怪？」

我也附和。

「看的東西好像跟我們不一樣。」

誠做出結論。

工作坊最後一天的發表會。

果然不出我所料，對自己的技巧有自信的男生想的都差不多。什麼宇宙陀螺、風力發電、雲霄飛車、暴風雨、閃電的……幾乎都是利用轉圈和速度的演繹。

高志是「紙飛機」。

從手裡拿著紙飛機、把紙飛機扔出去開始，自己也變成紙飛機，旋轉、跳躍。一下子墜落，一下子又飛起來。不安歸不安，但肢體很優美，動作也千變萬化，這不是表現得極為出色嗎？

誠是「考試」。

從考試前開始，提心弔膽地撕著月曆、聚精會神地備考，擔心來不及的不安、焦慮、疲勞。然後是考試當天，短暫的如釋重負、等待結果的心煩意亂、成績公布後的失望、後悔……等等等等，以優美的動作表現瞬息萬變的情緒。

誠果然很適合扮演苦惱的王子，他似乎也很喜歡戲劇化的芭蕾。大概也考慮到自己的喜好，以情緒表現為主。

我表演的是「我們家的貓」。

我家養了一隻母的俄羅斯藍貓，名叫「小窗」。

因為是一隻徹頭徹尾的家貓，從未出過門。打從來到我家那天起，就很喜歡坐在客廳窗前看著窗外，所以自然而然取名為小窗。

貓咪的動作有趣極了。

打哈欠、洗臉、炸毛、伸懶腰。

我從以前就很喜歡模仿小窗，所以這次決定跳給大家看。

俄羅斯藍貓那有點裝模作樣、婀娜多姿的走路方式。

討飼料吃的樣子、傲嬌的樣子。

弓起身子威嚇敵人的樣子、表達不滿的樣子。

我認為自己的動作很傳神。

我也喜歡逗大家笑，喜歡大家喜歡我的表演。不過，如果說以舞蹈、作品而言，表現得如何？我想大概很幼稚吧。

終於輪到那傢伙了。

「HAL的主題是什麼？」

艾瑞克問他。

「冬天的樹。」

我心想，這傢伙真的好喜歡大自然。

那傢伙突然看了我一眼：

「深津，可以請你幫個忙嗎？」

「什麼？」

我一時反應不過來。

「幫我個忙。」

那傢伙朝我招手。

「我可以請他幫忙嗎？」

他問艾瑞克，艾瑞克也不解地眨著眼，但還是同意了：「可以啊。」

要我幫忙？他想做什麼？事前可什麼都沒有告訴過我。

我莫名其妙地走到中間，他指示我：「請來這裡，面向鏡子，站在四號位。」

「手這樣擺。」他要我把雙手的掌心轉向斜下方。

「就這樣，請不要動。我會抓住你、撲到你身上，可以請你牢牢地站定不動嗎？」

我只能點頭。

「開始了。」

那傢伙靜靜地說道。手環住我的脖子，額頭貼在我的肩口，整個人靠上來。

教室裡靜得連一根針掉在地上都聽得見。

那傢伙慢條斯理地開始舞動。

我看著自己倒映在前方鏡子裡的臉，感受那傢伙的動作和大家的反應。

他的手腳很美、很修長、很妖嬈。

我知道所有人的視線都集中在他的指尖和腳尖。

那傢伙的動作，時而在空中描繪出直線、時而描繪出曲線。

原來如此，我是樹幹啊。我明白了。

那傢伙把我當成樹幹，表現出樹枝與纏繞著樹幹的景象。

樹葉落盡，只剩下樹枝的冬天的樹。承受著寒風吹襲、霜降及積雪的重量，拚命忍耐的冬天的樹。

腦海中不經意浮現出第一天和他一起回家時，那傢伙模仿樹葉的動作。

我這才恍然大悟。當時他心裡已經有這個舞碼的構想了。

當時突然走到我面前，目不轉睛地打量我的身體，肯定也是因為已經想到要利用我了。

好可怕的傢伙。

我感覺冷汗都要噴出來了。

「不瞞你說，我那時候已經想到《雅努斯》了。」

多年以後，那傢伙才告訴我。

「當你站在我背後，我靠在你身上的瞬間，腦海中已隱約浮現出《雅努斯》的構想。我從那一刻就開始餵養這個構想。因為有你才有《雅努斯》喔。還有，《森林活著》也是那天跳舞時突然靈光乍現。」

《森林活著》是那傢伙專門為小朋友製作的芭蕾舞，看的人很開心，跳的人也很快樂，是很出色的作品。在很多地方公演過，或許是他作品中知名度最高的一部。那部作品的原型也是他在那場發表會跳舞時突然想到，所以這傢伙真的是天才。倘若我當時就知道這件事，大概打從一開始就不會選編舞課吧。

總之，當時我冷汗直流地感受那傢伙掛在我身上的體重，和纏繞在我身上的手臂。

那傢伙在鏡中的動作美極了。最重要的是，我能感覺那是「舞蹈」，是一個完整的作品。

所有人都屏氣凝神地欣賞他的動作，看到出神。

只有一分鐘。明明跟大家一樣都只有一分鐘，密度卻截然不同。是濃度非常高的一分鐘。

那傢伙的重量突然消失了。從頭到尾不曾離開我的「樹枝」，離開了。

那傢伙向大家行禮，大家一起為他鼓掌。

艾瑞克和李察的臉色略顯蒼白，為他拍手的模樣映入眼簾。

「謝謝你，深津。」

那傢伙對我說，我這才回過神來。

那傢伙抓住我的手，高高舉起。

我連忙與他一起重新面向大家，深深一鞠躬。

哎呀，你們沒有去洛桑或參加YAGP[16]，而是來我們工作坊，真是我們的榮幸。要是你們去了別的地方，一定會被搶著要。

艾瑞克直到現在說起這件事仍餘悸猶存，事到如今，我也明白了。

才十五歲就能編出無異於作品的舞者，可以說屈指可數。更何況當時是全世界都殺紅了眼，在尋找下一個天才編舞師的時代。自己的芭蕾舞團能有這麼前途無量的舞者，簡直是如虎添翼。

16 Youth America Grand Prix，美國青年芭蕾大賽。

在芭蕾舞學校時代，印象中永遠都有人在找那傢伙。

因為他從進入芭蕾舞學校那年起，就開始幫許多學生編舞，逐漸打開知名度。隨著那傢伙編舞的風評越來越好，變成學生們反過來請他編舞。

其中令我印象最深刻的是名叫凡妮莎·蓋布瑞斯，大我們一屆的學姊。

有著燦爛似火的紅髮與碧綠的眼眸，像麗塔·海華絲[17]的現代升級版，是一位風情萬種的美國籍美女，長得很高大，存在感也不容小覷。由裡到外都是不折不扣的女王，就讀芭蕾舞學校時就在YAGP獲得優勝。

「喂，HAL呢？」

她總是以彷彿吆喝下人的方式跑來問我（事實上，她們家的確很有錢，從小就在聽說有好幾個下人、大得嚇死人的豪宅裡長大）。

我和那傢伙住同一間寢室，所以經常有人跑來問我：「HAL呢？」我也總是回答：「我怎麼知道，我又不是那傢伙的經紀人。」

她拜託那傢伙為自己的畢業公演編舞。

而那傢伙創作的舞碼就是《青年女囚》。

六分鐘左右的作品，取材自法國詩人安德烈·舍尼埃以同年紀的表兄妹為主題寫的詩，用上蕭邦的〈第三號即興曲〉。

音樂響起的同時，一對男女捧著繪本，手牽手從陰暗的舞台後面走出來。

兩人一屁股坐在地板上，趴在地上、撐著下巴、一起閱讀繪本。

同年的表兄妹感情很好，和樂融融地玩耍，小狗似的嬉笑打鬧。

後來兩人脫離幼兒期，開始跪在地上爬行，逐漸擴大行動範圍。

不知不覺間，繪本停留在翻開的那一頁，被棄置在舞台角落。

還沒有自己與他人的區別，這是身為表兄妹的同質感。

那傢伙和凡妮莎從外表到人種完全不一樣，但是在舞台上的感覺非常自然，就像真的有血緣關係。她很高，給人與那傢伙的身高相去不遠的印象。

兩人順利地成長，開始站起來共舞。

今天也感情融洽地一起跳舞，動作完美地同步。舞蹈越來越難，越來越有力。

然而，到了青春期，兩人開始對彼此產生性的意識。

開始與對方保持距離。

即使一起跳舞，原本完美同步的動作背後暗藏陰影，變得七零八落。遲疑、猶豫、顧慮，與日俱增。

兩人終於走到了離別。

分道揚鑣，各走各的路。

各自站在舞台上相隔甚遠的地方，跳著不同的獨舞。

經歷漫長的歲月，晚年的兩人再度重逢。

在彼此身上看見幼時的種種，兩人感慨萬千地、懷著對彼此的敬意與慰勞，一起跳起昔日

17　以紅髮為註冊商標，美國紅極一時的性感女演員，同時擁有極為出色的舞蹈技巧。

的舞蹈。

細數遙遠的往日時光，細細咀嚼令人懷念的信賴感與同質感。

最後，兩人手牽手，慢慢地回到放在舞台角落、始終停留在那一頁的繪本。

那傢伙輕輕地闔上繪本，拿起來，擁入懷中。

兩人依舊牽著手，與開場相反，消失在黑暗中——

不可思議的懷念之情與幸福感，以及有著舉重若輕分量的舞碼。

看到最後，就連我也忍不住垂淚（事隔多年後，我參加某日本芭蕾舞團客座公演，與加入該舞團的妹妹共同演繹《青年女囚》時，簡直感慨萬千）。

掌聲如雷。兩人又手牽手回到舞台上，深深地鞠躬謝幕。

凡妮莎激動極了，熱烈地親吻那傢伙的臉，把他嚇得魂飛魄散。

《青年女囚》得到巨大的迴響。

要說佳評如潮到什麼地步呢？芭蕾舞學校公演的芭蕾舞團首席舞者，直接找上藝術總監談判：「我想跳那個。」從此成了芭蕾舞團的正式舞碼。《青年女囚》應該是那傢伙第一次收到編舞費用的作品。

比畢業公演版本更進一步潤色的《青年女囚》，在下一季「首演」依舊大受好評。是那傢伙以編舞師「HAL YOROZU」之名，第一次出現在幕後工作人員名單上的作品。

凡妮莎很不甘心。而且不知道為什麼，居然拿我出氣。

看完公演，凡妮莎奔向我喊著「JUN～」，一拳一拳打在我身上。真的很痛，我想抗議，卻見她眼中浮現悔恨的淚光。

「明明我和 HAL 那次才是真正的『首演』，明明那是 HAL 為我編的作品。」

看來芭蕾舞團公演的「首演」二字，真的刺激到她。

而且想當然耳，專業的前輩們更能表現出作品的深度，跳得比她出色許多。

「妳以後可以拿這件事說嘴。」

我只想快點逃離她的魔掌，所以決定安慰女王大人。

「有朝一日，《青年女囚》一定會成為凡妮莎・蓋布瑞斯編舞的代表作，在歷史上留名。」

實際上也確實如此。因為又過了幾年，她被拔擢為那傢伙為芭蕾舞團編的新作品《火神》的女主角，一舉成為世界知名的舞者。

凡妮莎大吃一驚地抬起頭來，目不轉睛地看著我：

「JUN，你看起來粗線條又漫不經心，沒想到是這麼好的人。」

「粗線條」和「漫不經心」和「沒想到」，都是多餘的。

還有個名叫哈桑・塞尼耶的傢伙。

「喂，HAL，你這渾蛋是在找我麻煩嗎？這麼難的舞是給人跳的嗎！」

總是大呼小叫地衝進房裡破口大罵，吵死人了。

而且萬一那傢伙不在，他就抓著我大肆抱怨。

看樣子，他在練習那傢伙編的舞時不太順利，憋了一肚子氣要來找始作俑者算帳。

「哪裡難了？」

那傢伙早已習慣哈桑的態度，泰然自若地反問。

「這裡這樣跳的話，接下來不能那樣跳吧。」

哈桑突然開始跳起來。

他跟我們同學年，具有優異的體能。

哈桑是法國人，卻有著不可思議的膚色。不能說是黑色，也不是棕色，但也不是銀色或褐色，那傢伙形容為「天鵝絨皮膚」。大眼睛炯炯有神，輪廓很深邃，睫毛像是塗了睫毛膏般濃密纖長。

每次看到哈桑跳舞的樣子，很難想像他跟我們是同樣的生物。總讓我陷入像是看到長頸鹿或獅鷲等，由各種莫名其妙的生物組合成的錯覺。

這麼說來，那傢伙常說：「好像在為豹編舞啊。」「倘若人類也有尾巴，『舞步』肯定也會改變吧？像是尾巴的位置或高度，或許『舞步』也會把尾巴包含在內。舞蹈動作也要跟著改變吧。」他很認真地為「長尾巴的人類」編舞，大家都看得傻眼。

那傢伙從進入芭蕾舞學校的第一天起，就依序從巴哈的第一號創意曲，開始為《軀幹》系列編舞，這也成為他個人畢生的職志。一如軀幹是指人體的部分，也用於美術的素描，徹底地研究人體的外型與動作，化為舞蹈，是很抽象的芭蕾。也參考了江戶時代的「畫謎18」，將肢體交纏的人體以圖畫的方式呈現。

那傢伙把芭蕾舞學校的學生從頭到腳檢查、觀察了遍，從中挑選體能特別好、想為對方編舞的學生。無論是凡妮莎還是哈桑，學生時代讓那傢伙編過舞的學生，後來都成了大人物。

哈桑是那傢伙最早看上的學生，從《軀幹》系列的初期就加入了。

「啊，那裡不對喔。這裡要先停下來，然後這樣轉。」
「這樣啊。那這裡呢？」
「嗯，再內轉。」
「原來如此。」
看他們嘗試各種動作，其實很有幫助。
觀察哈桑使用肌肉的方式，會讓人感覺人類似乎沒有極限。
兩人一起練習之後，哈桑的動作變得越來越流暢，舞蹈逐漸進入完成階段。
「看吧，我就知道哈桑一定辦得到。」
那傢伙總是不疾不徐地對心服口服的哈桑說。
「因為我不會編你做不出來的動作。」
只見哈桑像個孩子般乖乖點頭，露出鬆了一口氣的表情回去了。
哈桑是孤兒，在非常嚴峻的環境下出生、長大，因此總是沒有自信，強烈地渴望被人肯定。

偶然來到哈桑出生地附近的芭蕾舞老師，剛好看到正在踢街頭足球的他，迷上他優異的體能與俐落的手腳，提供獎學金讓他去芭蕾舞學校。正可謂男版的灰姑娘。但我猜他內心永遠充滿恐懼，擔心萬一被拋棄怎麼辦？所以，對芭蕾舞學校時代的哈桑而言，那傢伙扮演著鎮定劑

18 把謎語藏在繪畫裡的作品，在民間蔚為流行。

的角色。

如今哈桑也成為世界級的頂尖舞者，在那傢伙的全幕芭蕾舞劇《刺客》裡，扮演率領暗殺者的古老宗教團體首領，那個充滿領袖風範的角色非常難詮釋，也非常帥，很適合他。

話雖如此，以過去當過白老鼠的舞者來說，次數最多的肯定是我吧。

那傢伙在宿舍房間，不是聽音樂就是素描，再不然就是看書或雜誌。

他會突然放下手邊正在做的事，陷入沉思。

然後通常在二十分鐘後，抬起頭來對我說：

「深津，可以耽誤你一下嗎？」

仔細回想，那傢伙第一次對我說的話也是這句。

老實說，有時候真不想理他，但每次他對我招手，最後我都會乖乖地站起來：「好吧。」其實學校嚴格限制我們在課堂外練習，但身體總是不聽使喚。

有時候那傢伙會突然自己先站起來編舞，有時候則口頭指示我該怎麼做：「你試著擺出這個姿勢。」

有時候也會把手裡的書或雜誌遞到我面前：「你做這個動作給我看。」

基本上都難不倒我。

像是纏繞在樹上的錦蛇、草原上奔馳的羚羊、加拿大原住民的圖騰柱。

然而，如果是名牌精品的三環項鍊，或最新型的無線吸塵器等無機物的話，就傷腦筋了。

有一次他說「你做這個動作給我看」，看到照片時我整個人無語了。

「這個？」

「沒錯，這個。」

「如果我沒看錯，這是克萊斯勒大樓[19]吧。」

「沒錯，曼哈頓那棟。」

居然是建築物，也太亂來了。

但那傢伙卻一臉坦然地說：

「不行嗎？我在想，是不是可以用芭蕾舞來表現摩天大樓的歷史與興衰。」

我不禁懷疑自己的耳朵。真是的，這傢伙總有一些稀奇古怪的念頭。

「你是指將大樓擬人化嗎？」

「嗯。」

「那凡妮莎就是帝國大廈了。」

那傢伙噗哧一笑：

「這個角色非凡妮莎莫屬呢。」

眼前浮現出凡妮莎雙手扠腰的模樣。曼哈頓最高的摩天大樓，果然只有女王才能俯瞰眾生。

「哼，那還用說嗎！」彷彿還能聽見她的聲音。

「哈桑比較適合扮演克萊斯勒大樓吧？曲線的部分與哈桑有異曲同工之妙。」

腦海中浮現出哈桑穿著設計成大樓頂端魚鱗模樣的服裝，很有特色的樣子。

19 裝飾風藝術建築的經典範例，許多當代建築師也將之選為紐約市最佳建築之一。

「這麼一來，我們就是雙子星大廈了。剛好也是日本人設計的。」
「可惜已經在九一一夷為平地了。」
「再以群舞表現時代廣場，如何？」
「自由女神呢？」
「啊，我差點忘了還有自由女神。凡妮莎也很適合當自由女神呢。」
「光是站在那裡就好了。」
也聊過很多這種沒有營養的垃圾話。
那傢伙從當時就構思了很多作品，有些後來實現了，有些沒有（附帶一提，「摩天大樓的歷史與興衰」至今仍未實現）。
據那傢伙的說法是：「當我還沒決定要為誰編舞時，第一個想到的就是深津。」
「我好像從工作坊看到你的第一眼開始，編舞時就會不由自主地以深津為模特兒來思考。
「表演『冬天的樹』時，要深津面向鏡子站在四號位，雙手的掌心轉向斜下方——那是我第一次為別人『編舞』的時刻。」
這無疑是至高無上的光榮吧。大家之所以總是把我和那傢伙當成一組來看，大概也是因為他編舞時都是以我為模特兒來思考。
實際上，那傢伙真正為我編的舞只有《雅努斯》。
至今我仍不時感覺自己彷彿可以聽見那傢伙的聲音。
迷惘的時候，感覺自己正原地踏步、無法前進的時候。
每當這種時刻，那傢伙的聲音就會在我耳邊響起。

「深津，可以耽誤你一下嗎？」

「JUN 和 HAL 都很善於協助舞伴，和你們跳舞很輕鬆，搭擋起來很放心。沒有不必要的壓力，真是太感謝了。」

「有那種會讓人稍微感受到壓力的合作對象，跳舞時總是心浮氣躁，很討厭。但是又沒到需要提出來檢討的地步，那種的壓力最大了。」

「不知道為什麼，合作起來就是卡卡的人多著去了。」

「我覺得不只是技巧上的問題，還有磁場合不合、情緒對不對之類的問題。」

「善於協助舞伴的人，能讓我們也跳得很好，即使自己狀況不太理想的時候，也能打起精神來，跳著跳著就會恢復正常的水準了。」

「JUN 光是在這裡，氣氛就會變得開朗，一起跳舞時感覺被你帶著，情緒也跟著亢奮起來。」

「HAL 則具有鎮靜效果？該說是很療癒嗎？讓人卸下內心的重擔。」

原本七嘴八舌的女生，突然露出有些困惑的表情。

「只不過——你們兩個完全不一樣呢。」

「是不是？」女生們互看一眼說道。

「哪裡不一樣了？只要能好好地協助舞伴，結果不都一樣嗎？」

我這麼問，所有人都「嗯……」地思考著要怎麼形容。

男性芭蕾舞者分成很熟悉女生的類型，和完全不熟悉女生的類型。前者多半是因為有姊

妹，後者不僅沒有姊妹，也只受過把女性舞伴當成公主看待的教育。

我當然是前者，已經很習慣跟女生有說有笑了。女生或許也知道我很習慣與女性相處，再加上不拘小節的性格使然，她們通常什麼都敢跟我說。

「JUN 確實給人『舞伴』的感覺。」

不知道誰這麼說，我反問：「不然咧？」還喃喃自語：「因為妳們的確是舞伴啊。」那女生搖搖頭。

「和 JUN 共舞的時候會隱隱約約有一種，我現在正和 JUN 共舞、正和善於協助舞伴的 JUN 共舞、舞伴是 JUN 真是太幸運了的感覺。可是 HAL 不是這樣喔。該怎麼說呢——分身？」

「沒錯！」贊同的聲音此起彼落。

「就是分身，簡直像與自己共舞。等等，好像又有點不太一樣。我想想喔，和 HAL 跳舞的時候，自己彷彿擴大了——感覺自己擴張到包含了 HAL 的身體，又像是兩個人都變成我了？」

「嗯，像是身體的細胞無法辨認異物那樣？HAL 對自己大概也是那種感覺吧。所以感覺協助與被協助的都是我。」

「那種感覺很不可思議。咦，我現在正和誰共舞來著？腦中會瞬間閃過這個念頭。」

「可是 HAL 本人既不是附身型的舞者，也不是會移情到對方身上的人吧？」

「嗯，我認為他非常我行我素，其實是很嚴肅的人。」

「非常溫柔，也非常酷。不過你們都是王子嘛，所以有紳士風範也是理所當然的？但他不只是擺擺樣子而已，而是真的很替舞伴著想，但同時又有非常冷漠的一面。」

「明明沒有強烈的自我主張，卻很有個性。」

「像這樣宣之於口，聽起來好像很矛盾，但是看 HAL 整個人卻又一點都不矛盾。」

我好像明白她們想說什麼，和說不清楚的焦躁心情了。

那傢伙不是那種引導舞伴配合自己的人，也不是風格強烈、讓別人染上自己色彩的人。

他只是把目前手邊現有的食材，做成最高級的料理。當然，他會選擇好的食材，但不會不管三七二十一地淋上 HAL 牌的醬汁。

不對，我想討論的是那傢伙的古典芭蕾。但我總覺得她們一樣說不出個所以然，感覺如鯁在喉。

那傢伙的古典芭蕾跳得非常好——技巧很卓越，體能大概也不比哈桑遜色。

每次提到他的時候，好像很少人會提到他出類拔萃的技巧。

在工作坊的時候，他的跳躍和趾尖旋轉就已經非常出色了，問題是他的舞蹈本身比這些技巧更令人印象深刻，所以很少人討論到他的技巧。

這其實也很神奇。因為年輕舞者基本上都是以技巧取勝，事實上也多以技巧引人注意。但那傢伙從一開始就以充滿自我風格的動作及特質受到矚目。那傢伙的舞蹈，從一開始就已經有自己的「風格」了。沒有什麼壞習慣或背離基礎，總之是自然而然具有吸引人注意的獨特氛圍。

我和那傢伙曾經在芭蕾舞學校的公演跳過《睡美人》的青鳥。當時還有哈桑，我們每天輪流上場（能與這傢伙扮演同一個角色真令人難以抗拒），與來客座公演的畢業生法蘭茲（關於

這傢伙的事跡以後再說，只能說真不想跟這種閃閃發光的王子站在同一個舞台上）一起在舞台上跳舞。

眾所周知，《睡美人》的青鳥，是可以讓剛起步的年輕男舞者魚躍龍門的角色。

在我看來，跳得最高的其實是那傢伙，但觀眾似乎沒有留下這樣的印象。

老實說，芭蕾舞也需要虛張聲勢，需要讓觀眾覺得自己跳得很高、很厲害的技巧。

哈桑和我本來就有體能，也有技巧。

但那傢伙沒有這些優點——正確說，他大概沒有意識到這些優點。因為不費吹灰之力就能做出高難度的動作，反而不容易讓人注意到他的技巧。

所以除了他以外，我們其他三個人都獲得「好厲害」、「體能真不是蓋的」的讚嘆，對那傢伙的評價則是「好棒」、「好美」，或「我喜歡他的舞蹈」。

我還記得李察總是一臉匪夷所思地看著那傢伙。

「AL（前面也說過，李察不太會發H的音）到底是以什麼樣的理解才跳成那樣呢？」

跳青鳥的時候，李察打從心底感到不可思議地問他。

「呃——我想變成鳥。」

那傢伙的回答再簡單不過。

「你跳得好高啊，HAL。滯空時間太長了，好像真的變成青鳥了。」

艾瑞克有些不敢置信地說。

只見那傢伙露出莫名其妙的表情。

「呃——因為我是鳥啊，飛得又高又遠不是很正常嗎？」

「這果然是HAL會說的話呢。」艾瑞克苦笑。

換句話說，那傢伙並不是在演名為「青鳥」的王子，而是青鳥本「鳥」。

扮演奧蘿拉公主的女生也不可思議地說：「與HAL共舞可以跳得比平常更高呢。」

看來我們都變成鳥了。

那傢伙跳《吉賽兒》[20]的阿爾博特時，李察也露出不可思議的表情。

沒錯，那傢伙的阿爾博特也很特別。

第二幕，那傢伙用非常安靜的手法來呈現失去吉賽兒的悲傷，空虛的感覺更勝於悲傷。

我也忍不住問他：

「你的阿爾博特在想什麼？」

那傢伙看著我反問：「什麼意思？」

「因為你的阿爾博特很不可思議——反而像是阿爾博特變成了孤魂野鬼。」

聽我這麼說，那傢伙露出思索的表情回答：

「我認為阿爾博特是在吉賽兒死後才愛上她的。在此之前，阿爾博特對吉賽兒頂多只有『吉賽兒很可愛，想見她』，或『在一起很開心』的想法。

「直到失去她以後，才發現自己愛著她。他這才知道有些事必須等到失去以後才能夠理

20 浪漫芭蕾舞劇，是古典芭蕾表演經典中的傑作。

解，為此感到絕望。失去後，他才明白那是他的純潔、他的天真、他的初戀，也才明白這些一旦失去就再也回不來了。

「所以我認為他第二幕傷心並不是失去吉賽兒，而是失去了上述的一切。他在吉賽兒身上看見自己。所以他感嘆的並不是痛失所愛，而是必須與自己純真無邪的時代告別，因此陷入深深的絕望與空虛。反過來說，阿爾博特是非常愛自己的男人，直到最後都只想著自己。標題雖然是『吉賽兒』，但這部舞劇從頭到尾都是阿爾博特的故事。」

我覺得這個解釋非常有那傢伙的風格。

他對古典芭蕾的見解也很獨特。雖然他以前將古典比喻為「花束」、將當代舞比喻為「樹木」，但以他跳芭蕾舞的目的是為了表現或重現「這個世界的形狀」來說，兩者在他心裡其實沒什麼區別吧。

那傢伙從不虛張聲勢，也不打算讓自己看起來更厲害，唯獨對表現「形狀」這點異常講究。

我認為稍後誕生的傑作《KA・NON》，是最能明顯表現出這一點的作品。

那傢伙的作品裡，我對《KA・NON》可以說是情有獨鍾。

標題取自舞劇中使用的曲子〈卡農〉（CANON）與千手觀音（KAN-NON）。

配合舒緩的曲風，十位舞者站成一排，慢條斯理地起舞，是一支非常簡單的舞蹈。從頭到尾都沒有跳躍或趾尖旋轉，以慢吞吞的動作在舞台上前進。

舞者的隊伍直到最後一刻都沒有變化，只有衣服的顏色形成漸層。

類似道袍，從右肩露出手臂的衣服。

前面的舞者穿著鮮艷的朱紅色，然後慢慢地接近正紅色，最後的第十位舞者變成深紫色（他只有指定服裝的顏色要漸層，所以後面的公演，時而以白色為基調，時而粉彩色，總之是各式各樣的漸層）。

音樂奏響的同時，橫向排成一列的舞者慢慢在舞台上前進。繞舞台一圈，然後面向中央前進。

十位舞者慢慢地錯開角度，圍著舞台走，轉動手臂。

從前面看過來，真的很像千手觀音。手臂的動作很簡單，所以很好看，衣服漸層的色彩創造出殘影的效果，看著看著會有彷彿陷入恍惚狀態的錯覺。

從舞台上看出去，看到觀眾不出所料地逐漸浮現出喜悅的表情也很有趣，跳舞的人也覺得很愉悅。另一方面，由於是完全展現芭蕾基礎的舞蹈，從某個角度來說其實非常困難。速度這麼慢，要一直保持同一個姿勢很吃力。

如果是沒有基礎、動作不美的人，根本連一下子也撐不住，看起來會像一群傻瓜東倒西歪地動來動去。

《KA・NON》有十名男舞者的版本和十名女舞者的版本，我跳了好幾次，也曾經打過頭陣。

就舞蹈的性質而言，打頭陣的角色明顯是最重要的。

但我覺得最好的版本是首演時，由那傢伙打頭陣，後面九人是女舞者的版本。那個版本只有他跳過，我認為那是將他中性魅力發揮到淋漓盡致的角色。其次是全女性的版本，簡直跟觀

音菩薩一模一樣，充滿了筆墨難以形容的官能之美。

我記得很清楚，首演時由那傢伙打頭陣，修長的女舞者們慢慢轉動手臂的動作，令觀眾發出嘆息般的歡呼。

完全是千手觀音現世。

這也是那傢伙想展示的「這個世界的形狀」之一吧。

說到《KA・NON》的首演，我還記得為了十名男舞者的版本要由誰打頭陣發生過爭執。哈桑和法蘭茲看過那傢伙的演出後，彼此都想打頭陣，僵持不下。

法蘭茲・希爾德斯海姆・赫洛金柏格，是高我們一年級的奧地利籍男生。聽說這個險些害人咬到舌頭的名字，是父親的姓氏再加上母親的姓氏（奧地利好像可以任意選擇要冠父親還是母親的姓氏，也可以父母的姓氏都用上）。而且聽說父母雙方都是大有來頭的世家，換個時代說不定真的是「王子」。更別說法蘭茲的外貌，也是不折不扣的「王子殿下」。

身高近兩公尺，金髮碧眼，令人眼睛為之一亮的美貌（如果凡妮莎是麗塔・海華絲的升級版，那他就是伯恩・安德森[21]的升級版）。一般人想到王子殿下時，如無意外，腦海中浮現的就是他的長相。芭蕾舞學校首屈一指的高材生，大家都說他不久的將來很有機會成為首席。

法蘭茲是認真的好學生（在我心中的印象有點跟棚田誠撞型了），但性格也有些刁鑽，所以跟哈桑可以說是水火不容。兩人生長的環境差太多了，或許是刺激到哈桑的自卑感，他處處與法蘭茲作對。法蘭茲沒發現哈桑動不動想找人吵架的態度，其實是出於不安與自衛本能，認為哈桑只是單純的粗野，所以也從不掩飾自己對哈桑的輕蔑，導致兩人的關係益發惡劣。被法蘭茲那張俊俏的臉投以輕蔑的視線，換成是我，肯定會哭著逃跑。

兩人都想打頭陣，沒日沒夜地對那傢伙展開猛烈的攻勢，害他陷入左右為難的困境。藝術總監和老師們也被搞得暈頭轉向。

也舉行過試鏡，無奈這兩個人的表現力根本不分軒輊。再加上風格截然不同，藝術總監和老師們都「選不出來」，傷透腦筋。

「深津，你想不想打頭陣？」

有一次，那傢伙以走投無路的表情問我。我嚇死了：「我才不要。」

我才不想招那兩個人怨恨呢。

想像被哈桑炯炯有神的眼神和法蘭茲冷若冰霜的眼神瞪上一眼，我又想哭著逃跑了。

最後決定由哈桑和法蘭茲輪流演出同一個角色，至於第一天由誰上場則以丟銅板的方式決定（不知道怎麼回事，竟是由我丟的銅板）。

結果第一天由哈桑打頭陣。

看完雙方的《KA・NON》，打頭陣的人不一樣，舞蹈看起來也完全不一樣，真有意思。所以輪流演出說不定是正確的決定。

哈桑那身「天鵝絨皮膚」非常襯朱紅色的衣服，看起來就像太陽神，法蘭茲也毫不遜色，

---

21 有世界第一美少年的稱號。瑞典演員和音樂家。他所飾演最著名的角色是改編自托馬斯・曼小說《魂斷威尼斯》同名電影中的十四歲少年達秋。

舞姿看起來就像希臘神話的神祇。原來由不同人詮釋，看到的「神」也不一樣。

但是在我心中，最好的版本還是由那傢伙打頭陣的《KA・NON》。我也想打頭陣，卻不想嘗試後面都是女性的版本，大概是因為我至今仍堅信那傢伙的版本是最好的一版。

說到編舞，就不能不提到那傢伙在這裡唯一視為師父般景仰的藝術總監——尚・雅美。

尚・雅美是在阿爾及利亞出生的法國人，很早就成為家喻戶曉的天才舞者。在世界各地的芭蕾舞團跳過舞，幫助團隊成為世界頂尖的芭蕾舞團，後來應傳說中的藝術總監、同時也是編舞師的西奧・巴比才之邀，加入他的麾下。後來西奧・巴比才因車禍英年早逝，尚・雅美繼承他的衣缽，站上第一線率領整個芭蕾舞團。我們入團時，他已是白髮蒼蒼、寡言少語的老人，但眼神十分銳利，彷彿能看穿一切的視線，令人望而生畏。

尚・雅美本人也是編舞大師，留下無數傑作，更重要的是培養出許多優秀的新銳編舞師，功勞莫大。

那傢伙是尚晚年的最後一位徒弟。

起初尚十分欣賞那傢伙身為舞者的表現。

那傢伙先以編舞師的身分在芭蕾舞團嶄露頭角；作為舞者的處女作，則是由尚編舞的最新力作《DOUBT》（懷疑）。

雀屏中選的他，在作品中扮演的居然是聖女貞德。

《DOUBT》是由從小就認識聖女貞德的神父、聖女貞德在戰場上的親衛隊長，以及查理七世等三位男性為主角，跳出對神的懷疑與愛恨糾葛的作品（使用了奧立佛・梅湘[22]的管風琴曲也令我大吃一驚）。聖女貞德的角色比較像是串場的配角，只在幕間登場。

由於扮演的是聖女貞德，必須穿著沒有腰身的白色直筒洋裝，所以似乎也有很多人以為是男性化的女性在跳舞。

和三位主角厚重又苦澀的舞蹈比起來，貞德以天真爛漫的舞姿登場，過程中戴上寬大鬆垮的盔甲舞著劍、宣布解放奧爾良的場面，看起來也像是孩子在鬧著玩。

畢竟內心存有懷疑的並非貞德，而是貞德身邊的人，貞德只不過是他們投射懷疑的對象。

然而，唯一大放異彩的卻是貞德聽見「神諭」那一幕。

身體前傾，靜止不動，大大攤開雙手的掌心，以宛如定格般的笨拙動作回頭，仰望天空。

這一幕重複了好幾次，每次都有一段間隔，聽到天啟那一瞬間的表情，從最初的困惑到恐懼，再到歡喜，然後逐漸轉變成絕望。

降臨在聽見神諭的人身上的悲劇。

從他的表情可以看出《DOUBT》是一個什麼樣的故事。

這一幕天啟的動作與表情，就像他在團內試鏡時表演給大家看的那樣，但聽說除此之外，貞德的舞蹈有很多部分都採納了那傢伙的建議。看到他的表現，尚也不得不承認他在編舞上的才華（後來尚直接把《DOUBT》的編舞者改成和那傢伙聯名）。

22　奧立佛·歐仁·普羅斯珀·夏爾·梅湘，法國作曲家、管風琴演奏家、鳥類學家。二十世紀主要作曲家之一，也是傑出的作曲和音樂分析教師。

從此以後，那傢伙開始接受尚一對一的編舞指導。

但尚並不喜歡他太熱中編舞。

尚的主張是，「你也是很優秀的舞者，所以應該趁還能跳的時候專心當個舞者」，若不是尚這麼說，那傢伙恐怕會更早一頭栽進編舞的世界裡。

我很能理解尚為何這麼說。

他一手栽培的編舞師中，不乏陷入瓶頸的舞者、已經無法更進一步的舞者（話雖如此，他們跳的舞依舊非常有水準），也有不少人是在尚的勸告下改當編舞師，後來大放異彩。

可那傢伙身為舞者還有相當大的成長空間。雖然他具有編舞的天分是顯而易見的事實，但我也想繼續看他跳舞。

我喜歡那傢伙跳的舞。

中性的美感、特殊的氣質與動作，更重要的是，從那傢伙的舞蹈可以看出他有點遺世獨立的天然人格。

看那傢伙就能明白，具有編舞天分的舞者跳起古典舞或別人編的舞蹈時，特別有說服力，很有意思。大概是因為他們可以用自己的語言重新構築對既有編舞的詮釋。

就像《吉賽兒》的阿爾博特那樣。

似乎不只我有這個想法，包括古典舞在內，那傢伙收到各式各樣的角色邀約，其中不乏獨舞或首席舞者一般不會跳的角色。

而他在以專業舞者身分出道的作品聖女貞德後，也跳了許多原本應該由女性扮演的角色。

「做夢也沒想到要跟男生爭奪『紫丁香花精』的角色。」

我想起學姊曾忿忿不平地說過。

那是《睡美人》的新公演，當時那傢伙與幾位學姊一起試鏡，結果被選為「紫丁香花精」（當然改了一些舞蹈動作，不是足尖舞步）。就連妖精這種想像中的生物，他跳起來也沒有一點不妥的感覺，真是太可怕了。

如此這般，他把各種不同的角色跳出自己的風格。如同協作這兩個字的意思，他絕不會為角色染上自己的顏色，而是將角色延伸，讓角色貼近自己。

相較於那傢伙認定尚・雅美是自己的老師，尚則說：「我並沒有特別教 HAL 什麼。」還說「我沒有什麼可以教 HAL 的」。

另一方面，尚又在別的地方說那傢伙是他晚年的愛徒，兩人的師徒關係有點難以形容。有點君子之交淡如水，但兩人的師徒關係似乎又比看上去的緊密許多，這點從尚退休後以特別來賓的身分參與那傢伙的全幕芭蕾舞劇作品《刺客》，亦可略知一二。

在幕後操縱異端的宗教團體，傳說中的暗殺者「屏息者」。

這個角色穿著長袍，一直坐在石凳上，藏頭蓋臉，必須只靠手腳些微的動作表現出令人不寒而慄的存在感。原本是那傢伙自己要演，但他卻說：「我有更厲害的人選。」直到最後一刻才公布選角。

首演的第一天，「屏息者」表現出無與倫比的存在感與壓迫感，令觀眾大為震撼。兩幕中間的休息時間，到處都有人在討論：「那個角色到底是誰演的？」謝幕時，當尚・雅美脫下長袍，看到他的臉，大家都「啊！」地驚呼不已，心悅誠服。

事實上也的確如尚所說，比起尚教他怎麼編舞，更多時間是那傢伙讓尚看自己編的舞，聽取意見。

我看過一次他們上課的過程。

是《雅努斯》的時候。

《雅努斯》是那傢伙為我量身打造的作品，聽說在編舞過程中難得陷入了瓶頸。

那傢伙平常總是不費吹灰之力就能把舞編好，這次卻一再觸礁，好半天無法上岸。甚至編到一半完全停下來。

「嗯……怎麼會這樣？」

那傢伙仰天長嘆，搔著腦袋。

「深津，你陪我去找尚。」有一天，他帶我去找尚。

尚坐在椅子上，雙眼從鏡片後面犀利地盯著我們。

我非常緊張，但那傢伙已經很習慣了。看得出來他從很久以前就經常像這樣站在尚面前。

我和那傢伙跳已經完成的部分給尚看。

戛然而止的舞蹈。

尚始終默不作聲地盯著我們，喃喃自語：

「完全看不出來想表達什麼。」

「唉，果然是這樣。」那傢伙很苦惱。

尚看了我一眼，又看看他。

「你應該很了解 JUN 吧，可是完全看不出來。如果你編的舞能更貼近他一點，應該會感覺 JUN 是把自己掏出來跳舞才對。但他現在還沒有這種感覺。」

那傢伙難得無精打采地頷首。

「嗯……該怎麼說呢——他感覺像是我的家人，所以反而更難處理。老實說，平常我在編舞的時候，腦中都是以他為模特兒，真要為他編舞時，腦海中的他與活生生的他，卻產生了細微的出入，該說是不協調嗎——總之很難客觀地看待。」

聽到那傢伙皺著眉頭，斷斷續續的回答，尚「哦」了一聲，露出饒富興味的眼神。

「JUN 是你的繆斯嗎？」

沒想到尚會這麼問，我嚇了一跳。

那傢伙也嚇了一跳，側著腦袋。

「以繆思原本的意思來說，哈桑或法蘭茲比較符合繆斯的形象。」

那傢伙以不解的表情看著我，害我心跳加速。

「深津是什麼呢……」

他眼底浮現極為純粹的問號，我不禁鬆了一口氣。

「原來如此，我明白了。」

尚摘下眼鏡。

「那麼，把你現在跳的角色換成腦中的 JUN 就行了。想像你腦中的 JUN 和現實中的 JUN 在跳舞，以此編舞。事實上，《雅努斯》不就是這個意思嗎？一個人有兩張臉。」

「對耶，有道理。」

那傢伙稍微想了一下，再次抬起頭來，臉上浮現豁然開朗的笑容。

「沒錯，就是這樣。我懂了。」

那傢伙開始坐立難安，大概是腦海中已經依照尚的建議浮現出靈感了。

「尚，謝謝你。」

那傢伙一溜煙地衝向尚，給他一個大大的擁抱，誠心誠意地向他道謝。

尚輕拍他的背，看著我，露出略顯無奈的笑容。

那抹略顯無奈的笑容裡蘊含了許許多多的涵義，像是「你也不容易啊」、或是「HAL就拜託你了」，又或是「你的責任重大呢」……等等。

我不假思索地點點頭，尚也微笑頷首。

「深津，我們回去繼續編舞吧。」

那傢伙轉過身來，臉上的迷惘早已一掃而空，今天肯定也要被他操到死了。

那傢伙「想跳的舞」，和我「想跳的舞」有點不太一樣。

那傢伙想跳的舞，是他「想看」有人跳「他想跳的舞」，只要能看到，誰來跳都無所謂。

所以那傢伙很少為自己編舞，獨舞作品更是少之又少。據我所知，大概只有《野分》、《花下》、《春之祭》。而且起初雖然是以獨舞的方式發表，但是後來幾乎再也沒跳過，馬上就把自己想跳的舞，交給其他舞者呈現了。

我也想過如果他能稍微吊一下胃口，說「這支舞誰也別想跳」或「只給我看得上眼的舞者跳」，抬高自己舞蹈的附加價值也不錯。無奈我也在「想跳」的舞者陣容裡面，所以這種話很難說出口。

尚略顯無奈的笑容、那傢伙眼底的問號。

我曾經想過，自己究竟有多麼幸運。

如同艾瑞克所說，能與那傢伙「在這裡相遇」、那傢伙「編的第一支舞」就是因為我、有幸成為那傢伙編舞時腦中的模特兒。

或許是自我感覺太良好，我希望那傢伙也能認為與我「在這裡相遇」是一件幸運的事。

事隔多年，我仍會想起那一夜。

當時我還是芭蕾舞學校的學生，因為沒有錢，很少出門。

某天晚上，芝加哥管弦樂團來附近公演，已經忘了是誰，總之有對音樂大學的兄弟去不了，便宜的學生票兜兜轉轉來到我們兩個手上。

我們都很喜歡音樂，所以歡天喜地的一起去了。

座位靠近天花板，幾乎什麼也看不見，但是巴爾托克[23]的音樂實在太震撼人心、太美妙，我們感動極了、興奮極了，回家路上一時半刻說不出話來。

我們不想直接回宿舍，一直在同一個地方繞圈子，交流彼此的感想。

晚秋的夜晚，吐出來的氣息都帶了一絲白色霧氣。

23 匈牙利作曲家。畢生致力於研究民間歌曲，很多創舉影響了二十世紀藝術圈。

冷不防，那傢伙突然在人煙罕至、漆黑一片的廣場跳起舞來。

那傢伙大喊：

「我好像有點明白了。」

喂，別在這種石板路上跳舞，腳會痛喔。我想提醒他，但這是我第一次看到那傢伙一時衝動跳出完美又即興的舞蹈，注意力都在舞蹈上，忘了說話。

「我看見了，深津。」

那傢伙大笑，回過頭來對我說。

多麼驚人的跳躍力。

我不敢相信自己的眼睛。因為再怎麼看，那傢伙的身體都在我的視線之上。

他的舞蹈流露出源源不絕的生之歡喜。

那傢伙的腦中，以及看著他的我的腦中，正以震天價響的音量播放著巴爾托克的音樂。

不，那傢伙跳的就是巴爾托克。手裡抓著宇宙。

我感覺自己也看見那傢伙看到的「形狀」了。

我真的很幸運。同時也很不甘心。

我內心充滿了能親眼目睹美妙的舞蹈與萬春，只有此時此刻，錯過不再的感動與創造的瞬間，且獨占這分幸運的歡喜。也有為什麼要跟這種奇蹟般的傢伙誕生在同一個時代，同為舞者的不甘心，呆站在原地，動彈不得。

「在全暗的舞台，深津面向這裡站著，而我則背對你，站在稍遠的地方。你穿著銀灰色的緊身衣，我穿著深藍色的同款服裝。如同照鏡子般，擺出相同的姿勢。」

這是那傢伙第一次為我「編舞」時，浮現腦海的畫面。

而這也成為後來他為我編的《雅努斯》。但《雅努斯》自始至終就只公演過那一次，大概是因為這支舞非常難，再加上首演時的演出效果不容易重現。

《雅努斯》是兩個男人共舞的作品。在那傢伙的作品中大概是數一數二需要特技表演的作品，唯有在兩人的身高、技巧都不相上下的情況下才能成立。而且正因為是那傢伙和我，從無到有一起創作出來的作品，才有辦法跳。換成別人，要學會這支舞，還得配合對方的呼吸，我認為非常困難。就連我，若現在要我再跳一遍，即使是與那傢伙合作，除非相當認真地練習，否則也沒自信能把整支舞跳完。

再加上獨特的演出手法，也讓重演變得難如登天。

舞台總監為這個獨特的演出手法，不知費了多少苦心。

那傢伙的作品多半是簡單呈現，但也有不少用上一些大型的舞台裝置。即使是簡單的舞台裝置，也能成為作品的骨架。因此他的新作品總讓舞台總監提著一顆心，聽到演出計畫時，十次有十次會仰天長嘯（放心時的仰天長嘯是為了感謝神明，恐慌時的仰天長嘯是為了詛咒上帝）。

像是在巨大的三層展示櫃上舞動的《火神》，或是舞台上吊著三種巨大畫框的《展覽會之畫》。

《展覽會之畫》[24]直接採用了穆索斯基[25]的音樂作品。在銜接每首曲子的過場，由全體演出成員在舞台上隨心所欲地走來走去，在畫框放下來的同時，剩下那幅「畫」的演出者留在舞

台上，在畫框前擺姿勢，開始跳舞，大概是這樣。

舞台總監準備了三個設計迥異的畫框，再利用不同的燈光顏色，讓畫框各異其趣。問題在於三個畫框要隨時吊在靠近天花板的地方，畫框與畫框之間有空隙，所以舞台面積會隨著放下來的畫框產生些許差異。想也知道，如果是登場人物比較少的「畫」，要放下前面的畫框，登場人物比較多的時候，則放下最裡面的畫框。這種細微的距離感會讓舞者們（包括我在內）感到無所適從，導致「情緒受到干擾」、「好難跳」的惡評如潮。

也有人提出不如將畫框裡的畫投影成背景的意見，但那傢伙堅持一定要用實體的畫框，不予採納。退而求其次的建議，是將其中一幅畫框吊在天花板上，另外兩幅畫框事先收在舞台的左右兩邊，需要的時候再從旁邊推出來。這麼一來，畫框就能永遠出現在同一個位置。

然而這次換舞台總監不同意了：「如果畫框永遠都出現在後面同一個位置，觀眾會覺得很單調、沒有變化。前後改變畫框的位置，在視覺上比較有趣。」

最後乾脆反過來，讓吊起來的三個畫框之間的距離拉得比原來更開，製造出張弛有度的效果。舞者們（包括我在內）也覺得距離差這麼多的話，輕鬆多了。

關於舞台裝置，我還有很多想對表演者及編舞師說的話，但話題還是先回到《雅努斯》。

《雅努斯》是那傢伙為了祝賀我當上芭蕾舞團首席，特地為我編的舞。

以前一起在芭蕾舞學校就讀的同學，一旦有人晉級，那傢伙都會編一支舞送給對方。不知不覺間，這個習慣變成這幾年來的例行公事。

我內心隱約也有期待，希望輪到我的時候，那傢伙也能為我編舞。真的輪到自己了，雖然很不好意思，其實很開心。過去當了那麼久的白老鼠，但他從沒為我編過舞（老實說，在當他的白老鼠時，我們一天到晚黏在一起，早就已經看膩對方了），大家也都說：「HAL，你為什麼不幫JUN編舞？」

「深津，你想跳什麼樣的舞？」

那傢伙問我。「嗯……」我陷入沉思，沒有具體的想法。

「可以是抽象的題目，也可以是你想扮演的人物。」

那傢伙接著說。

嗯……

即使如此，我腦海中還是千頭萬緒，沒有任何具體的想法。

「你呢？有沒有什麼想法。」

我反過來問他。

「你有沒有什麼想讓我跳的舞？就像凡妮莎的《青年女巫》那樣。」

這次換那傢伙陷入沉思，我們「嗯……」地抱頭苦思。

我只有一個想法。當時我有一張專輯唱片，曾想著有朝一日希望能搭配那張專輯跳舞。

「那個，我想用這個音樂。」

---

24 鋼琴組曲。由十段風格迥異多變的音樂，代表哈特曼紀念畫展中的十幅畫。

25 莫傑斯特·彼得羅維奇·穆索斯基，十九世紀典型的俄羅斯作曲家。

我把專輯交給那傢伙，和他一起聽。

那張專輯是以色列的爵士樂低音提琴手阿維夏伊・柯罕的爵士樂三重奏。他作曲的音階很有特色（感覺像是日本民謠的「去四七音階」[26]），大概是以故鄉的民謠為基調。若以日本人熟悉的旋律為例，只要想成是學校土風舞常跳的〈水舞〉就不難理解了（話說為什麼與以色列相隔千里遠的日本，會在義務教育的課堂上讓學生用以色列民謠〈水舞〉來跳舞呢？真不可思議）。如果是熟悉當代舞的人，則不妨用以色列的巴希瓦舞團[27]表演時的舞曲來想像。

我本身不編舞，但有時候聽音樂，腦海中會浮現出自己跳舞的畫面。身體不知不覺動起來，擺出動作也時有所見。

我想過自己可以用這首曲子來跳舞，也曾經千真萬確地相信，如果是這首曲子，肯定會有什麼從體內迸發出來。

給他的專輯是我特別有感覺的一張，即使是同一位音樂家，其他專輯沒有給我這樣的感覺。

那傢伙專心地聽專輯，突然抬起頭來，看著我大叫：「就是這個！」

「什麼啦。」

他的樣子非同小可，我不禁有點怯步。

「就是這個啊！這個。我以前想過，有如舞蹈碎片般的東西。原來是這支舞的一部分啊。」

那傢伙激動莫名地抓住我的肩膀，用力搖晃。

「聽不懂你在說什麼。」

我有點傻眼。早習慣那傢伙不按牌理出牌的言行舉止，但這一刻我真的完全聽不懂他在說什麼。

「聽我說……」

至此，那傢伙終於告訴我，他第一次為我「編舞」時，就已經在想像我們未來可能一起跳舞的畫面。我總算聽懂他在說什麼了，但也感到愕然「居然有這回事」。那傢伙在十五歲的工作坊，就想到將來我和他共舞的畫面，甚至連服裝都想好了。就算是那傢伙，就算要我相信他說的話，也太不真實了。

「很好，我們就用這首曲子來一段雙人舞。」

那傢伙斬釘截鐵地說道。

「雙人舞？」

這可太意外了。除了為凡妮莎編舞的《青年女囚》以外，那傢伙很少跟別人一起跳舞。

仔細想想，我和那傢伙成為專業舞者後，還沒在舞台上一起跳過舞。

「我知道要取什麼標題了。」

「想好了？什麼標題？」

---

26 去四七音階是把 Do、Re、Mi、Fa、Sol、La、Si 中的 Fa 和 Si 去掉。

27 第一個獲准演出現代舞之母瑪莎·葛蘭姆之作品的舞團。

那傢伙莞爾一笑，微微頷首。

不是想好了，是知道了。這句話也很有那傢伙的風格。

「雅努斯。我們要跳雅努斯。」

那傢伙說道。看到他燦若星辰的眼神，瞬間我也一下子就反應過來了，「原來如此，雅努斯啊。」雅努斯的確是很適合共舞的題材呢。

然而，直覺也同時告訴我：「看來會是一場硬仗。」因為他的對手是我。他一定會毫不留情地把要求提高到慘絕人寰的水準，大概會變成一支難到嚇死人的舞。我有非常不祥的預感。

很快地，這個預感就應驗了。

首先，如前所述，那傢伙對於為我編舞一事感到困惑，因感覺上出現落差，陷入混亂。同樣地，那傢伙給我編的第一個動作就難到極點，所以我也感到前所未有的疲憊。一心想著技巧，無法好好地融入到舞蹈裡。就算我不是哈桑，也想質問他：「喂，春，你這渾蛋是在找我麻煩嗎？這麼難的舞是給人跳的嗎！」打從編舞的第一天起，我就預料到前途多舛，就算我不是舞台總監，也想仰天長嘯：「照這個節奏跳下去，身體會吃不消啦。」

《雅努斯》的風聲很快就傳開了。耳聞我要和那傢伙跳雙人舞，大家經常來看我們彩排。

那傢伙編舞的作品很受歡迎，所以也有人來偵察自己會不會也想跳（主要是首席舞者）。但連他們也瞠目結舌地說：「欸？這是怎麼辦到的？」、「這支舞真能從頭跳到尾嗎？」我也知道有人在私底下說風涼話：「真的有辦法完成嗎？」、「JUN 該不會為了晉級紀念公演反而受傷無法上台吧？」

老師們似乎也很感興趣，陸續有人跑來下指導棋，給我們很多建議。

艾瑞克看完前五分鐘，一臉鐵青地說：「真的假的？」

「這個作品大概幾分鐘？」

「將近三十分鐘吧。」

聽到那傢伙和我大眼瞪小眼、氣喘如牛的回答，艾瑞克啞口無言。

我和那傢伙從專輯裡抽出八首歌，用來編曲。

「衝得太快了。」

艾瑞克難得以恐懼的表情說：

「一直托舉的話，會傷到腰喔。HAL，就算是 JUN 要求，就算你們真的能跳，但凡事做到極致就會失去美感。更重要的是，觀眾會感到疲憊。」

「是噢。」那傢伙的表情暗淡下來。

我也想附和：「正是，老師說的對，我已經快死了。」可惜上氣不接下氣，說不出話來。

隔天，這次換李察來了。

大概是前一天聽艾瑞克說了，我還以為又要挨罵，但李察只是輕描淡寫地說：

「我懂你卯足了勁想為 JUN 慶祝，也知道身為舞者都想把技巧嘗試、鑽研到極致的心情。」

真稀奇，居然是站在那傢伙的角度出發。

「但如果你真心想為 JUN 祝賀，就應該留下他可以跳一輩子，可以流傳後世、其他舞者

也能跳的作品。」

「是噢。」那傢伙的表情更陰沉了。

我想說：「不不不，這傢伙已經完全忘記要為我祝賀的事了。那傢伙滿腦子只有《雅努斯》是他想做、想看的作品。」可惜這次也是上氣不接下氣，說不出話來。

因此種種，過了幾天，那傢伙突然編不出動作來，只好去找尚·雅美求救。

那傢伙聽取尚的建議，「滿血復活」後對我說：

「抱歉，深津，可以請你暫時忘掉之前的編舞嗎？」

我以呻吟聲代替回答，既不是「什麼」也不是「好啊」。

那段技巧難到升天的舞蹈，我從一開始就非常緊張、吃盡苦頭的那段舞蹈。聽到他要我暫時忘掉，我的回答夾雜了「開什麼玩笑」和「啊，太好了」的嘆息。

「所以呢？你打算怎麼做？重新來過嗎？」

我下一句脫口而出的話帶著筋疲力竭、氣若遊絲的聲音。

那傢伙不假思索地點頭：

「嗯，我會留下概念，其他重新來過。」

「概念？」

「沒錯。我懂艾瑞克和李察的顧慮，但我個人覺得，就算這支舞只有我和你能跳也沒關係。所以就算很難、無法留下來也無所謂。」

呃，那個，我比較想要不那麼難的，可以的話，最好能把這個作品流傳下去。你可能已經忘了，但這其實是「為我」慶賀的作品吧。我想這麼說，但那傢伙的表情實在太開朗，說得也太乾脆，害我說不出口。

「可是我不希望觀眾看得很累、覺得很難懂。」

那傢伙的視線在半空中游移：

「我可能真的有點用力過猛。可以實現以前的想像令我太開心了，沒考慮到舞蹈上有沒有塑造出讓觀眾看起來很舒服的『形狀』。但我現在終於看到全貌了。」

我望向那傢伙的視線前方，我知道《雅努斯》的形狀已經在他心裡具象化了。

「我要做成旋轉舞台。」

他突然沒頭沒腦地說。

「什麼？」

那一瞬間，我還以為我聽錯了。那傢伙莞爾一笑，又重複了一遍「我要做成旋轉舞台」。

「雅努斯是前後各有一張臉的神嘛。我們的《雅努斯》要在旋轉舞台上呈現。」

這時，那傢伙的想法也浮現在我的腦海裡。

幽暗的舞台。我和那傢伙背對背地站在圓形的旋轉舞台中央。

兩人閉上雙眼，背部緊緊貼合，一動也不動。

我的臉和那傢伙的臉輪流出現在舞台前方。

播放著阿維夏伊．柯罕的音樂。

我們睜開雙眼，一步一步往前走，走到圓周的邊緣，停下腳步。

舞台在旋轉。

我和他各自站在圓形舞台的一角。舞台不斷旋轉，我和那傢伙的臉輪流出現在舞台前方。我穿著銀灰色的衣服，那傢伙穿著同款式的深藍色服裝。

如同正負極的兩張臉。

沒錯，這個畫面就是《雅努斯》的第一幕。

凡妮莎．蓋布瑞斯是《回聲》。

哈桑．塞尼耶是《斧頭》。

法蘭茲．希爾德斯海姆．赫洛金柏格是《道林．格雷》。

以上是那傢伙為了慶祝他們晉級，送給他們的作品。全都是獨舞的作品。

輪到我的時候，那傢伙難得陷入迷惘，但他基本上是很清楚自己在做什麼的人。這點看那傢伙編的舞就知道了，我經常覺得他在編舞時能直覺地看穿一個人的本質。

明明凡妮莎在所有人眼中都是落落大方的女王，那傢伙卻能感應到凡妮莎內心深處內向的少女部分，最早為她編舞的《青年女囚》即是如此。《回聲》更是讓她以敘事性的舞蹈表現出哀愁，只能複述別人說的話，結果變成「回聲」的希臘神話精靈。凡妮莎也配合德布西[28]的〈亞麻色頭髮的少女〉音樂，手裡拿著粉蠟筆色的輕薄大絲巾，活靈活現地詮釋出夢幻風情，證明自己比《青年女囚》時有了更顯著的成長。

送給哈桑的作品用了瑟隆尼斯．孟克[29]的曲子〈神祕境域〉，創作出洗練又新潮的芭蕾舞。是以那個〈金斧頭、銀斧頭〉的寓言為底色的作品，最大的看點是將哈桑的體能發揮到淋漓盡致，藉此帶出深埋在他內心深處的黑色幽默。

最後是法蘭茲的《道林・格雷》，該說那傢伙很有勇氣，還是膽小鬼呢？可想而知，這是衍生自奧斯卡・王爾德[30]的小說《道林・格雷的畫像》。仗著自己年輕貌美的青年，看到仰慕者為他畫的肖像畫，許下心願：「要是肖像畫可以替我老去就好了。」後來願望成真，他一直保持年輕貌美，而畫中的青年則越來越老、越來越醜。那傢伙讓「王子殿下」法蘭茲詮釋道林・格雷這位稀世美男子。

不僅如此，那傢伙選用的曲子還是約翰・柯川[31]用高音薩克斯風演奏的〈My Favorite Things〉（我所喜歡的事物）。

這首歌原本是音樂劇的曲目，顧名思義，歌詞是小朋友依序列舉「我喜歡的事物」，但不知為何散發出一股傷春悲秋的氣氛。因為「喜歡的事物」或「美好的東西」，總是隱含著隨時都會失去的預感。

無論是主題，還是歌曲，都是一部正中法蘭茲好球帶的作品。

或許法蘭茲對那傢伙的挑戰也有所期待（再說了，有所期待的是周圍的人和粉絲，接受「挑戰」的大概只有法蘭茲本人，那傢伙依舊絲毫沒有這方面的概念，只是順從自己的直覺做

---

28 阿希爾・克洛德・德布西，二十世紀初最有影響力的法國作曲家。

29 史上作曲數排名第二的美國爵士樂作曲家，擅長即興表演。

30 愛爾蘭都柏林的詩人和劇作家。一八九〇年代初期倫敦最受歡迎的劇作家之一。

31 當代最重要的美國爵士薩克斯風手之一。

出選擇而已），毫無懼色地正面迎擊這些挑戰。以鬼氣森森的真實感，跳出唯有美得不可方物的人才明白的恍惚與傲慢，以及擔心失去美貌的焦躁與恐懼。

當時的法蘭茲已經擁有足夠的實力與知名度，但老師們都說他在演出《道林・格雷》之後更上一層樓，但最能感受到自己脫胎換骨的，想必是法蘭茲本人吧。

「覺得好像直面過去，一直刻意不去看自己心中那些醜惡與頑劣的部分。」

請教法蘭茲成為首席舞者的心得，乃至跳那傢伙為自己編舞的作品有什麼感想時，他喃喃自語道。

有些作品確實能讓舞者成長，是在應該相遇的時刻相遇的作品。

那麼我的《雅努斯》，那傢伙送給我的《雅努斯》又如何呢？他在這部作品中看到了我的本質嗎？我的本質到底是什麼呢？

開頭的呈現方法定下來，共同經歷一波三折後，《雅努斯》總算順利地開始往前推動。兩人閉上雙眼，背對背站在旋轉舞台中央。然後睜開眼睛，往圓周外圍移動。旋轉舞台停下來。走到圓圈外面，忽而靠近、忽而遠離地舞蹈。以上為一組，重複好幾次，構成整段舞的雛型。

基本上，從頭到尾沒有面對面共舞，頂多並肩站在旁邊。

另一方面，背對背的時間很多。有時還得在背對背的情況下，做出近似側翻或後空翻的動作，回到圓圈內時，還要邊轉圈邊擺出各種「表裡一致」的姿勢，成為合而為一的雅努斯。

有時候是我在前面跳舞，有時候是那傢伙上前。

不過，阿維夏伊．柯罕的低音大提琴獨奏部分，幾乎都是我在前面跳（唯獨這裡有那麼點為我祝賀的味道吧）。

或許是一起經歷了那些一波三折，我大概知道那傢伙接下來會怎麼指示。

不，該說是不可思議的一體感嗎——這就是以前女生提到協作夥伴的時候，形容他為「無法辨認異物」的那種感覺吧。

旁邊就是自己的分身，為相同的旋律共鳴的存在。

這是什麼？那傢伙到底是什麼？我一直在自問自答，我全身的皮膚和心，無時無刻不在為此騷動。絕不是不舒服的騷動。非常刺激的同時，較量彼此的技巧、緊密咬合的感覺很痛快，感覺這部作品在正確的方向、去往該去的方向，令人感到放心。

奇妙的是，在創作、排練《雅努斯》時，我們都沒有看對方的臉。

平常就跟家人一樣生活，所以誰也不會特地去看家人的臉。

尤其是這段期間，身為「雅努斯」的我們，看對方的臉好像成了一種禁忌。有時候不小心對到眼，還會產生類似「抱歉」、「對不起」的心情，連忙撇開視線，基本上都是這樣。

排練時也幾乎不交談。與其說不交談，不如說是沒有對話的必要。

更重要的是，因為我們是「雅努斯」，身體已經自然而然地學會對稱的動作，反射性地做出與那傢伙編的舞相反的動作。

作品中有一幕兩人排成一列，同步跳出對稱的舞蹈，長達好幾分鐘的場景，簡直像是旁邊有一面鏡子，感覺非常不可思議。

或許是因為這樣，感覺跟芭蕾舞團的其他劇目那種完全一樣、同步的動作都不同，感覺

非常詭異，詭異得不得了。身體會下意識地採取對稱的動作，必須一直告訴自己「不對不對」。

旋轉舞台的裝置完成了。

旋轉舞台必須與周圍的地板一樣高才行，所以必須在舞台上設置更高一階的舞台，必須調整到剛剛好的高度，比想像中更辛苦。

舞台看起來似乎轉得很慢，但實際站到旋轉舞台上，感覺好快，嚇了我一跳。因此一直無法習慣，停下來時一口氣往外走的動作，累死我了。

為了知道站在旋轉舞台上的視覺效果，我們拍了好幾支影片，一起調整姿勢。

「沒想到看起來這麼無聊。」

「啊，可是這個動作很有趣呢。」

「很像花式溜冰的旋轉。」

「確實很像。」

「一起做貝爾曼旋轉[32]吧。」

兩人七嘴八舌地討論，已經搞不清楚到底是好是壞了。

那傢伙對指尖的角度、手臂的角度、臉的角度都非常講究。沒完沒了地指出我的缺點，搞得我指尖都快抽筋了。

服裝也做好了。

質地輕柔，加了一點點金蔥線，具有光澤的服裝。銀灰色和深藍色都呈現出他想要展現的高級感，那傢伙似乎也很滿意。

與服裝部討論了好幾回，再加入細部的調整，例如領口的深度、袖子的長度。

也針對燈光和音響討論了好幾天，花在新作品的時間與心力總之非常龐大。從頭到尾都要無中生有。單從這些時間心力來看，我重新體認到自己不是當編舞師或導演的料。

隨著作品逐漸成形，終於到了要跳給老師們，及尚・雅美、公關部的工作人員看的日子。

我並不特別緊張。排練那麼多遍，感受兩人一起鑽研到極致的心滿意足，我認為已經完成了自己該完成的作品，問心無愧。

「好了，走吧。」

我扭轉身體，做伸展操。

那傢伙就站在我旁邊。

我穿著銀灰色的衣服，那傢伙穿著同款的深藍色服裝。

只見那傢伙正以詭異的表情站著不動，看起來似乎在放空。

「上台了，春。」

我對他說，那傢伙露出愣了一下的表情。

「怎麼啦？」

「感覺好奇怪。當時看到的畫面，現在終於要成真了。」

貝爾曼旋轉是單腳站立，另一條腿從背後彎起至頭頂，雙手從前面抓住頭頂那隻腳，原地旋轉的動作。

那傢伙微微歪著脖子說。

我似乎也能理解他的心情。

第一次在工作坊共舞時，那傢伙「預料」到的畫面。

「對呀，真不可思議。沒想到會跟你一起站在這裡。」

「謝謝你，深津。」

感受到這句話蘊藏的深意，我轉過頭去。

那傢伙以平靜的眼神看著我。

這陣子我們都迴避著彼此的視線，但今天他的眼睛直勾勾地盯在我身上。

「託你的福才有了形狀。」

感覺歲月似乎倒流了。

「深津，可以耽誤你一下嗎？」「謝謝你，深津。」

在離日本千里遠的地方，說著與十五歲的夏天相同的話。

「彼此彼此，我也要謝謝你。」

我也看著那傢伙的眼睛說：

「感覺是你把我帶到這裡。」

「才怪，我覺得正好相反。」

那傢伙想也不想地否定。

然後抬頭看向空中。

眼神依舊悠遠，望向不知名的遠方：

「或許正好相反。是深津帶我來到這裡——嗯，就是這麼回事。所以才會有《雅努斯》。」

「什麼？」

正想問個清楚時，耳邊傳來「開場前五分鐘」的聲音。

這次的舞蹈比正式公演更令我印象深刻。

艾瑞克與李察隱而不發的激動神情。

尚．雅美的微笑。

我在視線一角捕捉到的凡此種種，邊跳邊思考那傢伙在後台說的「所以才會有《雅努斯》」是什麼意思。

背後緊緊貼合的存在。

這一刻，我們就是雅努斯，前後各有一張臉的神。

從十五歲的夏天開始，就注定會有這麼一天的兩人。

從那年夏天開始，我們一直在一起。

那傢伙成為編舞師，我成為頂尖舞者——

回憶當時的事，彷彿又聽見艾瑞克說的話。

「上天安排？命中注定？要怎麼形容都可以。我猜你們大概遲早都會出現在我面前，但兩人同時出現的話，這裡頭肯定有什麼意義。」

「你們既然已經在這裡相遇了，就算彼此沒有意識到，冥冥中肯定有什麼力量在運作。因為對方已經出現在眼前了，自然無法視而不見吧。這大概是上天事先安排好的互補關係。」

「嗯，我不覺得你們是競爭對手喔。就連互補關係這個詞，也是剛才靈機一動突然想到，應該還有其他更貼切的形容。」

時至今日，我想我大概知道艾瑞克想說什麼了。

以及那傢伙的話所代表的意思。

我和他都是對的。我們帶領彼此來到這裡，既不是互補關係也不是競爭對手，更不是什麼命中注定。

沒錯，只是剛好在這裡相遇。

在那個明媚夏日午後的攝影棚裡，我們「發現」了彼此。

名符其實的「發現」。我發現他，他也發現我。如果不是「發現」，我大概不會對他產生興趣，他第一次編舞的對象也不會是我吧。

在這裡相遇，接觸，跳躍，成為彼此的跳板。

阿維夏伊．柯罕的音樂響起。

長長的低音提琴獨奏。

我上前舞蹈。

充滿特技的獨舞。那傢伙在身後背對我，跳著不同的獨舞。

背對背的兩人。

在旋轉舞台的正中央閉上眼。
世界在旋轉。旋轉。
睜開眼睛。往前走。旋轉。旋轉。
那傢伙就是我。我就是那傢伙。
並肩共舞。簡直就像旁邊有一面鏡子，另一個我在鏡子裡跳舞。
我甚至覺得舞台上只有我一個人。
感覺那傢伙是我的分身，是我的另一半。
冷不防回過神來，我正低頭看著自己。
從某個高處，俯瞰這個世界。
我和那傢伙在跳舞。奇蹟似的巧合，剛好在同一時間，出現在同一個場合的兩個人，奇蹟似的共舞。
原來如此，這就是「這個世界的形狀」啊。
曲子結束了。
我和那傢伙背對背地站在圓心。
閉上雙眼。
舞台一再旋轉。
就這麼暗了下來。
燈光再次亮起，聽見歡呼喝采。
刺眼的燈光令我瞇起眼，我覺得自己好像有點明白那傢伙看著什麼，又試圖看到什麼了。

II

萌芽

他是個很美的孩子。

把「很美」這個形容詞用在孩子身上好像有點怪怪的，雖然他是我的外甥，但是除了他以外，我從未見過如此適合「美」這個形容詞的孩子（不過多年以後，看到和他一起留學的深津純時，我也有「啊，這孩子小時候一定也很美」的感覺）。

不過，我沒有小孩，也沒看過太多小孩，所以樣本數委實少得可憐，所以這只是在少得可憐的樣本中比較。

他才剛學會走路的時候，就很適合「他」這個第三人稱了。

不是「那孩子」，也不是「春」，而是「他」。

不只我，就連姊姊、姊夫和其他大人提到孩子的話題時，也都用「他」來指春。因為春就是有讓人這麼稱呼他的特質。

他是個安靜的孩子。

每次回憶小時候的他，很少出現他侃侃而談的畫面，只有總是一個人獨自待著的印象。

安靜有兩種。

一種是很怕生、很害羞，又或者是很內向、很敏感。說話時不是落荒而逃，就是躲在別人背後的那種。

另一種是一旦分心就沒有餘力溝通的那種。壓根不曉得自己在別人口中是安靜的人，也不知道有這種判斷標準，總之心不在焉的那種。

他很明顯是後者。

只是，周圍的人往往不曉得他的注意力到底在哪裡。

「那傢伙明明才幼稚園，會不會太老成了？」

姊夫的弟弟曾經這樣傻眼地評論過他。

當時他背對我們，和我們家的狗（名叫豆皮的柴犬，因為毛色讓人聯想到豆皮壽司）並肩坐在院子的櫻花樹下。

我們家的櫻花是枝垂櫻，總在染井吉野櫻凋零謝幕後才東一朵、西一朵地開始綻放。

櫻花有各自的性格，每年都有偷跑先開的，也有總是等別的櫻花開始凋謝才終於綻放的。枝垂櫻本來就已經開得很慢了，我們家的枝垂櫻更慢，通常與最晚開花的八重櫻同時綻放。

「不知道他在想什麼。如果是世界和平就太可怕了。」

姊夫的弟弟有些心驚膽寒地說。

因為他坐在那裡已經快一個小時了。

小孩通常只有三分鐘熱度，好一點的連五分鐘也坐不住，所以他那老僧入定的模樣簡直不正常。

不過據他本人的說法，他完全沒有刻意忍耐，也沒有要求自己安安靜靜地待著，只是忙著觀察，哪知時間一轉眼就過去了。

忘了是什麼廣告，總之我以前看過這樣的廣告。

一個小男生專心地用黑色蠟筆塗黑畫紙，一天又一天，拚命地塗黑畫紙。大人們看到那幅畫，很擔心他。擔心他一直把紙塗黑是不是有什麼心理疾病？穿白袍的醫生來了，對男孩子說

話，但男孩不回答，依舊拚命地塗黑畫紙。大人們你一言、我一語地討論原因。有一天，一位護士發現男孩子的畫有了變化。畫的正中央有一條線，空白出現了。男孩子畫出一幅又一幅類似的畫。

醫生把男孩之前畫的圖全部拿出來看。因為實在太多，地板擺不下，於是借了學校的體育館。全部排好以後，男孩大喊一聲：「完成了！」放下蠟筆。

大人們爬上體育館的頂棚鷹架往下看，看到排好的畫，無不大吃一驚。

那是一幅巨大鯨魚的畫。他畫了一隻巨大的鯨魚。

好像是這樣的廣告吧。

我看到當時的他，想起這支廣告。

我猜他大概由始至終都認真地觀察自己身邊的世界，腦子裡充滿瞬息萬變、令人眼花撩亂的想法。

後來不時看到他凝視著什麼的眼神，以上的猜測轉為確定。

有什麼東西正以猛烈的速度在他心裡「活動著」，一如悄無聲息地在超級電腦進行大量的運算。

從他的第一場舞蹈發表會看下來，並看過其他舞者的演出後，發現所有卓越的舞者都是這樣。

只是站在那裡，就有什麼在內心猛烈地「活動著」。肉體本身擁有的速度快得驚人。

他從小就擁有那種「速度」。

無論是安安靜靜地坐著，還是在觀察什麼事物的時候。

「你在看什麼？」

姊姊曾經不解地問我。

因為每次他來，我總會忍不住目不轉睛地盯著他的一舉一動。

「沒什麼，只是覺得這孩子真有意思。」

聽我這麼說，姊姊覺得更不可思議，繼續追問：「哪裡有意思了？」

「這很難解釋。」我只能這麼回答，但就是怎麼也看不膩。別的小孩從不曾給我這種感覺。只有他，總覺得他正看著什麼特別、有趣的東西。

他是個安靜的孩子，也是引人注目的孩子。

或許因為他長得很漂亮，有一種獨特的存在感。

忘了是去做什麼的回程，偶然經過他就讀的小學。當時只知道經過一所小學，並沒有意識到那是他的學校。

正值下課時間，大部分的小學生都在操場上玩。有人踢足球，有人在玩老鷹抓小雞，肆無忌憚地跑來跑去、大聲笑鬧。

心不在焉地看著那些孩子時，視線不經意停駐在某個孩子身上。

沒有理由。

然而就在下一瞬間，我發現是他，嚇了一跳。這才想起這所學校是他就讀的小學。

他正一個人獨自待著。

掛在最低的單槓上，目不轉睛地看著其他孩子們。

不知道為什麼，我明明離他很遠，卻感到坐立難安。

如果是落單的孩子，眼裡通常會浮現出欽羨或孤單的神色吧。但他眼裡完全沒有一絲一毫那樣的神色，只有某種甚至讓人感覺冷酷的東西。

那究竟是什麼視線呢？好奇？觀察？有幾分熱切。但他究竟熱衷著什麼呢？

我感到混亂，甚至有幾分罪惡感，彷彿看到什麼不該看的東西。罪惡感？這又是為什麼？

我倉皇地離開現場，一面試圖用言語說明他眼底浮現的東西與自己的情緒，可惜並不成功。

只是重新認識到，他是個不可思議的孩子。

他果然很有意思。

他是個與活潑二字沾不上邊的孩子，所以周圍的人都認為他大概不擅長運動。

然而，他父親是田徑短跑選手、母親是體操選手（聽說兩人就是在縣大賽的開幕儀式會場邂逅的）。所以周圍的人又說，他的運動神經不可能差到哪裡。

事實上，他的體育成績是滿分。

他小學的級任老師說過一句很有意思的話。

不管是跳箱、墊上運動還是打球，他總是目不轉睛地盯著示範的人看。其他小孩都開始活動身體了，他依舊動也不動地盯著他們的動作看，直到不曉得領悟到什麼才開始採取行動。

可是一旦動起來，就幾近完美，可以說做什麼像什麼。

換句話說，他的觀察力十分敏銳。做任何事前都會先在腦中反覆模擬，分析該怎麼動才出手。運動神經也非常優越，能立刻將腦海中的模擬轉化到身體，讓身體依照自己的想法去動。

姊姊一度想讓他學體操。大概是認為體操需要這種能力，他肯定很適合。

他沒有去學體操的理由非常值得玩味。

姊姊帶他去朋友經營的體操俱樂部觀摩。

他還是老樣子，起初先仔細地觀察其他小孩的動作。一如既往地專心觀察。

他對地板動作特別感興趣。原本一直仔細觀察別人練習的他，突然跳起來，轉了一圈，完美落地。

可想而知教練相當驚訝，熱情地邀請他務必加入體操俱樂部，姊姊也很起勁。然而在回家路上，姊姊問他：「如何？要不要加入體操俱樂部？媽媽也覺得你很適合練體操喔。」他卻不假思索地搖頭。

「不要，不是那個。」

姊姊說她嚇了一大跳。

因為他一向是個安靜的孩子，很少提出自己的意見，也甚少表達好惡。這次卻毫不猶豫、斬釘截鐵地拒絕，令姊姊跌破眼鏡。

而且他還說「不是那個」。「不是那個」的話是哪個？

「不是那個是什麼意思？」

姊姊問他，他稍微想了一下。

然後看著姊姊的臉，彷彿想強調什麼似的猛搖頭：
「我不知道。但就不是那個。」
看到他拚命解釋的模樣，姊姊打消讓他加入體操俱樂部的念頭。

我問過他，你還記得當時的事嗎？
「嗯，我記得。」
他點點頭。
「不是那個」是什麼意思？
聽到這個問題，他苦笑回答：
「嗯，直到現在我還是說不清楚。因為沒有『卡嚓』一聲吧。」
「『卡嚓』一聲？」
我反問道。他只是重複著「嗯，卡嚓一聲」這句話。
「我啊，只要感覺對了，這裡就會發出『卡嚓』一聲。」
他把手放在自己的胸口。
「其實我在那個體操俱樂部試著轉圈的時候，有發出『卡嚓』一聲。那是一種很不可思議的感覺喔。當時好像有某種預感。可是回家路上媽媽問我要不要加入體操俱樂部時，直覺告訴我，那裡不是我的歸宿。」
「嗯，但你當時還沒想到芭蕾舞吧。」
我問他，他坦率地點頭。

「嗯。連芭蕾的『芭』字都還沒一撇。當時我的字典裡還沒有『芭蕾』二字，也沒看過芭蕾舞呢。」

他突然望向遠方。

「小時候其實什麼都沒在想。光是了解自己居住的世界、觀察這個世界、把世界輸入腦內就費盡全力了。」

他熱心地觀察一切，反覆進行腦內模擬，大概是因為他永遠都在探索吧。

自己該做什麼？想理解什麼？

也因為太專注探索，不知不覺便開始看到一般人看不到的東西了。

我和他一起去過神田日勝的畫展。

那時住在東京的親戚剛好過世，大家正一起籌備喪事。

當時他已經開始跳芭蕾舞了，但是距離首次發表會還有一段時間，我也還沒看過他跳舞。

如今我已經不記得為什麼會和他一起去看畫展，大概是姊姊、姊夫沒空吧。

利用去東京的時候，一次看完所有畫展是我的習慣，所以帶他去看的是我當時正好想看的畫展。

神田日勝是北海道的畫家，一面經營農業一面畫油畫。而且不用畫布，直接畫在膠合板上。

日勝筆下的油畫濃墨重彩，以農務及馬的繪畫闖出知名度。

他似乎很喜歡日勝的畫，看得津津有味。

畫展的最後一幅畫。

那是日勝生前最後的作品，也是作品中最有名的一幅畫。

他不喜歡大家稱他農民畫家，晚年的畫主要都是都市或室內的作品，但最後選擇的題材終究回歸到讓他一砲而紅的馬。

那幅畫最後並沒有完成，亦沒有背景，只畫了一匹馬。那匹馬也只畫到一半。只有前腳和頭部，以及上半身。

然而，那半匹馬畫得非常傳神，肌肉的感覺非比尋常，彷彿能感受到脈動。看到那幅畫的瞬間，覺得下一秒就能看到馬從畫裡跑出來的人，應該不只我一個。

我看得入迷的同時，也感覺到他走過來。

「哇！」他小聲歡呼，站在我旁邊，跟我一起看得入迷。

「簡直像是要從畫裡跑出來呢。」

我說出剛才想到的事，他用力地點頭附和。

「真的。」

他喃喃自語，突然伸出右腳，擺出沙、沙、沙地往後踢的動作。

「你在做什麼？」

我提醒他注意場合，但他似乎沒留意到自己的行為，「啊！」地低頭看自己的腳。

「這匹馬的身體是這樣的。」

「什麼？」

他望向畫中的馬。

而且是沒有畫出來的馬身。

「這匹馬就像這樣，正用右腳踢向地面。」

他又用自己的右腳刷一次地板給我看。

「對不對？」

我不由得感到背脊發涼。

他的雙眼不偏不倚地盯著畫的空白部分，一點也不像在開玩笑。

他看得到。

我看著他文靜的側臉，看著他柔美的側臉。

他看得見。他真的看得見沒有畫出來的馬身。

他果然很神奇，也很有趣。

我看著他的側臉，再次深深地感受到這點。

事後再回頭想，他能看見神田日勝沒有畫出來的馬身，或許因為他真的和馬走得很近。

姊夫的父親經營馬場，聽說以前養過軍馬，春還在學步就在牧場接觸到馬。上小學已經很會騎馬了，爺爺還期待他「說不定能成為賽馬騎士」。

可惜我們家流著高個子的血液，姊夫家也個個都是大長腿，所以他的腳從小就很大，不難想像將來應該也會長得很高。無奈嬌小是騎士的必要條件，只好早早斷了當騎士的念頭（不過失望的人倒也不是他或姊夫，而是祖父母）。

話雖如此，因為從小就跟馬混在一起，培養「人馬合一」的感覺，對於長大後與舞伴合作

很有幫助。

據他所說，騎在馬上，自然會知道馬想去哪裡、馬想怎麼跑、馬現在有什麼感覺。

事實上，與他合作的舞伴看起來確實都很放鬆。

跳古典芭蕾時基本上一定要面帶笑容，但不知是太難還是不安，跳舞時笑容僵在臉上的舞者時有所見。與春共舞的舞者笑容都很自然，所以看的人也都能放心地欣賞。

「不僅如此，我覺得也有助於理解被托舉的感覺。」

他還說過這種話。

「騎馬時，身體不能鬆垮垮地展開，核心要用力，收緊軀幹，以免給馬兒帶來不必要的壓力。我認為托舉也是同樣的原理，必須收緊身體的核心，讓自己容易被舉起來，不要給托舉的人造成無謂的負擔。」

原來如此。我雖然是門外漢，也覺得他說的很有道理。

總而言之，我去看春的第一次芭蕾舞發表會是在畫展之後。

我知道他開始學古典芭蕾，但只覺得「是噢」，並未特別感興趣。我從小就愛聽古典音樂，卻沒有看過古典芭蕾。

姊姊不只送我門票，還特地打電話給我：「你喜歡春吧？去給他捧個場嘛。」所以我就決定去看看了。

那年是春九歲的冬天，開始學芭蕾應該只過了一年多一點。

我還記得他穿著藍色的舞衣，至於是什麼內容，我已經不記得了。

總之留下深刻的印象是不爭的事實——我看到舞台上的他，只有一個念頭。

他在「跳舞」。

非常不可思議的感想。

因為本來就是芭蕾舞教室的發表會，舞台上的人應該都在跳舞。

想也知道，程度各有高下，年幼的孩子光是要擺好姿勢就費盡九牛二虎之力。幾乎沒有人構得上「舞蹈」二字。

但隨著年紀增長，跳得好的孩子也越來越多，可是像他那樣給人「正在跳舞」感覺的孩子，倒是鳳毛麟角。

那是我生平第一次看芭蕾舞的現場演出，我想我應該沒記錯。我在他身上感受到「有什麼東西正以猛烈的速度活動著」的那個東西，就是舞蹈。

當時他應該尚未展現那些複雜的技巧，但確實在跳舞。

他的身影、張開的雙手、跳躍時在空中伸直的腳……這一切的一切都在「歌詠」。

換句話說，我第一次看他跳舞，就成了萬春這位舞者的粉絲。

想必在他開始跳芭蕾舞的瞬間，心裡就響起「卡嚓」一聲了。認為體操「不對，不是那個」的他，肯定認為芭蕾舞「就是這個」吧。

那麼，到底是什麼契機促成他與芭蕾舞相遇呢？

很久以後，我才從他口中得到答案。

答案聽來也有些不可思議。

我試著用他說的話重現一下吧。

和姊姊去體操俱樂部參觀，告訴姊姊「不是那個」後，他練習了一陣子旋轉。

不時回想內心發出「卡嚓」一聲，跳起來，在空中轉一圈，落地的過程。

之後就沒有再聽到「卡嚓」聲了，但他想重溫當時聽到的那個聲音，如果可以的話，他想再經歷一次那種內心響起「卡嚓」的感覺。想跳得再高一點、動作再俐落一點、落地再漂亮一點。

他不經意地想著，試著改變手的位置或跳起來的角度，不斷地在腦海中重播當時看到的畫面。

每次想跳起來看看的時候，無一不是走在外面的時候。

好比美麗的黃昏。

當天空正緩緩地從暗紅色變成深紫色的時候。

好比明亮的白晝。

當柔和的風穿過樹梢，樹葉迎風搖曳，被太陽照耀得閃閃發光的瞬間。

好比暴風雨來襲前。

當烏雲密布，感覺有什麼危險的龐然大物，正從遠處以千軍萬馬的氣勢蠢動時。

置身於那樣的風景中，經常會感受到一股來勢洶洶的狂暴衝動，讓他忍不住想跳起來看看。

「有如間歇泉。」

他如此形容當時的自己。

不知不覺間，內心深處堆滿了沸騰之物，感覺會在自己沒想到的時刻噴發出來。

這樣的狀態大概持續了兩、三個月。

季節從秋天遞嬗到冬天。

姊姊一家人養成每週日，一家三口閒適地在自家附近的河邊散步的習慣。

河邊有一座廣大的公園，市民會在那裡運動，像是踢足球或打草地棒球。

天氣越來越差，帶著濕氣的狂風呼號，有如打翻墨水的烏雲，讓天色一寸一寸地暗了下來。

他一如往常地走在邊散步邊聊天的父母身後。

開闊的空間，寬廣的天空。

感覺低氣壓正從遠方逐漸靠近，風中有一股山雨欲來風滿樓的狂亂預兆。

他攤開雙手，漫無目的地轉著圈，走在河邊。

這時，他的內心湧起一股難以言喻的焦躁。

世界好大，身體太小，就算把手伸長到極限，也什麼都摸不到、什麼都承受不了的無力感。內心充滿了好想快點接觸這個世界、想了解自己身邊這一切的焦躁。

這股焦躁，總是在他心裡捲起千層浪。

到底該怎麼做才能將世界握在手中？到底該怎麼做才能與世界產生連結？當時的他，還不具備在心中將這個願望組織成言語的能力。當時的他，也還沒有屬於自己的語言。

他很懊惱，對什麼也做不到、什麼都不了解的自己感到懊惱。

回過神來時，他已經跳起來了。

不知不覺站穩腳步，轉了一圈——不，一時沒煞住——轉了一圈半——不止，一圈半以上。

轉過頭的他在著地時失敗了。截至目前都能完美地轉一圈，完美落地，但這次卻失去平衡，險些就要跌成狗吃屎。

父母沒發現他的異狀，已經走到離他很遠的前方。

突然，有一輛白色的車停在不遠處。

河邊有一塊兼做堤防的土堆，鋪上柏油，規畫成車道。

一個身形苗條的女人開門下車。

女人穿著黑色襯衫、牛仔褲。

春不知所措地看著不偏不倚走向自己的女人。

女人看起來很年輕，但好像又不是那麼年輕。短髮，頸項修長，目光銳利。

第一次四目相交時，就察覺到對方眼神裡蘊藏著某種強烈的光芒。

女人似乎在趕時間，大步流星地走到他跟前，在離他兩公尺左右的地方停下腳步，看著他。

他不認識這個女人，雙方是初次見面，對方的臉色有點蒼白。

「你在哪個芭蕾舞教室上課？」

這是女人開口的第一句話。
聲音比想像中低沉，語氣也有點不客氣。
春不明白她在問什麼。
芭蕾舞教室。
那一刻大概是他有生以來第一次聽到「芭蕾舞」這個單字。
春搖頭：
「我沒學過芭蕾舞。」
吞吞吐吐地回答。
「什麼？」
女人好像沒聽清楚，把耳朵朝向他。
「我沒學過芭蕾舞。」
他稍微大聲一點回答。
女人露出驚訝的表情：
「你沒學過？真的假的？可是你剛才不是旋轉了？」
女人似乎帶著怒氣的口吻有點嚇人，春點了點頭。
自己說了什麼不該說的話嗎？春感到不安。
女人用審視他是否撒謊的懷疑眼神看著他，然後豎起食指說：
「那你再轉一次給我看。」

女人雙手扠腰站在他面前。

這次換春大吃一驚。

再跳一次？剛才的動作嗎？她想看剛才的動作？

「拜託你。」

女人合掌請求。

春感到困惑。女人以認真的表情等他轉圈，所以春決定再表演一遍。

但剛才的不行，要更好看一點。

春把手放在自己這段時間研究出來最完美的位置，轉一圈。

嗯，這次漂亮地落地了。

女人兩眼發直地盯著他看，微側螓首：

「跟剛才的動作不太一樣呢。」

帶了幾分指責的口吻。

春感到困惑，應該完成得比剛才更好才對。

「因為剛才——轉過頭了。」

他支支吾吾地說。

沒錯，轉過頭了。原來是這個意思啊。能用言語表達「轉過頭了」，令他鬆了一口氣。

「轉過頭了？」

女人又驚訝地說。

「嗯，沒有好好落地。」

眼角餘光瞥到遠遠走在前面的父母，他們發現他停下來和女人交談，慌張地折返。

「春？」

「出了什麼事？」

見春的父母小跑步趕來，女人問他：「這兩位是你的爸爸媽媽嗎？」

「嗯。」

「這樣啊。」

那一刻，女人看起來非常高興的樣子。

後來他問女人當時為什麼會露出喜上眉梢的表情，女人回答：「因為你爸媽都長得很高，我心想太好了，這孩子還會繼續長高。」

「你們好，敝姓森尾。」

女人在趕來的父母面前行禮如儀地低頭致意。

女人似乎這才反應過來自己做了什麼，臉上浮現出被自己嚇到的苦笑，搔搔頭：

「不好意思，唐突地向令公子搭訕。那個——看到令公子，我大吃一驚，不小心失態了……」

春的父母面面相覷：

「妳找我兒子有什麼事？」

「我覺得他是個『跳舞的人』。」

後來她這麼說。

她說從車上看到春的第一眼，就有這種感覺了。

就像是冷不防撞進視線範圍內——雖然相距甚遠，卻像是沐浴在聚光燈下，身影十分鮮明。

「我就打開天窗說亮話了。可以讓我教他跳舞嗎？可以把他交給我嗎？」

從女人的聲音裡可以聽出靜謐但強烈的意志。

沒錯，那時候女人也用「他」來稱呼春。

春果然很適合「他」這個代稱。

跳舞的人。不是跳舞的孩子，而是跳舞的人。

果然，春就是春。春就是「他」。

「教他跳舞？」

父母雙雙露出丈二金剛摸不著頭腦的表情。

「是的。我在教古典芭蕾。」

女人遞出名片。

森尾司芭蕾舞教室

那是春和芭蕾舞、春和森尾司的相遇。

第一次和父母去森尾司的芭蕾舞教室參觀時，他的反應非常耐人尋味。

他還是老樣子，以驚人的專注力觀察跟自己同年或年紀比自己大一點，正在進行把桿練習或中間練習的孩子們。

但，沒多久手就開始動作。

看樣子本人似乎對自己動起手來毫無自覺，而且不是模仿其他人的動作，而是張開雙臂，像雨刷似地啪、啪變換角度。

「春，你在做什麼？」

姊姊從他身後問道，他一臉茫然地看著姊姊反問：「什麼？」

「你的手不是一直在動嗎？」

姊姊說道。他不解地側著頭，果然沒發現自己的手動起來。他以望向遠方的目光喃喃自語：

「櫻花？不是櫻花。是梅花吧？含苞待放的梅花。」

姊姊聽不懂他在說什麼。

聽說是過了好一陣子，不經意看到自家庭院的梅花樹時，才恍然大悟。

孩子們在舞蹈教室跳舞的樣子——如棉花棒瘦小的孩子們、頭髮梳成同款包包頭的女孩們，拚命擺著姿勢的樣子。

與長出花苞的梅花枝頭一模一樣。

聽完這個小故事，我再次覺得他「好有意思」。因為我發現他看到的並不是一個個芭蕾舞的姿勢或技巧，他眼中的風景恐怕是當時所有在舞蹈教室裡的孩子們一起構成的「形狀」。

不是櫻花——糾正自己這點也令我非常佩服。

因為櫻花的花苞其實是一撮一撮的，亦即所謂「櫻桃」的狀態，從一簇花房中開出好幾朵花。另一方面，梅花則是在樹枝上，或是從樹枝分岔出來的細枝上長出花苞。把孩子們的腦袋看成花苞這點，櫻花和梅花並沒有差別，但確實梅花的花苞比較像他們的模樣。能看出這點，足見他的觀察力真的非常了得。

也就是說，他的動作是把孩子們比擬成梅花的花苞，用來表現梅花的枝頭。

我不知道別人怎麼想，但是能從這個角度來看事情的孩子，不是很珍貴嗎？

實際上教他跳舞的森尾司也經常把「春真是個不可思議的孩子」這句話掛在嘴邊。

「他看事情的角度很特別。」

她的說法是，舞蹈原本是用身體表現自然界的東西、人類內在的情緒，或想像中的事物，但春卻反過來看著人類用舞蹈表現的東西、以及其所表現的原型。

森尾司遇見他那年是四十四歲。

對她而言，大概也是正好的時機吧。

她是長野最大的芭蕾舞教室經營者的女兒，原本在美國的劇團跳舞，婚後回到日本，在校本部當芭蕾舞老師。累積經驗後，成立分部，獨立運作。校本部由大她四歲的姊姊繼承，她靠自己的做法經營分部，指導了幾年，建立起為人師的自信後，遇見了可以從零開始塑形的春。

教師真是種不可思議的行業。

我也在大學教英國文學，所以勉強可以擠進教師的行列，但是相較於我教的學生本來就有志學習英國文學，面對東西南北都還分不清楚的小孩，要怎麼發掘他們的才華呢？不得不讚嘆司的好運（這點對春也一樣），居然能剛好在路上遇見他，簡直是抽到了上上籤。

再說了，才華又是什麼呢？在師徒的世界裡，經常可以聽說如奇蹟般夢幻的相遇。如果學生擁有所謂出類拔萃的才華，其實是才華在呼喚老師。

「司老師和謝爾蓋就像我的再生父母。」

他經常把這句話掛在嘴邊。

「芭蕾舞基本上是由從小教自己的老師所說的話形塑而成，而我原始的部分只有一點點。」

有道理，雖然我也沒看過幾次，但每次看到練習室的風景，老師們通常都會反覆強調同一件事，「說得口水都乾了」。從某個角度來說，芭蕾舞其實是讓身體做出不自然的動作，除非從小就有人一直盯著自己，不厭其煩地灌輸那些不自然的動作，否則絕對無法塑造出能跳芭蕾舞的身體。

他在十分完善的環境與芭蕾相遇。

司的丈夫——謝爾蓋．加吉耶夫是俄籍美國人，原本是很優秀的舞者，後來因為不只一次的受傷，不得不退休，重回大學，取得整形外科醫生的證照。遇見司時已經是很厲害的教練。謝爾蓋與司結婚後來到日本，主要在校本部當教練，有時候也會來司的分部授課。

對春而言，他們相當於芭蕾舞的爸媽。

只不過，司是嚴父，謝爾蓋是慈母。謝爾蓋一向採取放手讓司指導，自己對重點提出建議

的做法。主要根據生理學的知識，提供男舞者才能給的建議。也是謝爾蓋從春小時候就花上好幾年教他英文和俄語。兩人都視春為己出，對他疼愛有加。

在氣氛令人賓至如歸的分部接受「芭蕾舞爸媽」的栽培，再接收來自校本部的最新教法及資訊，可以說是得天獨厚。

每次出現優秀的學生，不是被校本部搶走，就是被其他芭蕾舞教室挖角……難免會出現一些人情世故的問題，幸好司和校本部的關係良好，春得以如魚得水地成長。

司年輕時是很擅長當代舞的舞者，這點對春也很有助益。因為她收集了很多當代舞的影片，春得以透過那些影片提早接觸當代舞。

我猜司也是打從見到春的那一刻，就直覺地發現春有跳當代舞的天分。正因為彼此的天賦發出共振的頻率，司才能有如雷達般地發現他的存在。

「稔舅舅也在我的芭蕾舞裡占了幾個百分比喔。」

我從未想過他會這麼說，因此覺得很光榮。沒錯，「稔舅舅」指的是我。

後來看到他的作品《青年女囚》時，感覺好像又回到令人懷念的往日時光。眼前彷彿又浮現他小時候一屁股坐在我們家書房的地板，閱讀艾莉娜．法瓊[1]的《麥子和國王》。

家父是文學系的教授，因此外公外婆家——也就是我家——有很多書，對他而言簡直跟小型圖書館沒兩樣。家裡有很多家父和姊姊買給我的兒童文學，我也從父親手上繼承了許多從家父那一代開始收藏的古典音樂和爵士樂唱片及CD。

他每個月至少來一、兩次，多的時候甚至每週都來享受這些收藏。他很喜歡《麥子和國王》這本書，有段時間每次來都會看，我問他：「要不要借你帶回家看？不然乾脆送給你好了。」但他想也不想地搖頭拒絕了。

「不要，我要在這裡看。」

為什麼呢？我當時不明白，但如今我似乎也能理解他的心情了。

八歲開始學芭蕾，他的世界就只有學校、芭蕾舞教室與自己家的三點一線，因此我家的書房對他而言無疑扮演了「第三空間」的角色。

舅舅、阿姨這種旁系血親的關係，有著不可思議的定位。像他這種成大器的人，通常有個古怪又單身的叔叔或阿姨，在文化面對他造成影響。看樣子我也扮演著這樣的角色，負責他的情操教育。

就連小時候翻來覆去看著同一本書的他，升上小學高年級後也進入來者不拒的時期，幾乎是有什麼看什麼。

欣賞後來他陸續發表的作品，往往伴隨著「哦，他那時候看了那本書呢」、「哦，他那時

1 英國童書作家與詩人，安徒生大獎作者獎第一屆得主。

候聽了那首歌呢」的回憶，不時陷入彷彿看到「原因與結果」的感覺。

尤其是聽說他要表演《蜘蛛女之吻》時，眼前立刻浮現那本書在我家書櫃上的位置，不由得大吃一驚：他連那本書都看啦。

他用阿斯特·皮亞佐拉[2]的音樂，將曼努維爾·波伊格[3]的《蜘蛛女之吻》改編成全幕芭蕾舞劇時，我有幸看到首演（他每次發表自己的作品時都會招待我去看，可惜我沒辦法一直跑歐洲，所以大概每隔幾年才能去一次）。

男同性戀者受到當局的命令，接近關押在監獄裡的恐怖分子。這個故事講的是對恐怖分子迂迴曲折的愛情。

首演時，春親自扮演那名男同性戀者（後來這個舞碼變成大受歡迎的劇目，但他再也沒有跳過這個角色），聽說門票開賣即售罄。

舞台上的他該說是妖艷？還是壯烈呢？總之有種「驚世」的美。全體觀眾，不分男女老少，全都被他迷得神魂顛倒，我還記得整個觀眾席都籠罩在有如發情般的異常氣氛裡。

他平常就是中性、乾脆的性格，很少讓人產生與性相關的聯想，但是一站到舞台上、一進入角色裡，就會變了個人似的散發性感魅力，可見舞蹈真的很神奇。

《蜘蛛女之吻》的字裡行間，充滿了原本想當電影導演的波伊格對電影的熱愛，因此芭蕾舞裡也穿插著不少致敬電影的場景。

姊姊、姊夫都很愛看電影，所以他從小就跟父母一起看電影，這也成了他自己對電影的致敬手法，真有意思。

不只芭蕾，聽說森尾司也經常帶他去看歌舞伎或文樂[4]等日本的傳統藝術。司本人從小就學習日本舞，所以積極地鼓勵他：「跳舞是一門廣大的學問，多點見識總是好的。」

忘了是什麼時候，他提到在芭蕾舞團第一次分配到角色的《DOUBT》時說：「那是歌舞伎呢。」

他說話經常省略許多重要的部分，所以往往聽不懂他在說什麼。

那時候我也問他：「什麼意思？」他回答：「歌舞伎的亮相[5]。」啪地攤開雙手給我看。

他似乎在模仿《勸進帳》的弁慶[6]。

「哪裡像？」

2　阿根廷作曲家及班多鈕手風琴演奏家。

3　阿根廷小說家。

4　歌舞伎為日本獨有的劇場藝術，同時也是日本的傳統文化之一，為日本的重要無形文化財。文樂原名為人形淨瑠璃，帶著曲調吟唱故事的表演藝術，後泛指日本傳統藝能之一的人形劇、人形淨瑠璃。

5　為了表現感情的高漲等，在表演的中途做出瞬間停頓的靜止演技。

6　《勸進帳》為歌舞伎的經典劇目，講述喬裝成修行者逃到奧州平泉的源義經、弁慶，一行人通過安宅關卡時發生的故事。武藏坊弁慶是平安時代末期的僧兵，為武士道精神的傳統代表人物。

我還是反應不過來。

「我跳的聖女貞德。」

他回答，張開十指，身體前傾給我看。

「哦，那個啊。」

我總算知道他在說什麼了。那是他自己編的動作，聖女貞德接收到神諭時的姿勢。

「我第一次看歌舞伎時，就在思考那個『亮相』的動作到底是什麼意思。那姿勢很不可思議吧？」

「嗯，說的也是。仔細想想，的確是很詭異的動作。」

有道理，歌舞伎這種表演，第一次看的時候肯定一頭霧水。歌舞伎的化妝、動作、演技都讓人感到不可思議。

「對吧？所以我一直在思考那是什麼意思、這是什麼意思，想了好久。」

他口中的「思考」，是指那種全神貫注的思考吧。想像他絞盡腦汁，思考「亮相」的模樣，我不免有些忍俊不禁。

「於是我發現，那其實是慢動作。不對，是定格的動作吧？」

「定格的動作？」

「沒錯。人在受到打擊、遭遇重大變故時，不是會動彈不得嗎？」

「好像是呢。」

「像是出車禍時，一旦覺得『啊，要撞上了』，車子的速度就會看起來很慢很慢。這種狀態就像影片定格，感覺車子是一寸一寸緩慢地靠近自己。」

「嗯、嗯。」

「又或者說進入心流也是這種狀態？棒球選手狀況好的時候，球不是會看得很清楚，就像慢動作一樣嗎？聽說狀況好到極點時，甚至能看見球的縫線。是誰說的來著？」

「嗯，我也聽過。好像是王貞治[7]說的吧。」

「啊，好像是。」他點點頭。

「所以我認為歌舞伎的亮相，也是用來表現那種狀態。」

「嗯哼。」

「受到非常強烈的衝擊時，會感覺時間被拉長，影像看起來就像卡頓的狀態，歪七扭八。我想用手的動作表現出以上的狀態。」

「原來如此。」

「我在試鏡那個角色的時候想起這件事。」

「想起歌舞伎的亮相嗎？」

「對。尚對我說『你現在正接收到神的啟示』時，我突然想起來了。」

他抬頭看著虛空。

大概是在回想當時的事吧。

「我認為聖女貞德大概也處於那種狀態，因為那可是神的啟示呢。神明突然降臨在腦中

---

7 在球壇被譽為棒球之神，職棒球員生涯中擊出最多全壘打的紀錄保持人。

喔。無疑是非常大的衝擊吧？應該會覺得那一瞬間就是永遠。」
他再次張開十指給我看。
「既然如此，手應該這麼動。」
宛如定格般的動作。
「所以說，那個場面跟歌舞伎的亮相一樣。時間拉長，畫面扭曲的定格。」
「哦，原來如此。真有趣。」
「是不是。」
他莞爾一笑。天真無邪的笑容與小時候一模一樣。

認識他的人都知道他會隨身攜帶素描本，但我其實是很久之後才知道他會畫畫。因為他來我家時，基本上都一頭栽進書和音樂裡。而且他小時候好像只畫過馬，暑假去父親的老家騎馬，暑假作業畫馬的畫——形成這樣的例行公事。

可想而知，觀察力如此敏銳的他，筆下的馬從一開始就很正確且寫實，但線條卻一年比一年精簡。升上國中時，已經抽象到只能勉強辨認「這該不會是馬吧」的程度了。

我猜這也呈現出森尾司口中，他看事物的獨特角度。
也就是說——從觀察細節進入，再拓展到全體。
第一次去芭蕾舞教室時也是，先把孩子們的手腳和腦袋視為樹梢，再把整體的構圖或配置看成樹木或森林。

說不定他其實是同時進行以上作業，只是關注的焦點往往具有從細節慢慢延伸到全體的傾向。

我曾經目睹過那個過程。

當時他還小，來我家過夜的隔天一早，我們一起帶豆皮去散步（當時他已經開始跳芭蕾了，我也已經看過他的首場發表會）。

當時豆皮也還很小，精力充沛。這個年紀的狗通常都很調皮搗蛋，當時負責散步的我，簡直對牠的調皮搗蛋傷透腦筋。因為牠經常在原本慢慢走的情況下突然暴衝。

衝出去的原因琳琅滿目。

像是看到前方翩然飛舞的紋黃蝶、聞到走在前方女性提在手裡的便利商店袋子發出的氣味，或是聽到自行車疾駛而去的鈴聲。

總之牠一天到晚都在橫衝直撞。

如此一來，牽著狗繩的飼主也會突然被拉著往前跑，不得不跟著牠橫衝直撞。

問題是，一旦追上引起注意的東西後，不知是馬上失去興趣，還是發現根本沒什麼大不了，下個瞬間就突然失去衝勁，驀地停下腳步。

如此周而復始，搞得飼主疲於奔命。我還聽說這種一下子衝出去、一下子停下來的動作，會對某些犬種的腳造成不必要的負擔。

那天早上，豆皮也時而暴衝、時而驟停，我都快累死了（而且那天從早上就異常悶熱）。

春一直走在豆皮旁邊，忠實地陪牠跑跑停停，從頭到尾都很專心，目不轉睛地盯著牠。

他在觀察什麼呢？雖然他跟豆皮從小感情就很好，已經互相陪伴很長一段時間。

豆皮又突然衝出去。這已經是今天的第幾次了？我忍不住咂嘴。春撇下我，也跟了上去，視線始終鎖定在豆皮身上。

可怕的是，這次豆皮跑了好久。

我原本就不擅長戶外運動，已經跑得上氣不接下氣。

豆皮總算停下腳步。

回過頭來，用一臉無辜的表情看著我，又開始小小步地往前走。

真是夠了，你這隻笨狗。我在內心破口大罵時，春整個人趴在地上。

「沒事吧?!」

我不由自主地大聲喊，以為他跌倒了。

但他似乎不是跌倒，開始在地上蠕動起來。

仔細看，發現他在模仿豆皮走路的樣子。

右手與右腳、左手與左腳一起伸出去，亦即以四足跪姿的方式，採取世人口中「同手同腳」的走法。

「你怎麼了？」

我目瞪口呆地看著並肩同行的豆皮和他。

突然在旁邊跟自己一樣在地上爬的春，顯然嚇了豆皮一跳，但不一會兒便興高采烈地加快腳步，可能誤以為同伴增加了。

「嗯……」

春似乎有些無措，腳的動作變得更遲鈍，沒多久就和豆皮拉開距離，停下來。

「咦？那換成這樣呢？」

他想把右手和右腳、左手和左腳，往前後左右輪流擺動，結果反而更混亂了。

我停下腳步，連帶也拉住豆皮。豆皮的脖子被項圈勒住、身體往前傾，發出不滿的吼叫聲。

「你在模仿豆皮啊。」

「對呀。」

他抬頭看我，一臉認真。

「狗累了慢慢走跟跑的時候，手腳的動作完全不一樣呢。」

「哦？」

意料之外的見解，令我一時反應不過來。

「剛才是這樣。」

他用剛才同手同腳的方式走給我看。

「但如果加快速度，就會變成不同手不同腳。」

說完一屁股坐在地上，舉起手腳，輪流在空中踩踏。

右手和右腳分開、左手和左腳靠攏。

右手和右腳靠攏、左手和左腳分開。

「馬走路的時候也都是這樣喔。」

「是喔。我從來沒想過這個問題呢。」

我總是猛打哈欠地被狗拖著走。

「狗如果跑得更快就會變成這樣，兩條腿會跑到手的前面來。」

他用雙手撐住地面，用兩條腿的膝蓋夾住手臂，蹲下來，擺出青蛙的姿勢。

我忍不住點頭如搗蒜。

「哦，原來如此。有道理，狗如果用盡全力往前跑，會在空中擺出這種姿勢。」

春撥了撥沙子，站起來，手左右晃動，又模仿幾個不知是豆皮還是馬的動作。

「換句話說，狗全力奔跑時會用後腳迅速地反覆跳躍。啊，所以才會發出那種聲音。啪答、啪答、啪答的聲音？」

春露出恍然大悟的表情：

「馬跑步時則是以馬蹄踩出啪卡、啪卡、啪卡的聲音，節奏也不一樣。呃……是因為馬奔馳的時候使用的肌肉不一樣嗎？」

像這種時候，他其實並沒有指望我回答，只是以自問自答的方式說出自己的思考回路，所以我也沒回答。

「嗯哼，好有趣啊。」

春突然跑向豆皮，蹲下來撫摸牠的頭：

「豆皮，你好有趣啊。」

豆皮很高興地搖尾巴。

我呆若木雞地看著他們，但是更驚人的還在後面。

他搖搖晃晃地站起來，突然開始做出奇妙的動作。

兩條腿啪啪地用力一蹬，在空中擺出青蛙蹲地的姿勢，才剛身輕如燕地著地，又緊接著再次用腳蹬地，這次加大角度，在空中把腿伸直。

然後再用著地的雙腳用力蹬，在空中伸直身體，有如拉滿的弓弦，下一瞬間夾住兩條手臂，收緊。

我在內心發出「啊！」的一聲驚呼。

豆皮。

那是豆皮。是豆皮奔跑的節奏。完全抓住了豆皮動作的精髓。

我有這種感覺。

啪答、啪答、啪答。

他剛才的擬聲詞在我腦海中迴響。

狗在跑。盡全力奔跑，用後腳反覆地跳躍。

春完美落地後，一臉迷糊地轉向我。

與他對上眼，我情不自禁地問道：

「剛才那是什麼？」

「什麼？」

他以驚訝的表情四下張望，不解地反問：

「你在說什麼？」

看樣子，他似乎沒發現自己剛才在「跳舞」。

他幾乎是在無意識的情況下掌握住豆皮的動作「跳舞」。

沒錯，他的視線是從細節擴散到整體。

再從生物拓展到無生物。

他的素描本裡開始充滿了馬以外的東西。

昆蟲、樹枝、葉子、花苞、樹根。

池塘的漣漪、水滴、冰。

陽光從葉隙灑落之日的雲、倒映在玻璃上的影。

「平常是天真無邪的小鬼，唯有跳舞的時候，感覺比我還要成熟許多呢。」

我想起姊姊曾經苦笑著這麼說。

這點我也有同感。回想他在豆皮身旁跳舞時，甚至會對他產生不可思議的敬畏之情。

他的每一場發表會我都沒有缺席，看到他每年都在進步的模樣，感覺果然很不可思議。

我可能沒辦法解釋得很清楚，但我的存在或許是為了守護他、欣賞他的表現，乃至於見證他的成長。

那大概是我有生以來第一次，也是最後一次認為，有人光是站在那裡就是天經地義的一件事、在那裡跳舞是與生俱來的使命。

他的進化在之後也繼續令我感到匪夷所思、心蕩神馳。

我又想起另一件事。

那件事發生在他即將從小學畢業的初春。

模仿豆皮的行為已經讓我知道他有多厲害了，沒想到又被他驚艷到。

那天他也來我家玩——在書房看書、聽音樂，正要回家的時候，事情發生了。

他突然在走廊上停下腳步，望向窗外。

視野的角落有一朵耀眼的小紅花。

「啊，梅花開了。」

「今年開得有點晚呢。」

「是嗎？」

「嗯。往年會更早一點開。」

聽我這麼說，他吸了一下鼻子：

「梅花是香味跑在前面呢。聞到香味就知道是梅花。」

他閉上雙眼，又吸了一下鼻子：

「好美的香味。」

下一瞬間，我陷入奇妙的感覺。

感覺像是燈突然關了，他所在的位置頓時暗了下來。

簡直像是消失了一樣。

我拚命眨眼。

不可能，這種事不可能發生。因為我們剛才還在交談。

當我再度睜開眼時，想當然耳，他就在我面前。

但我眼前的他並不是他。

他站在那裡。

閉著眼睛，稍微低著頭。

微微彎曲左手的手肘，手放在腰後面，手張開，手指各自伸向不同的角度。

姿勢微微前傾。

仔細看，從脖子到背後、從腰部再往下，描繪出歪七扭八的鋸齒狀。

夾緊右手，手肘以上緊貼著腋下，手肘以下往前伸出去，張開手掌，彷彿要抓住什麼，伸直手指——

如同繃緊的線，悠悠地縈繞在空中的一縷梅香。

我驚呆了。

梅樹。

我眼前有一棵梅樹。

不禁如此覺得。

我陷入窗外飄來的梅香其實是由站在面前的春散發出來的錯覺。

「春。」

姊姊的聲音從玄關傳來，我和他才雙雙回過神來。

「好，來了，我馬上去。」

春慢了一拍，以充滿少年感的嗓音回答。站在我眼前的他，立刻又恢復成十二歲的少年。

「——嚇死我了。」

我只能呻吟。

深知自己臉色蒼白，也知道自己冷汗直流。

「咦，稔舅舅，你怎麼了？」

他還是老樣子，渾然不覺自己做了什麼，憂心忡忡地看著我。

我有氣無力地指著他，發現自己的指尖微微顫抖：

「我剛才還以為這裡有一棵梅花樹。」

我摩挲著冒出雞皮疙瘩的手臂。

「咦？我嗎？梅花樹？」

春指著自己，不可置信地反問。

「難不成老子成了紅天女[8]？」

「你居然也知道紅天女啊。」

我不由得苦笑，然後被另一件事吸引注意力。

「春，你什麼時候開始喊自己『老子』了？」

「嘿嘿，我已經是國中生了嘛。」

他難得露出靦腆的表情笑著說。我目送他的背影離去，繼續摩挲自己的手臂好一會兒。

無論是歌舞伎，還是芭蕾舞，都是有所謂格式的東西，真的好厲害，我不禁感嘆。

因為有可以套用到自己身上、染上自己顏色的格式，才能自由自在地舞蹈。

俳句或短歌、唐詩或十四行詩，都有嚴格的制約及規定。正因為有這些制約，想像力才能無限地飛翔。

硬要說的話，芭蕾的舞步大概是一個個音符，或是一個個單字吧。拆開來看只不過是一個單獨的音符、一個單獨的字眼，為了譜寫成旋律或詩歌，必須要有能讓人歌頌的意志背書，把它們串連成有機體才行。

有時候看著一個個完美定型的舞步，就好像看到無數舞者窮盡一生鑽研同一個姿勢的軌跡。

有人從那個姿勢的意義、手腳的角度，到臉的朝向都徹頭徹尾地思考，不斷在錯誤中摸索的結果，歸結出的唯一姿勢，很難不讓人心存敬畏。

也因為他很早就意識到格式的重要，同時具有編舞的天分，未來能自由舞蹈的領域無限寬廣，才能直覺地感受這一切吧。

他在我面前模仿豆皮、梅花樹，擺出破格的動作，但聽說與森尾司在教室時永遠在練習基礎、基礎和基礎，從未擅自亂動。司似乎也知道他在教室外面嘗試了各種動作，但是在自己的教室還是以打基礎為最優先，完全不知道他在外面做了些什麼。

春十一歲的夏天。

校本部每年都會邀請客座講師舉辦其他教室的學生也可以參加的工作坊，那年的客座講師在最後一堂課要他們自由發揮。

司原本期待他會不會做一些平常在教室看不到的動作，相較於其他學生不是跳一些嘻哈舞就是當代舞，他只是老實地重複著基本的舞步。

最後是客座講師看不下去，提醒他：「我不是說可以自由發揮嗎，你大可以跳得更隨心所欲一點。」

司覺得很意外，在回家路上問他：「為什麼？」

以春的能力，應該可以做出無數有趣的動作。

「嗯……」他念念有詞。

表情有點無精打采。

「那一點也不自由，我還無法『自由』地舞蹈。」

---

8 「紅天女」是日本少女漫畫《玻璃假面》（台版舊譯名《千面女郎》）的劇中劇，描寫千年梅樹精的故事。

聽說司這時的想法是：「哦，你很有自知之明嘛。」

因為他們都是尚未打好基礎的孩子，想也知道還跳不出真正意思上「自由」的舞蹈。但是如果一直嚴厲地要求從基礎開始練起，也只會限制住他們，害他們跳不出其他動作，將自己五花大綁。客座講師口中的「自由」是要他們解放自己，擁有打破格式的勇氣這種意義上的自由。

他接著說：

「剛才老師要我自由發揮時，我覺得平常跳的舞步還比較自由。」

司的想法依舊是，「這孩子真的很有自知之明呢」。

他一臉真摯地看著司。

「我現在只想在舞步中自由發揮。」

司內心湧起一股筆墨難以形容的感慨，不知怎地，頓時熱淚盈眶。

「很好，就是這樣。」

司連忙拭去眼淚，揉亂了他的頭髮。

一年後。

春十二歲的夏天。

依舊是校本部主辦的工作坊，依舊是同一位客座講師，依舊在最後一天提出自由發揮的作業。

今年會怎麼樣呢？司很好奇。

這一年來，「舞蹈」儼然已經成為他的一部分，儘管他還沒有開始長高，但無疑已經逐漸長成舞者的身體了。

其他的孩子們果然又跳起類似當代舞的動作，或嘗試爵士舞的動作。

至於春，他突然一骨碌地側著身子，閉上雙眼，優雅地把手放在鎖骨的凹陷處。

哦，司眼睛一亮。

那是什麼姿勢？

不只司的目光停留在他的姿勢上，去年要他跳得更隨心所欲一點的客座講師，也大吃一驚地盯著他看，以視線追隨他的動作。

四周一片寂靜。

只有他的所在之處異常安靜，就像沐浴在聚光燈下，看起來格外耀眼。

慢條斯理的動作。閉著眼，手依舊放在鎖骨的凹陷處，腳在地板上滑行，像是要勾勒出一道小小的弧線，靜靜地持續著搖擺不定的動作。

司和客座講師的視線都無法從他身上移開。

這支舞確實讓他看起來「很自由」。

「那是什麼舞？」

回家路上，司問他。

「《去年在馬倫巴》。」

他惜字如金地回答。

「那部電影？」
「對。最近我很迷那部電影，看了好幾遍。」
「春的興趣好酷啊。原來如此，那的確是女主角的姿勢。」
司想起電影裡的女主角在劇中做過好幾次，風情萬種地把手放在鎖骨凹陷處的場面。
「今天老師要我自由發揮時，我想起那個動作。」
他把手放在鎖骨上給司看。
「那部電影的劇情很特別。馬倫巴是溫泉勝地吧？女主角在那裡被陌生男人搭訕，男人死皮賴臉地一直纏著她說，『我們去年也在這裡見過面』、『我們以前是情人喔』，女人居然也慢慢覺得『說不定真是他說的那樣』，最後兩人真的談起戀愛，一起離開。」
司不由得苦笑。
「為什麼老師要你自由發揮時，你會想起那部電影？」
「嗯，因為我認為那部電影是在講自由與選擇。」
「咦？」司反射性地看著他的臉。
畢竟是從小六生口中聽到「自由與選擇」這種詞彙，也難怪她會有這種反應。這時他已經把我們家當自己家，一天到晚進進出出，在知性部分正處於加速成長的狀態，所以我倒是不驚訝。
他接著說：
「人類認為『自己是自由的』、『可以依自己的意志做選擇』，但那只是幻想吧？就算自以為是依自己的意志做選擇，其實還是受到了別人的影響。我覺得那部電影就是在講這個道理。因此今天要我自由發揮時，腦海中就浮現出那部電影了。」
司驚訝地說不出話來。
「春的想法真的好有趣啊。」
光是要給出這樣的評語，司就已經費盡力氣。
因為去年他才說想在「舞蹈」中得到自由，一年後聽到自由發揮的指令時，已經可以聯想到最近看過的電影，並且自由地重現電影中的場景。不禁令司感到震驚與敬畏。
誰也沒想到《去年在馬倫巴》中女主角的姿勢——身體傾斜，把手放在鎖骨的凹陷處——後來將成為他的招牌動作之一。不由得令人感嘆，春從一開始就是春的完整體了。

又過了一年。
春十三歲的夏天。
依舊是校本部的工作坊。
這次的客座講師除了去年的講師以外，還邀請了兩位剛好來日本公演的海外劇團成員。參加者一年比一年多，所以乾脆增班了。
春升上國中後，某天突然開始長高。
突如其來的發育期，幾乎是「一暝大一寸」，每天起床就連本人都能感覺自己又長高了一點。初次體驗到的生長痛也令他苦惱不已，對每天都在變化的身體比例感到困惑。
同時也迎來了變聲期，某天早上醒來發現聲音突然變得很沙啞，聽說還為此大受打擊。
司也瞠目結舌地說：「好像竹筍。明明每天見面，居然能明顯看出他的成長。」謝爾蓋則

深表同情：「這段期間大概會很辛苦，只能陪他度過了。」並給了許多建議。

與此同時，春的大名在縣內的芭蕾舞界已經可以說是無人不知、無人不曉了。

儘管從小就被視為可造之才，不過當時只有一小部分人知道。如今他的才華已經受到所有人的矚目。

長相也得到上天的眷顧。

小時候尚未發育完成的中性——或者該說是雌雄莫辨的美，正開花結果。柔和的眼神像是永遠都在微笑。讓人以為是單眼皮的丹鳳眼，從正面看過來其實是雙眼皮，而且眼睛很大，令人驚艷。

眉毛的線條很美，嘴唇的形狀也很好看。皮膚的紋理十分細緻，說是女性的肌膚也沒有人會懷疑。

頸項和手腳修長，最值得一提的莫過於漂亮的手。手指修長，指甲的形狀很漂亮，難怪可以幫外國的高級化妝品拍指甲油廣告。

不具威脅性的美麗。

每次看到他，我都有這種感覺。美有各式各樣的形式，有那種硬要別人俯首稱臣的美，也有讓人不自覺想頂禮膜拜的美。

而他就像他的名字，是那種有如春風徐來，柔和又高潔的美（聽起來好像是叔叔老王賣瓜、自賣自誇，誰叫我是他雷打不動的鐵粉，這點還請見諒）。

一面承受著生長痛的折磨，十三歲的他迎來了工作坊的最後一天。

每次都是相同的課題。

請「自由發揮」。

這次司也來看他們練習。去年和前年都出了同一個作業的講師，和用英語上課的客座講師也都在場。

所有人一齊舞動起來。

這時突然有個孩子釋放出無與倫比的存在感。

是春。

不只講師，就連原本在他身旁跳舞的孩子們也感受到他的能量，停止舞動。

不只存在感驚人，連動作也激烈得令人眼花撩亂。

狂躁憤怒般地跳躍、跳躍、跳躍。意氣風發地揮舞、轉動手臂，隨機地重複著趾尖旋轉，以近乎嘶吼的表情像是要用力跺腳似的激情舞步。

無法預測的動作持續了三分鐘，簡直像是一場小型的暴風雨，所有人都目瞪口呆地看著眼前的「暴風雨」，看呆了。

完成最後一個舞步後，他氣喘如牛地回過神來，四下張望。

大吃一驚地抬起頭。

發現所有人都瞠目結舌地看著他。

「咦？」這才發出狀況外的輕呼聲。

「你剛才在想什麼？」
按照慣例，司在回家路上問他。
「這次要你自由發揮時，你想到什麼？」
對司而言，春已經變成無法預測的學生。
「呃……我其實什麼也沒想。」
他側著頭，以沙啞的嗓音回答。
似乎還沒習慣變聲期的嗓音，他咳了兩聲，按住喉嚨。
「我好討厭這個聲音。」
「再過一陣子就會習慣了。」
司輕拍他的肩膀。
「今天那個其實是在發洩壓力，因為無法自由地舞蹈。」
春悶悶不樂地說。
「為了發洩壓力？」
司觀察他的表情。
「嗯。我這四個月長高了將近十五公分。以跳躍為例，每次都比我想的更早落地，也抓不到趾尖旋轉的重心在哪裡，轉得亂七八糟，全身上下都隱隱作痛，視線的高度也跟我想的不一樣，跳舞變得一點也不開心。」
「哦，原來如此，因為你一下子長大了嘛。謝爾蓋說過，突然長得那麼快，會抓不到平衡感，可能會很辛苦。」

他點頭如搗蒜。

「嗯。謝爾蓋給我很多建議，真的幫了我大忙。可是真的很不舒服。無法控制自己的身體，完全無法跳出自己要的樣子，感覺就像穿著大一號的玩偶裝跳舞。」

他唉聲嘆氣。

「原來如此，穿著大一號的玩偶裝啊。你比喻得真傳神。」

司不禁莞爾。

「這一點也不好笑。」

春抗議。

「所以啊，聽到自由發揮時，我的理智線整個斷掉了。誰有辦法自由發揮啊，我連自己的身體都控制不了。快點給我能自由發揮的身體，我一點也不自由。我在心裡吶喊。」

「嗯哼，原來如此。在心裡吶喊啊。」

司又微微一笑。

因為想到他還會變得更「自由」。

這一切或許並非出自於他的本意。司很清楚與自己想像的完全不一樣、不聽使喚的身體，正令他恨得牙癢癢、坐立難安，處於一肚子火的狀態。

然而，這其實也是因為他很「自由」。他是可以更自由地隨心所欲跳舞的舞者。

司說她內心充滿為人師的喜悅、正準備為世人獻上一位完美舞者的歡愉。

另一方面，當時看到他「不自由」的舞蹈，來自海外劇團的客座講師告訴當舞者的朋友：

「有個很有趣的孩子喔。」也成了春後來參加芭蕾舞學校的工作坊、出國留學的契機，只是當

時兩人還無從得知。

基本上，他是個與競爭或勝負心無緣的孩子。

這大概是因為他對事物的興趣與別人完全不在一個維度上，根本沒站上可供比較的擂台。

不過，既然他已成為眾所矚目的焦點，視他為競爭對手的孩子自然也不少。

「每次看到凡妮莎的時候，我都會想起——」

他曾經苦笑著說。

「想起什麼？」

「我是凡妮莎・蓋布瑞斯的粉絲，她很有氣質、很強大、很美，舞蹈強韌又有爆發力。自視甚高，艷冠群芳，是足以讓拜倒在石榴裙下的草民向她俯首稱臣的女王。但偶爾又會不經意地流露出內向的一面。」

即使沒有聽他這麼說，我遲早也會變成凡妮莎的粉絲吧。

我看過他與凡妮莎跳的《青年女囚》的影片，也看過他為她編舞的《回聲》。如今只要她來日本公演，我一定不會缺席。

總覺得在瀧澤美潮身上看到她的影子。但是現在回想起來，凡妮莎比美潮好懂多了。

眼前浮現出眉清目秀，彷彿正瞪著自己的少女。

「哦，你是指瀧澤姊妹的姊姊啊。春和兩姊妹的感情都很好吧。」

「才怪，才不好。」

他把頭搖成一個波浪鼓。

「妹妹是很好玩的傢伙，但姊姊是我少數的天敵喔。」

「是嗎？有這回事嗎？」

「我超怕美潮的。」

他講出這個名字，露出啞巴吃黃蓮的苦澀表情。

瀧澤美潮小他一歲，是校本部前段班的學生。

我起初並沒有在發會表上看到她（不知道為什麼，我居然連續幾年都錯過她的表演。或許是因為有幾年我都只看完春就回家了），第一次見到她的時候，我印象很深刻：「這孩子也太厲害了吧。」

我記得她是松本某大醫院的女兒。美潮有個小她兩歲的妹妹也在學芭蕾舞，但姊姊比妹妹顯眼得多。

又是瀧又是澤又是潮，這名字也帶太多水了（順帶一提，妹妹叫七瀨，同樣也是充滿水分的名字），但是跳起舞來一點也不拖泥帶水。

舞蹈本身很生硬，還有很多需要雕琢的地方，重點是稜角分明，充滿存在感的身影令人印象深刻。

真的就如字面上的意思，只有她的身影看起來特別濃墨重彩。

一下子就能吸引住別人的注意力，這點跟春一樣，但給人的印象天差地別。春是「舞蹈」本身引人注目，舞蹈已經與他的存在渾然天成地合而為一；而她則是全身上下都在發出「我想

跳舞」的吶喊，吶喊的音量比她的舞蹈更引人注目。

因為她想跳舞的意志給人太強烈的印象，技術還遠遠追不上想跳舞的意志。

春想跳舞的意志，和他的舞蹈是沒有落差的。或許深受生長痛所苦，但技巧基本上還是配合長高的速度一起進化、一起成長。

相較之下，她想跳舞的意志跑得太前面了。

經詢問，她幾乎是同時決定想學芭蕾舞和想成為專業舞者，難怪吶喊的「音量」震耳欲聾。

第一次見到她的時候，我就覺得，一旦她的技巧追上吶喊的音量，該有多麼厲害。事實上，她也真的變得很厲害。

話說回來，她同時也具備一定要得到能符合強大「音量」的技巧給大家看的鴻鵠之志，而且每年一步一腳印地實現這個壯志，甚至讓人覺得有點鬼氣逼人。當她的技巧與想跳舞的音量強度融為一體，想當然耳，她也同時具備了無可撼動的存在感。

讓這樣的她產生強烈競爭意識的不是別人，正是春。

她原本就是那種全心全意往自己的目標邁進，看不見其他舞者的人。雖然也不服輸，但顯然不是那種會跟人比較、視別人為競爭對手的類型。

或許當她終於有餘力觀察身邊的人時，旁人早已視她為教室的明日之星，才意識到同樣被視為明日之星的春。

她大概也受到衝擊了吧——自己與春的舞蹈差太多了。

兩人的方向性南轅北轍——美潮屬於把自己當成舞蹈的載體，為自己跳舞；春則是把舞蹈視為自己的載體，為了跳舞而跳舞——這個事實應該令她大吃一驚。如果能跳得像她那麼好，應該會察覺春對舞蹈的追求跟自己不一樣。

這可能令她很受打擊吧。

哪裡不一樣？為什麼不一樣？

為什麼方向性跟自己南轅北轍的春，舞蹈如此美好？

為了找出原因，她大概也拚了老命吧。因此反而讓春對她產生「動不動就找我麻煩」、「很愛找碴」的感覺，對她敬而遠之。

只有一次，她和春一起來我家玩。

還有她妹妹七瀨。出現在我家門口的春，一臉困惑。

「抱歉吶，稔舅舅。」

印象中他頻頻向我鞠躬道歉。我記得那段時間他要在發表會上和美潮跳一段專門編給小孩子跳、難度不高的雙人舞，必須一起排練。

看來是美潮吵著要來我家，半強迫地要春帶她來。

她比舞台上給我的印象還嬌小，但是近距離端詳，美潮的輪廓果然很深，看上去是個心高氣傲的少女。

具有堅強意志的濃密眉毛、烏溜溜的大眼睛，顴骨很高，臉很小，上了妝後肯定是個大美人。明明還是小學生，卻洋溢著成熟女性的威儀與氣質，簡直與女王沒兩樣，光是一言不發地站在門口，就源源不絕地散發出不怒而威的氣場。

妹妹長得跟姊姊很像，但給人的印象截然不同。五官的配置基本上一模一樣，卻呈現出嬌憨可人、有點男孩子氣的氛圍。

「打擾了。」

美潮乖巧地向我行禮致意，在屋裡東張西望，彷彿我家藏了什麼寶藏，而她是來尋寶的好奇寶寶。走到春每次來都賴著不走的書房，她露出大受打擊的表情，呆站在門口不動。

反而是妹妹雙眼放光地衝進書房：「哇！好棒！好多書啊！叔叔，這些書你全部看完了嗎？」

「看不完喔。因為這些書是叔叔的爸爸、也就是春的爺爺的收藏。」

「這樣啊。」

七瀨望向另一面牆壁，眼睛為之一亮。

「啊，也有好多唱片！我可以放來聽嗎？」

「可以啊。」春回答。

「妳想聽什麼？」

「來聽《火鳥》9吧。」

春和七瀨在唱片櫃前你一言、我一語地閒聊時，美潮有些侷促不安地瀏覽著書架。

「——光會跳舞還不夠。」

聽見她自言自語的低喃，我問她：

「妳要和春一起跳什麼？」

她愣了一下看著我，眼底浮現出意料之外的羞澀。

她低下頭，像是要迴避我的注視，以低沉的嗓音回答：

「——《胡桃鉗》[10]。」

「哦。」

我假裝沒發現她的羞澀。

「——萬同學對歷史也很有研究。」

她低著頭，語焉不詳地說。

哈哈，我懂了。

不是我自誇，即使在同年齡層，春的教養想必也是鶴立雞群。她留意到這一點，猜測他的教養源自於我家，所以想來偵查敵情。

所以看到這個書房，飽受衝擊也是人之常情。

我正想表示同情，她猛然抬起頭來，幾乎是用瞪的盯著我看。

「萬同學說我太正確了。」

太正確了？

9 俄羅斯作曲家伊果·費奧多羅維奇·斯特拉溫斯基創作的全幕芭蕾舞劇音樂。

10 柴可夫斯基根據德國浪漫派作家霍夫曼的童話《胡桃鉗與鼠王》改編的芭蕾舞劇。

我忍不住反問，她把嘴巴抿成一條線，背過臉去。

「這不是在稱讚我吧？我很火大，一直在想這句話是什麼意思，可是想不明白。」

她的舞蹈確實可以用「正統派」、「很道地」、「不出錯」來形容。這對於芭蕾舞和芭蕾舞者來說，都是很重要的素質。

但，春所說的太「正確了」是什麼意思呢？

我也在內心與她一起歪著脖子思考。

「呃，那句話的意思是說『對我而言太正確了』，絕對沒有瞧不起她的意思。」

後來我問他，他神色慌張地回答。

「傷腦筋。美潮那傢伙，居然把這句話放在心上。」

他嘆了一口氣，搔搔頭。

然後停止搔頭的動作，輕聲細語地說：

「因為美潮的『正確』是她的優點。她全心全意地相信芭蕾舞的『正確』，而她的芭蕾舞就是全心全意地體現芭蕾舞的『正確』。這是非常美好的一件事。這才是美潮。只是，換成是我的話，我會覺得有點拘束。」

他抱著胳膊，陷入沉思。

「對了，雖然我一開始把凡妮莎和美潮混為一談，但她們完全不一樣喔。最大的差別在於我想為凡妮莎編舞，但不會想為美潮編舞。」

「因為她是無趣的舞者？」

我問他。他連忙否認。

「不是，我不想為對方編舞不等於對方是不好的舞者。換個角度來說，這甚至是一種讚美。」

「怎麼說？」

「嗯。不是有一種舞者，光是存在於這個世界上就已經很完美嗎？那種舞者光是存在，光是願意正確地跳出古典芭蕾就夠了，就已經很完美了，就足以感謝上蒼了，像那樣。對我而言，美潮就是那種舞者。輪不到我指手劃腳，美潮永遠都能跳出正確的芭蕾舞。」

我似乎明白他在說什麼了。

但我也記得美潮的眼神。

當時她在書房裡又看了我一眼。她說春說她「太正確了」，為此感到不甘心，嘴巴抿成一條線，背過臉去後，又回頭看了我一眼。

「可是，只有萬同學——散發出花的香味。」

說完這句話，她的眼底浮現出懼色。

「什麼意思？」

我問她，她開始欲言又止地娓娓道來。

「教室每個月會讓我們嘗試一次芭蕾舞以外的其他舞種，但這次因為要準備《胡桃鉗》的

發表會，我上了所謂的社交舞——主要是華爾滋的課。」

最後大家要一起跳〈花之圓舞曲〉[11]。

美潮輪流與幾位男同學一起跳華爾滋。

「起初還以為是錯覺——可能有人用了爽身噴霧，畢竟一堂課跳下來難免滿身大汗。」

美潮喃喃自語。與其說是向我傾訴，更像是說給自己聽。

輪到與春開始共舞時，美潮立刻感覺眼前有一陣花香。

「欸，怎麼回事？這是玫瑰的香味嗎？」

腦中冒出這個問號。

但是過了一會兒，美潮發現神奇的事情發生了。

不只花香，感覺周圍充滿了花的存在。

「咦？」

只能用「存在」二字形容。

空氣中充滿花朵爭奇鬥艷的馥郁香氣。還有嬌艷的、官能的、花瓣恣意綻放的重量，感覺置身於隨時都要砸在自己身上的花叢中。

春微笑著。他顯然也察覺到花的存在，以「哇，好美啊」的表情環顧四周，彷彿要徵求美潮同意地頷首。

兩人彷彿要飛向空中似的舞動、旋轉。

美潮說她甚至感覺有點害怕。

直到那一刻，她連做夢都沒想過能有這樣的體驗。至少剛才和春以外的對手跳舞時都沒有那種感覺。

而他用「太正確了」評價美潮。

「難不成我的芭蕾即使『正確』，但不是『真正』的芭蕾舞嗎？」

「該不會萬春跳的才是『真正』的芭蕾舞吧？」

她產生了這樣的「疑問」。

雖然她不曾把「疑問」這兩個字說出口，但如果以我的方式來解釋，就是疑問的意思。

對花香感到恐懼的美潮，使我更加感到戰慄。

正因為她是有天分的舞者才能體驗到這些，才會對自己的舞蹈產生疑問。

瀧澤美潮國中畢業後，為了追求自己的「正確」，速速前往俄羅斯的波修瓦芭蕾學院留學。我猜促使她做出這個決定的不是和春一起跳的華爾滋，就是看到春的舞蹈，而且這絕不是

---

11 《胡桃鉗》中最著名的圓舞曲。

我想太多。

瀧澤美潮和春對彼此都留下強烈的印象，但是後來與他建立長久交情的，卻是小美潮兩歲的妹妹七瀨。

「從天賦這點來說，妹妹七瀨絲毫不比姊姊美潮遜色。」

森尾司曾經這麼說過。

「七瀨妹妹對聲音的掌握力可以說是天才，在用音樂舞蹈、用身體歌唱上具有得天獨厚的品味。這是與生俱來的天賦，求也求不來，也是跳芭蕾舞非常強大的武器。跟美潮一樣，運動神經非常好，所以應該什麼技巧都難不倒她，可是——」

可是？

司說到這裡，欲言又止，因此我忍不住催她說下去。

司苦笑著說：

「可是不知道為什麼，她完全不按基礎來——不管做什麼都會一點一滴地染上自己的顏色，也不知道是有意還是無心，總之有不知不覺重新編排的傾向。」

司嘆了一口氣。聽說負責指導七瀨的老師也為此感到無所適從。

基礎是芭蕾舞的命根子。假如芭蕾舞步是堆起舞蹈的一塊磚，那塊磚必須是百分之百合乎規格的零件才行。萬一每塊磚的長度都不一樣，形狀歪七扭八的話，就無法堆起舞蹈。

我也曾經在發表會上看過她跳舞，能對司說的話感同身受。她跳得很好，引人注目，但總覺得動作有點太大、有點不可思議。

若說姊姊美潮是寫實的素描，那妹妹七瀨就是抽象畫，是充滿裝飾性的裝飾藝術。

不僅如此。

司露出忿忿不平的表情。

「說到染上自己的顏色，十之八九都是水往低處流，往往會省略很多動作，往輕鬆的方向靠攏，但她反而是往比較難的方向勇往直前。這部分也顯示出她的特立獨行。」

老師們都不曉得該怎麼教她。

七瀨本人應該也很喜歡跳舞，可惜少了一點像姊姊那種「想成為舞者」、「想成為專業人士」的意識。她也學了鋼琴和吉他、鼓，所以真要說的話，她的重點其實擺在音樂上。她也負責指揮學校的合唱團，而且還會邊指揮邊跳舞。美潮甚至抱怨過：「太丟臉了，拜託妳別再邊指揮邊跳舞了。」

若說姊姊跳的是正確的芭蕾舞，那麼妹妹跳的無疑是「不正確」的芭蕾舞。春卻說妹妹「有點意思」，那是指什麼呢？

莫里斯・貝嘉[12]說過：「舞蹈是肉眼可見的音樂。」

春引用這句話開始說明。

「七瀨的腦中大概播放著別的音樂吧。你還記得嗎？她曾經和美潮一起去你家，和我一起

12 法國編舞家、舞劇導演。以極具啟發性的當代編舞風格聞名。

聽唱片。」

我點點頭。

「嗯，我記得。不過我只記得美潮就是了。」

他也點頭。

「她很奇怪喔，總是開開心心地哼著歌。」

臉上卻帶著苦笑，一臉想起什麼的表情。

「她有絕對音感，可以馬上記住聽過的曲子，非常正確地唱出來，但哼的又是另一首歌。」

「什麼意思？」

「當時也是這樣。我們一起聽《火鳥》，可是她聽唱片時在哼別的歌。提到《火鳥》，大家都會想到副歌的旋律對吧？那句最有名的歌詞，就算跟著唱也很正常。」

他聳聳肩。

「也就是說啊，她本人好像沒有意識到，她雖然專心聽唱片，腦海中卻浮現出別的旋律。不知道是七瀨自創的旋律，還是對當時聽到的歌曲進行改編。」

「欸，居然有這種事，不會搞混嗎？」

「我不知道，但她似乎已經很習慣這樣了。」

春抱著胳膊說。

「我也知道七瀨跳的舞很奇怪，大家都說她不按牌理出牌。她的舞確實很獨特，習慣加上『多餘的』動作，就像為舞步加上裝飾音那樣。後來我明白了，七瀨其實只是忠實地為舞蹈加上腦中響起的聲音罷了。」

「腦中響起的聲音？不是實際播放的音樂？」

「不是，我認為是自己腦中響起的聲音。當然，她也聽得見背景音樂，確實也配合背景音樂跳舞，但七瀨的腦子裡除了背景音樂以外，總是還有別的聲音。因為『舞蹈是肉眼可見的音樂』嘛，如果想成她正在為腦中的聲音加上舞蹈，一切就說得通了。」

居然有這種事。

我震驚地說不出話來。

「那樣是要怎麼聽音樂啊？」

我試著想像一下，但是腦海中只浮現街角的喇叭聲或小鋼珠店的珠子碰撞等，在各式各樣的音樂裡混入的雜音。

「我也不知道。」

春聳聳肩。

「可是啊，老師們也說過，七瀨掌握聲音的方法非常獨到。就算是事先錄好的音樂，被她一跳，聽起來就像是音樂配合她的舞蹈，就像管弦樂團的指揮看著她的動作指揮。」

「是噢，那一定很厲害吧。」

我表示佩服。他點頭附和：「嗯，我也覺得很厲害。」

「我和七瀨玩過『雙人舞遊戲』。」

春露出回憶的表情。

「嗯，是遊戲喔。因為雙人舞其實很難，可是也很令人嚮往不是嗎？尤其看到專業舞者或

前輩的雙人舞。當然，我們頂多只能裝模作樣地握住對方的手，擺出有名的姿勢，做做樣子模仿一下托舉。但我們連做做樣子都做不好。最令人絕望的是跟音樂完全合不起來，連一起數一、二、三都喊得七零八落。

「但七瀨就算只是做做樣子，也一定能對上音樂。和那傢伙一起跳舞，唯有數拍子、進拍的時間點，絕對不會錯。所以至少看起來是似模像樣的雙人舞。我這才恍然大悟，原來只要能對上音樂，就能表現出雙人舞的樣子。」

「美潮呢？你沒跟她玩雙人舞遊戲嗎？你們一起跳過《胡桃鉗》吧？」

我問他，他苦笑回答：

「美潮啊……才不會玩什麼遊戲呢。因為她總是全力以赴，力求掌握正確的雙人舞。」

「不好意思，問了個蠢問題。」我低頭道歉。

「我和美潮跳的是比較簡單的雙人舞，但就算是這樣也不簡單。要配合對方的時機，還得配合音樂。總之我覺得啊，和別人一起跳舞不是一件容易的事。」

「可是跳〈花之圓舞曲〉時不是很開心嗎？」

我想起美潮帶著懼色的表情。

花的香味。花的存在感。

只有萬同學才有。

「哦，那確實很開心。」

他笑逐顏開地說。

「美潮真的跳得好好，好到足以讓我覺得我們跳得好像大人、跟女孩子跳華爾滋好開心。」

看到他臉上天真無邪的笑容，我不敢告訴他，美潮當時覺得他好可怕，甚至對自己的芭蕾舞產生疑問。

「對了，後來我接著和七瀨跳了華爾滋，那傢伙也很好玩喔。」

他絲毫沒有察覺到我的（其實是美潮的）心情，接著說。

「節奏對跳舞果然很重要呢。」

春移動手指，畫出一個三角形給我看。

「華爾滋是一、二、三，一、二、三的三拍子對吧。」

「對。」

我點點頭。

「可是七瀨的華爾滋是一、二——三，一、二——三喔。」

「這不是維也納華爾滋嗎？」

我失聲驚呼。

「沒錯，第二拍拖長音。如此一來會有點虛張聲勢的味道，能給舞蹈製造高低起伏的效果。拖到不能再拖的蓄力很有趣。美潮那種完美的華爾滋固然美好，但七瀨這種故意拖拍的華爾滋也很好玩。明明是社交舞，她卻加入很多手腳的動作，甚至還加入了阿拉貝斯克[13]。」

「嗯，七瀨妹妹也是某種天才。」

我感到佩服，他用力地點頭附和。

「或許是吧。」

看到瀧澤姊妹，不禁感嘆就算是血脈相連的姊妹，天賦的質量及方向也可能完全不一樣。兩者皆才氣縱橫，但姊姊美潮設定了明確的目標，具有能持之以恆地朝目標不斷努力的天分。不管是以我自己為例，還是從事教師這份職業看過太多學生，我認為孜孜不倦地努力也是一種才能。

另一方面，妹妹七瀨比較像天然的原石，具有無法被塑型的原創性。或許不適合跳古典芭蕾，但依舊獨樹一格。

從原石這個角度來說，七瀨與春在本質上是比較相近的，感覺他們都有天才兒童才懂的感性。

美潮稱春為「萬同學」，而七瀨則喊他「小春」。

「我好喜歡小春的舞，總能讓我聽見好好聽的聲音。」

有一次，七瀨一臉正色地如是說。

好像是在去看了某場芭蕾舞的回程。

同行的還有司等幾位教師和學生。

「是嗎？」

春坦然地回答。

「今天的就沒聽見。」
七瀨自言自語。
「咦？妳說什麼？」
春問道。
她歪著脖子思考：
「為什麼呢？為什麼明明用那麼帥氣的曲子來跳舞，卻什麼也聽不見呢？」
聽說司暗自心驚，因為她意識到七瀨指的是當代舞的曲目。不知道為什麼，有趣的當代舞與無趣的當代舞，楚河漢界、涇渭分明。原因不一而足，可能是舞者的問題，可能是編舞的問題，也可能是音樂的問題，就是沒有「差強人意」的，真不可思議。
那天的舞碼是快節奏的爵士舞曲，乾脆俐落的編舞很好看，只可惜負責演繹的舞者顯然不是很擅長當代舞，動作拖泥帶水，總是慢半拍。
「嗯，那首歌很帥氣呢。」
春哼了一段低音聲部具有標誌性的旋律。
七瀨也一起唱。
兩人的歌聲合而為一。
「噹嗒啷——噹噹噹、噹嗒啷——噹噹噹、噹嗒啷——噹噹噹、噹噹噹噹、噹噹噹。」

芭蕾舞姿之一，單腳直立，另一條腿向後平伸的動作。

七瀨邊唱邊從總是隨身攜帶的背包裡，拿出兩根用舊了的鼓棒。
大家都看過她在電車上或利用演唱會的休息時間，用鼓棒在自己膝蓋上敲打的模樣。
七瀨突然蹲下，配合剛才唱的旋律，在圍著種在路邊的行道樹砌成的紅磚上敲打節奏。
無疑是正確的、充滿感情的「音樂」。
所有人都看著七瀨，驚掉下巴。
「喂，小春，你來跳！」
七瀨嫣然一笑，仰頭看著春。
「好啊。」
春愣了一下，隨即身輕如燕地跳起舞來。
「好厲害，居然記得舞步。」
其他孩子歡聲雷動。
春重現剛才在舞台上看過的乾脆俐落的舞姿。
「哈哈哈，就是這樣，還是得這樣才行！」
七瀨朗聲大笑：
「果然還是小春比較厲害！」
七瀨繼續敲打紅磚，越來越起勁。
不假思索地在間奏裡加入即興演奏，以跺腳的方式代替大鼓，明顯不是外行人所能及的節奏感，驚艷了所有人。
不一會兒，春也開始加入自己的即興編舞，例如地板動作。

「好厲害！好帥！」
「七瀨同學也很厲害！」
七瀨以恍惚的表情吶喊：
「我聽見了！小春，你太棒了。」
包括司在內，老師們全都呆若木雞地看他們表演。
「停、停下來，春，你那樣會傷到腳喔。」
兩人盡情地敲打、舞動，直到司大驚失色地制止。
他們的「音樂性」，確實比剛才看的專業舞台高出一大截。

她已經沒有東西可以教這些孩子了。

司說當時她簡直感慨萬千。
姊姊去俄羅斯留學後，七瀨仍繼續學芭蕾，但是在高中畢業的同時也從芭蕾舞畢業，考上音樂大學的作曲系。
後來因緣際會與春重逢，從《刺客》開始與他合作，為他提供音樂。

再來是春十四歲的夏天。
也是他第四年參加校本部的工作坊。
這一年也增開了好幾個男生班，跟去年一樣邀請舞團的講師來授課，比前年還多一位。

這一年的講師陣容明顯是來挖角，希望春能參加德國知名芭蕾舞學校隔年將在東京舉辦的工作坊。講師聽了前一年的報告說「有個有趣的孩子」，因此慕名而來。他是那所芭蕾舞學校的人，雖然也還有別的事要處理，但無疑是特地來見春的。

春還在長高，但這時已經擺脫生長痛，而且長到將近一百八十公分。

不用別人提醒，聽說講師們走進教室的瞬間，一眼就看出有趣的孩子是哪個。

這還用說嗎，因為那個有趣的孩子是春嘛。這時他身上已經有某種獨特的光芒，更重要的是他還是個美麗的孩子。

「沒錯，一看到春，任何人的眼睛都會為之一亮。甚至會讓人頓悟，『啊……人類果然是狩獵民族』，他們看著春的目光無疑是『獵人』的眼神。猙獰又貪婪，令人心驚膽顫。」

司以半傻眼的語氣說道。

司也認為遲早要送他出國，只是沒想到那一刻會來得這麼早。

開始上課後，他們的激動更是難以隱藏。

得天獨厚的長相與出類拔萃的技巧，而且還這麼年輕，就已經能從他身上感受到原創性，迷人的舞蹈令人捨不得移開視線。

精心栽培的學生受到肯定，不僅令司與謝爾蓋相當自豪，也有想讓更多人看到「我們家的春很厲害吧」的心情，可是想到好不容易帶大的愛徒即將被人從手中奪走，不免也有些落寞。

「他們真的想直接把春帶走，簡直跟人口販子沒兩樣。」

司苦笑著說。

不過，那一年的工作坊發生了有趣的事。

芭蕾舞學校的講師從自己的學校帶來了一名少年。

少年的父母這段期間剛好來日本工作，少年也想來日本看看，所以就跟著來了。又聽說老師剛好在日本，於是藉這個機會來日本的芭蕾舞教室參觀。

那所芭蕾舞學校聽說有名的難考，而那位少年是該校的優等生，被視為未來的首席，備受期待，當時才十五歲，身高已有一百九十公分，俊美到嚇人。國籍為奧地利，似乎是好人家的少爺，一板一眼的性格加上面無表情，散發出難以親近的氛圍。

參加工作坊的少男少女，尤其是少女們都為他瘋狂，大家搶著要看他一眼，掀起騷動。但他完全不在意，連一抹笑意也不願施捨，結果變成大家「提心弔膽」地來看他。

但是就連那位少年似乎也對春另眼相看。起初只是「想看一下日本的芭蕾舞教室究竟是什麼程度」，最後每天都來，而且從頭到尾盯著春看。

課程的最後一天。

這次也跟往年一樣，出了自由發揮的課題。

司和講師們全都嚴陣以待地看著春，心想今年會看到什麼。

眾目睽睽下，春突然就開始跳了起來。

哦，是古典舞啊。真令人意外。

似曾相識的舞步。

咦？

司覺得有點不太對勁。

她知道是什麼——這不是奧蘿拉公主的變化版嗎？

所有人貌似都發現這點，司和講師們皆為之愕然。

春臉上浮現微笑，跳起了《睡美人》的第一幕，奧蘿拉公主出場的變化版。

奧蘿拉公主的純潔、楚楚可憐溢於言表，儘管沒有穿上舞鞋，腳步依舊輕盈靈動。

都說要自由發揮了，今年為什麼偏偏選擇奧蘿拉公主呢？

司好想質問他，只見春優雅地張開雙手，青澀地環顧四周。

原本站在牆壁前，一言不發地看著他們上課的美少年突然邁開大步，筆直地衝向春，抓住他的手。

「咦？」

司和講師們這次真的驚呼出聲了。

但兩人皆一派泰然自若，春也任由他握著自己的手，繼續跳舞。

春面帶微笑，高高地抬起一條腿。

這是——玫瑰慢板。

司不敢置信地看著繼續跳舞的兩人。

這是怎麼回事？兩個男人跳玫瑰慢板？

這可是玫瑰慢板。

玫瑰慢板是《睡美人》第一幕奧蘿拉公主出場後，相當於第一個看點的慢板曲風。

奧蘿拉公主依序握住四位王子的手，過程中要一直踮著腳尖，另一條腿向後高高舉起，在技術上也是相當高難度的舞蹈。

美少年始終面無表情地握著春的手，支撐他的身體。

似乎自願扮演王子的角色，一放開手就轉身又扮演起下一位王子，一次演完四位王子。

春站成阿蒂迪德[14]，少年執起他的手，圍著他轉了一圈。放開他的手，又執起春擺好姿勢的手，再轉一圈。

「哇，真了不起。兩人都跳得有模有樣。」

司嘆為觀止。

兩人身為舞者的力量，恐怕也勢均力敵吧。彷彿站在一起就是天造地設的一對璧人，絲毫不覺得有哪裡不對勁。而且兩人都很美，扮演奧蘿拉公主的春，看起來就跟真的公主沒兩樣。

今年大家也都停下來看他們表演。

半晌後，春一舞既罷，滿臉笑意地單膝跪下，手貼在胸口，優雅地行了一禮。

美少年也以正經八百到極點的表情，把手放在胸前向公主回禮。

掌聲不出所料地響起。

「Danke.[15]」

---

14 芭蕾舞姿之一，單腳直立，另一條腿曲起膝蓋，向後伸展的動作。

春向他道謝，美少年的表情依舊文風不動，回以一句「Bitte.[16]」，頭也不回地回到牆壁前。

「剛才那是怎麼回事？」

與往年無異的回家路上，司問春。

「什麼？哦，因為那傢伙一直盯著我看，干擾我跳舞。」

春搔搔頭：

「而且妳看那傢伙的長相，是不是很精美？根本是不折不扣的王子嘛，要是能跟那種王子跳舞，我願意扮演奧蘿拉公主。就在我這麼想的時候，老師要我們自由發揮，回過神來我已經變成奧蘿拉公主了。」

司不可置信地猛眨眼：

「當你回過神來——可是你的奧蘿拉公主跳得未免也太好了。嚇我一大跳。」

春喜不自勝地說：

「是嗎？因為我很喜歡奧蘿拉公主的舞，一直很想跳跳看，所以從以前就開始練習了。」

「原來如此。那你一定也練習過玫瑰慢板吧，否則不可能突然跳得那麼好。可是那位王子殿下為什麼會突然跑向你？你們應該沒有事先套好招吧？」

「沒有。大概是因為我在跳舞的時候全程看著他的臉吧。那傢伙馬上就知道我在對他跳，真的是如假包換的王子呢！奧蘿拉公主的下一幕是玫瑰慢板，他馬上就聯想到如果我要跳玫瑰慢板，需要王子的手。那大概是下意識的反應，幾乎是條件反射地奔向公主身邊。」

「欸，這真是太神奇了。」

「很神奇喔，那傢伙。手的位置也很完美，他大概跟各種身高的對手共舞過，不然以公主來說，我實在太高了，還以為他會反應不過來，沒想到完全沒問題。就連圍著我轉圈的速度，也經過精密的計算。跳起來很輕鬆，給我上了一課。」

「你也很厲害啊。」

司嘆了一口氣：

「那你明年要不要去那邊的工作坊上課？」

司看著春的臉問道。

「嗯……」

春猶豫不決。

臨別之際，講師又邀請春參加由他的芭蕾舞學校主辦、明年即將在東京舉行的工作坊，甚至還說希望春能以留學為前提開始準備。換句話說，他打算安排春進那邊的芭蕾舞學校。

「那邊有很多像他那樣的人吧。」

春露出若有所思的表情。

講師們瞠目結舌地竊竊私語。

---

15 德文的謝謝。

16 德文的不客氣。

因為他們著實無法相信，那個法蘭茲竟會這樣跟別人一起跳舞。
沒想到法蘭茲會主動上前，令他們大為震驚。
法蘭茲好像是那位美少年的名字。據講師們透露，法蘭茲非常有天分，可是個性也非常慎重、一板一眼，有點難以取悅，他似乎也想改掉自己面無表情的毛病。那樣的人竟然主動上前協助跳奧蘿拉公主的春，令講師們跌破眼鏡。
「有意思，你真是個有意思的孩子。」
講師們全都不可置信地看著春。
「你害怕嗎？」
司問一臉凝重的春。
春回以驚訝的表情：
「不，沒什麼好怕的。我只是覺得好像會很好玩。」
他否定的同時卻又低下頭，好一會兒才吞吞吐吐地開口：
「可是我也還想跟司老師和謝爾蓋多學一點東西。」
司感到胸口一熱。
司和謝爾蓋用盡心血栽培春，也知道春把他們當成再生父母般仰慕，一想到要分開，不管是他們還是春都萬分難捨。
但司同時也有一個直覺。
現在大概是這孩子最理想的時間點，這孩子的成長速度遠遠超乎預期。等到司覺得「我已經把所有能教的都教給春了」的時候，可能會來不及。

「嗯，那麼接下來的一年，你準備好好接招吧。」
司以強硬的口吻說道。春露出意外的表情，大概以為司會阻止他吧。
「比起我，更重要的是要說服你爸媽。你想成為專業舞者吧？」
「嗯。」
春不假思索地回答。
「那好。你安排時間，我去你家拜訪。」
「ＯＫ。」

姊姊、姊夫似乎從很早以前就已經做好心理準備。
兒子具有任誰都看得出來的天分。更重要的是，春自己也很喜歡跳舞，已經把跳舞視為人生的一部分，簡直跟呼吸一樣自然。如今他想把舞蹈當成終生的志業。
「德國啊，好遠吶。」
「這一天來得比我想像中還早呢。」
司登門拜訪，提起明年的工作坊，姊姊、姊夫顯然已經放棄掙扎地互看一眼。
「春，你想去嗎？」
姊夫問他。
春用力點頭：
「嗯，我要去德國，成為專業舞者。」
他的聲音已經沒有迷惘了。

「那所芭蕾舞學校是世上數一數二的好學校，我認為很適合春。春也有出國留學的膽識，去了那裡想必能更上一層樓，也能推開通往專業之路的大門。」

司幫忙遊說。

「這點肯定無庸置疑。」

姊姊一臉不捨地點頭：

「可是，我還是好捨不得啊。才十五歲就要離開父母去那麼遠的地方。」

「我懂，我也很捨不得。」

姊姊和司心有戚戚焉地相視微笑。

不用說也知道，當時的法蘭茲就是後來春為他編舞《道林．格雷》的法蘭茲．希爾德斯海姆．赫洛金柏格。

「你那時為什麼會走向那孩子？」

聽說他也在回程受到講師們窮追猛打的逼問。

「哪有為什麼——」

法蘭茲不解地側著頭，貌似不明白這個問題的用意。

「因為他是奧蘿拉公主啊。公主在跳舞的時候，王子伸手扶他不是天經地義的事嗎？」

也就是說，他看到的是奧蘿拉公主。

講師們不知道究竟該稱讚法蘭茲的天分，還是讚美春的才華。

單就結果而言，兩個人都很優秀。

後來聽說春要來自己就讀的芭蕾舞學校時，法蘭茲的反應是：「哦，是那個人啊。」

「法蘭茲，你怎麼會認識他？」朋友問他，法蘭茲回答：「我們在日本見過。」

朋友繼續追問：「他是個什麼樣的人？」聽說法蘭茲以正經八百的表情回答：「他是第一個、也是最後一個和我跳奧蘿拉公主的男生。」

儘管對春耳提面命「就算其他芭蕾舞學校的人來挖角，你也別去」，還是必須等到明年由艾瑞克・華倫和李察・瓦盧瓦親自來東京的工作坊看過，才能決定是否能讓春入學。

畢竟誰也說不準還在發育期的年輕人一年後會變成什麼樣。他們主辦的工作坊吸引了來自日本全國各地萬中選一的學生，與去年來的講師在長野工作坊看到的水準截然不同。因此春的評價再怎麼高，他們也必須慎重行事。

他們的目的是來挖角深津純。艾瑞克透過深津純的父母，從純小時候就認識他。他也是從很小的時候就被寄予厚望的璞玉。

基本上他們至少會帶回一個學生，但空手而歸的情況也不少。因此艾瑞克和李察之間早有共識，只要能得到深津純，來日本的任務就算完成。

然而，看到春以後，兩人立刻理解為什麼一定要讓他入學了。

他具有中性的、或者說是雌雄莫辨的美，不僅是很罕見的舞者，再加上特殊的氣質，讓人不得不承認「從各種角度來說，他都具有與眾不同的魅力」。

還有現在已然成為談資的一件事，那就是他在最後一天請深津純幫忙跳的「冬天的樹」。

當時他已經擁有自己的舞蹈語言，並且表現出準備好將其化為作品的預兆。

「『冬天的樹』很震撼喔。」後來艾瑞克好像這麼對司說過。是很完整的作品。站在觀眾的角度看完後，李察甚至說他眼前浮現出HAL將來成為編舞師，為芭蕾舞團舞者編舞的畫面。他很少把自己對舞者的將來有什麼臆測說出口。

這個世界很大卻也很小。

艾瑞克也認識司和謝爾蓋。因為兩人都曾經在美國的芭蕾舞團活躍過一時，艾瑞克在不同的時期分別看過他們的表演。

「沒想到那兩個人是HAL的老師，這也令人大吃一驚。因為他們是風格完全不同的舞者，居然成了師徒，緣分真的很奇妙呢。原來如此，在那兩個人的調教下會變成這樣的舞者。我猜像HAL這樣的應該是不世出的天才，如果未來又培養出有趣的舞者，請務必介紹給我喔。」

就這樣，艾瑞克和李察結束東京的工作坊後，去了長野一趟。

通常所有的手續都透過芭蕾舞教室進行，不會直接接觸芭蕾舞學校和學生的家庭，但兩人似乎太想知道春的故鄉，以「我們去過JUN家好幾次，所以也想見識一下HAL的故鄉」為由，特地跑去長野。

「他的父母都是國立大學的教授，父親教機械工程、母親教日本近代文學。父親曾經是田徑社的短跑選手、母親是體操選手。」

「哦。」

不知怎地，司居然是在我家的客廳向他們說明春的家庭背景。

大概是要帶他們把春的成長環境全部參觀一遍，但春的父母還在工作，而我剛好有空，所以就先來我家了。

「抱歉啊，稔舅舅。」

聽到春向我道歉，不禁想起瀧澤姊妹來我們家的事，覺得這一切都好荒唐。

「這位是春的舅舅，負責春的教養。」

司半開玩笑地說。

這次真的讓我想起美潮的臉了，我不由得噗哧一笑。

沒錯，由於春實在太特別、太與眾不同，被他吸引的人都忍不住想知道他究竟是在什麼樣的環境、什麼樣的背景下長大。

我不卑不亢地與他們打招呼。

事實上，這也是我第一次與司深入交談。

春接下來就要去德國了，所以我想向司問清楚是在哪裡認識春的？打算將他培養成什麼樣的舞者？

「他爺爺開了一家牧場，養了很多馬。春也很會騎馬喔。」

「騎馬啊。原來如此，我懂了。HAL雖然優雅，卻有一股野性的風味，感覺不像是在溫室裡嬌生慣養長大的花朵。」

耳邊傳來老鷹的叫聲。

「待在東京或大阪不太有感覺，日本其實是個多山的國家呢。和我故鄉的山完全不一樣就是了。」

「李察故鄉的山在哪邊？」

「在庇里牛斯那邊。」

春聽著他們在院子裡的英語對話，輕撫放在佛壇上的舊項圈。

「稔舅舅，你不再養狗了嗎？」

「嗯……倒也沒有打定主意不養，只是一直沒遇到能代替豆皮的狗。」

「我想也是。」

豆皮大約在一年前壽終正寢。

春從幼稚園的時候就跟豆皮一起玩、一起成長，所以當豆皮陷入昏睡狀態後，他就一直守在豆皮身邊。豆皮在破曉時分嚥下最後一口氣時，春非常傷心，淚如雨下。

「那兩位是將來你在那邊的老師嗎？」

「大概是。不過我猜應該還有其他老師。」

「簡直是合作無間呢。」

「稔舅舅也這麼覺得嗎？」

人吶，會在人生的各個節點遇見可以稱為老師的人。

春遇見司，遇見謝爾蓋。

看到艾瑞克和李察後，我認為應該不用太為春擔心。因為兩人都具備好教師應有的條件，嚴格又寬容。更重要的是，從兩人身上感受到他們對春的愛並不比司和謝爾蓋遜色。

「你什麼時候去歐洲？」

「明年，畢業後馬上出發。雖然謝爾蓋教過我，但還是得去上一下語言學校。」

「那邊的芭蕾舞學校怎麼處理學業的問題？」

「也有一般的課程，順利的話應該可以取得相當於高中畢業的學位。但不是每個人都能順利晉級，不行的話就得進一般學校念書了。」

「好嚴格啊。如果是留學生的話怎麼辦？」

「就算是留學生，當掉也是一樣的下場喔。所以我打算同時接受日本的高中函授課程。」

「越聽越覺得好辛苦啊。」

再一次意識到，春還如此年輕就得被迫做出人生的重大選擇。這麼早就能找到人生的目標固然幸運，但誰也不敢保證一定會成功。

春呵呵笑了：

「想也沒用。我唯一能做的只有一件事，那就是拚命跳舞。」

輕鬆、開朗的語氣，令我胸口再次一緊。

「說的也是。你是去跳舞的嘛。」

「嗯，無論身在何方，我都只有舞蹈。」

這句話聽起來也像是他說給自己聽。

春不經意地看了走廊的方向一眼。

「真想看到那棵梅花綻放再出發。」

我才發現他正看著走廊窗戶外面的梅花樹。

「一旦長出花苞，我會馬上通知你。到時候你再跳紅天女給我看。」

「哈哈哈，沒問題。」

我想起他站在走廊上時，那周身寒涼的感覺。

他果然從那一刻就擁有自己的語言了。

「春，該走了。」

耳邊傳來司的呼喚，我和春同時回過頭。

「很榮幸能見到你們。」

我緊緊握住艾瑞克和李察的手：

「春就拜託你們了。」

我盡我所能地用眼神示意，把春託付給他們。

兩人都沒有撇開視線，點頭承諾：「好的。」

那一瞬間，我意識到如同春做了重大的選擇，被選擇的他們，責任也很重大。

隔年的初春，他踏上旅程。

梅樹長出花苞時，我聯絡過他，但準備工作比想像中還焦頭爛額，結果等他三月才有空來我家的時候，梅花早已凋謝。

姊姊也邀我去為春送行，但我婉拒了。我不想打擾他們最後親子團聚的時光，也不想讓他們看見我捨不得春的醜態。

結果只有父母和兩位芭蕾舞界的父母去成田機場送行。

春天是相遇與別離的季節。

機場的出境大廳人滿為患、形色匆忙，周圍喧囂擾攘，根本無法好好道別。

姊姊、姊夫對他頻頻叮嚀、聲聲囑咐，下了飛機一定要馬上打電話回家報平安，這個帶了沒、那個帶了沒，到那邊一定要先跟誰聯絡、萬一有什麼突發狀況可以找誰幫忙等等，一再確認已經確認過無數次的細節。

司和謝爾蓋站在姊姊、姊夫稍微往後退一步的地方，看著這一切。

出境大廳開始播放登機廣播。

春和兩對父母驀然抬頭。

是他搭乘的班機。

所有人都依依不捨。他就要走了，明知只是短暫的分離，但他就要以那邊的生活為主了。

「保重身體。」

「總之到了那邊一定要打電話回來喔。」

姊姊做出打電話的手勢。

「嗯，一定。」

春寡言少語地猛點頭，走到司和謝爾蓋身邊。

「我不擔心你。」

司冷淡地說。

「在飛機上也要不時拉拉筋喔。因為長時間的飛行比想像中還辛苦。」

謝爾蓋也平靜地說。

「嗯，我知道。」

「到了以後要跟高野老師聯絡喔。」

「嗯。」

春輕聲嘆息，往後退一步，看著兩對父母：

「那我走了。」

四人皆一言不發地朝他點點頭。

極為乾脆的道別。

春一骨碌地背過身，頭也不回地往前走。

餘下的人全都一動也不動地凝視他的背影。

當背影漸行漸遠，就要淹沒在茫茫人海的那一瞬間，他突然停下腳步。

四個人都「咦？」地小聲驚呼，春一骨碌地轉過身來，臉色鐵青。

那一刻，司想起初次在河邊從車上看到他的情景。

當時春喃喃自語著「轉過頭了」，又是困惑、又是不安的表情。

春筆直地往回奔。

隨著春那張鐵青的臉越來越靠近，他逐漸成長。

八歲、九歲、十歲、十一歲、十二歲。

個子越長越高，飽受生長痛的折磨——

十三歲、十四歲，然後是十五歲。

如今他的個子已經長得比四位父母還高了。

四位父母都呆住了，他在司和謝爾蓋面前停下腳步。

「老師。」

春大聲叫喚。他看起來很混亂，就快哭了。

「我的老師！」

司說那句話完全讓她的淚腺決堤。

他肯定不知道，對老師而言，再也沒有比這句話更令人欣慰的了。

「我的老師。」

但是我知道。自己的學生、愛徒將前往自己絕對去不了的地方，自己做夢也沒想到的遠方，對於老師來說是何等幸福的一件事。更幸福的是，給自己帶來這份幸福的學生，還稱自己為「我的老師」。

「你在說什麼廢話啊。」

司又哭又笑地輕聲細語：

「我們一輩子都是你的老師。不妨告訴你，你要是在那邊受到肯定，完全是拜我們所賜；要是你在那邊挨罵了，完全是你自己的錯。」

春也笑中帶淚地說：

「哈哈哈，我會記住。」

謝爾蓋也紅了眼眶。

「下次去看你表演的時候，你要是跳得太爛，我們一定會把你帶回來。」

「好，我會謹記在心。」

春一把抱住他們兩個：

「謝謝你們。那我走了。」

春放開手，又看了父母一眼，「嘿嘿嘿」地露出害羞的笑容。

姊姊、姊夫也在哭。

春也抱了姊姊、姊夫一下，告訴他們「我走了」，宛如脫兔般揚長而去。

這次沒有回頭，不一會兒便消失在人群中。

兩對父母哭哭啼啼地目送他的背影離去。

與趕在最後一刻衝進來的乘客反方向，大家一起走向大廳。

四人站在巨大的落地窗前，動也不動地看著飛機緩緩地離開停機坪。

飛機的移動速度加快了。

機體離開地面。

開始爬升。

直到再也看不見。

「啊……走掉了。」

「真是的，沒想到會哭得這麼慘。」

「就是說啊，累死了。」

「為了紀念順利地把那孩子送出去闖天下，一起去哪裡乾一杯吧。」

把自己的兒子順利送出國門的四位父母，互相扶持著慢慢走出機場大廳。

如此這般，被留下的四位父母在機場內的餐廳，一手拿著香檳，還沉溺在離別的傷感中時，春本人從飛機離地的那一刻起，就已經滿腦子都是未來的事了。

四位父母還在哭哭啼啼的同時，飛往法蘭克福的國際線班機機身猛烈地搖晃了一下，眼看著有位德國老婦人就要在走道上跌倒，春以迅雷不及掩耳的動作撐住她，單膝跪地，問她：「公主，有沒有受傷？」因此受到乘客們的拍手喝采。其他德國乘客知道他要去德國知名的芭蕾學校留學，甚至還有人找他握手：「你一定能成為大明星，可以請問你叫什麼名字嗎？」

不確定那位乘客有沒有記住「萬春」這個名字，但他在海外的傳說，或許從那一刻就已經展開了。

「你在寫春的傳記嗎？」

姊姊看著我問道，眼中充滿好奇。

我想為他留下紀錄，是在他離開日本，幾年過去，進入芭蕾舞團又過了一段時間之後。

他偶爾會寫信來——

像是「《青年女囚》的詩是怎麼寫的？可以把詩的全文寄給我嗎？」、「有沒有豆皮可愛的照片可以寄給我？」、「最近出版的書有沒有好看的？」多半都跳過問候及狀況報告，直接講重點。

因為日常生活及健康上的近況報告，主要都寫在寄給姊姊、姊夫的信上，學校或芭蕾舞團發生的事則寫給司和謝爾蓋，我等於是他的「第三空間」。

我也經常主動寫信給他，內容多半是些無關緊要的日常瑣事，例如最近看了什麼書的感想、受到他的影響才開始看的芭蕾舞或其他舞種的感想、家裡院子的景色等等，我們可以說是

半斤八兩。

但我其實很期待他的來信，能繼續與他保持這種距離恰到好處的聯繫，也給我一種安全感。

從姊姊的描述及他的來信可以聽出、看出，他正在遙遠的歐洲腳踏實地地累積資歷，建立自己的知名度，內心不禁湧出一股類似義務的情感，認為應該趁現在記錄他的種種。

只不過，那股義務感起初只是小小的起心動念，我沒有太放在心上。

頂多只是想到他身為芭蕾舞者的未來，應該會留下很多正式的紀錄，但能留下他小時候的人很有限，如此而已。

然而，有一天，決定性的瞬間來了。

那是我在電視上久違地看到神田日勝那幅畫的時候。

未完成的馬。

彷彿隨時都要從膠合板中跑出來，只畫了一半的馬。

看到那幅畫的瞬間，我想起他昔日的模樣。想起凝視著畫的空白部分，擺出右腳沙、沙、沙地往後踢的動作給我看的他。

他不在身邊以後，我反而更容易向姊姊、姊夫及司打聽他的事，他們也更好訴說他的種種。

大概我身為舅舅的定位也恰到好處吧。

姊姊經常寫信給我，以「這麼說來」為開場白，提起對春的回憶，我可以改天再仔細地問她：「那是怎麼回事？」司似乎也覺得跟「負責春的教養」的我，很好開口，所以每次心血來潮就毫無保留地跟我聊到他的種種。

「我也一直好想仔仔細細地聊聊他的一切呢。」

司曾經喃喃自語地說。

「同業之間其實很難敞開心胸討論自己教的學生，家長之間也是。那孩子越優秀，該說是小心翼翼嗎？直到能看見孩子的未來之前，越要控制自己，切勿得意忘形。」

司苦笑著說。

「因為啊，機率上只有一小撮人才能成為名利雙收的舞者。就算本人和周圍的人都沒日沒夜地努力，為此付出一切，依舊只有一小撮人能成功。相比之下，每天都有放棄芭蕾舞的理由，在芭蕾舞上遇到挫折的要素可以說要多少有多少。」

「我想也是。」我不由自主地點頭附和。

「所以其實沒什麼機會提到自己教的學生或舞者。這也難怪，因為舞者的工作就是跳舞。舞者的一切都在舞蹈裡了，要說沒必要提起也真的是沒必要。」

「可是啊……」司看著我的臉。

「還是有些舞者會讓人忍不住想打開話匣子，當然也有很多不值一提的。而且優秀的舞者不見得會讓人想討論，這點很不可思議呢。對我而言，春是我想討論的舞者，從那孩子還小的時候就是了。從他還不太會跳舞開始，我就想討論他的舞蹈。」

「我懂。」我可以理解她的心情。

「我之所以向大家請教他的種種，或許也是因為我從他小時候就一直覺得他真是個『有意

思的孩子』。」
「沒錯，春真的很有意思。完全無法預測，做的每件事都遠遠超出我的預料。」
我們相視頷首。
「所以我反而很感謝你願意聽我傾訴他的種種，不過僅限於他小時候。我不確定接下來還有沒有什麼想說的。」
司說到這裡，笑著對我低頭致意。
「孩子是上天賜予的寶貝，但是像春那樣能讓人對這句話強烈感同身受的孩子並不多。」姊姊說。
「超級好生、超級好帶的寶寶，成長過程也超級順利，就像措手不及時會丟下一句『母親，我要回月宮去了』就絕塵而去的輝夜姬[17]。」
我忍不住提醒她，月宮原來是在德國嗎？
「對我而言，芭蕾舞的世界就跟月宮沒兩樣。」
好誇張的比喻，但我覺得自己似乎能理解姊姊的言下之意。因為春從生下來的那一刻起就已經是一個完整體了，非常獨立。
「我的功勞大概只有帶春去體操俱樂部吧。促使他說出「不是那個」，大概是我唯一的功勞。」
「是嘛？」我不知該做何反應。
「這可是非常大的功勞喔。因為他是在體操俱樂部轉了一圈，才決定踏上舞蹈之路。」

「啊，說的也是。」

姊姊臉上露出略顯得意的笑容。

「是妳讓他說出『不是那個』，而這句話在他心裡發出『卡嚓』一聲。」

如果他沒有在體操俱樂部看到別人旋轉，自己也跟著轉了一圈，一切都不會開始。

這麼一來，司大概會視而不見地從他身邊經過。這麼一來，他大概會在很久很久以後才與芭蕾舞相遇，甚至這輩子都不會遇見也說不定。

天曉得呢，如果什麼也沒發生，他還會開始跳芭蕾舞嗎？

這是姊姊和我、還有司之間經常想起，卻始終沒有答案的疑問。

這裡有兩個假設。

假設去了體操俱樂部，可是沒有遇見司的情況。

假設沒去體操俱樂部，自然也沒遇見司的情況。

如果是一，在體操俱樂部看到有人在玩體操，產生「不是那個，是別的東西」的確信，基

日本童話故事〈竹取物語〉的女主角。故事描寫老翁去山上砍柴的時候，在竹筒裡發現一個小女孩，帶回家養，取名為輝夜姬。輝夜姬後來長得亭亭玉立，引來王公貴族爭相向她求婚，甚至連皇帝都想娶她為妻。輝夜姬深感無奈，某個月圓之夜穿上羽衣，飛升而去。

於與生俱來近乎執拗的求知欲，春很有可能遲早還是會與芭蕾舞相遇。只不過，在那個平常沒什麼機會看到芭蕾舞的環境，大概還要再一陣子才能遇到芭蕾舞吧。

如果是二，這輩子遇見芭蕾舞的可能性大概微乎其微。

這麼說來，所謂的緣分真是可遇而不可求，三者的相遇只能用奇蹟來形容。而所謂的奇蹟，如果沒有人傳誦就等於不存在。所以我想當個證人，記錄這個奇蹟。套句姊姊說過的話，或許我唯一的功勞就是寫下這個奇蹟。

呃，好像講得頭頭是道，而且寫得好像親眼所見，最後當然還是多虧了春本人的協助。我會趁春回國來我家的時候，追根究底地求證平常利用閒暇時間向姊姊及司打聽到的事，請他補充。或是據此再問出別的故事，而春也抱著好玩的心情陪我瞎鬧。

「嗯，我小時候真的是這樣嗎？」

春起初也有很多問題（畢竟是小時候的事，很多都忘記了），也有不少令他驚奇的場面。

「我真的很幸運呢。」

聊了一會兒後，他沉默了一瞬間，然後一臉正色地喃喃自語。

「是你帶來的幸運啊。」

聽到我這麼說，他不置可否地反問：「是嗎？

「因為我很容易忘了我是誰。明明大家都對我這麼好，我卻沒好好地向大家道謝。」

他不知所措地看著我。

「你在第一線跳舞就是對我們最好的答謝了。」

「那就好。」他露出笑中帶淚的表情。

「我想養狗。」

忘了他第幾次回國時，問了許許多多問題後，突然冒出這句話。

「哦，想養什麼狗？」

我順著往下問，他反問我：「可以取名為豆皮二號嗎？」我回答：「那當然。所以你想養柴犬？」他回答：「不，我還沒想好。

「我其實一直想養一隻跟豆皮差不多的柴犬。那邊現在很流行日本狗，要買也不是買不到，只是覺得對豆皮一號有點過意不去。」

他偷偷地看了放在佛壇上的豆皮項圈一眼。

「我想從歐洲的狗挑一隻毛色跟豆皮差不多的狗。」

「哦，聽起來很不錯。那條狗大概一輩子都沒見過用來給自己取名的食物吧。」

「不，到時候我不管怎樣都要找到豆皮壽司給牠看，告訴牠這就是你名字的由來。」

春猛搖頭。

我笑了。狗狗大概會嚇傻吧。

眼前浮現出小狗莫名其妙地聞著豆皮壽司的樣子。

我站起來送他離開的瞬間，想起又來到梅花開的季節了。

「這麼說來，你還記得嗎？你去德國前本來應該要再跳一次紅天女給我看的，可惜沒跳

成。」

聽見我的感慨發言，「啊，是有這麼一回事。」春望向走廊。

「今年的梅花已經開了嗎？」

「我想還要再等一段時間。」

我們來到走廊上，站在外面的梅樹前。

「唉……」春長嘆一聲。

「真的耶。好遺憾，我好想看盛開的模樣啊。」

「你就當是已經盛開了，跳紅天女給我看嘛。」

我沒想太多地說。

這時，就像氣溫突然下降般，旁邊的人影消失了。

咦，我連忙往旁邊看了一眼。

那裡有一棵梅花樹——不，不對——是觀音像。

春閉上雙眼，站在那裡，以前我看過，所以嚇不倒我。上次他似乎是模仿梅花的樹枝或樹幹，扭轉著身體佇立，但這次他就像佛像一樣，筆直地伸出雙手，極其自然地站在那裡。

但他的身影有股莫名神聖的氛圍，不像是這個世界的俗物。

「這究竟是——？」

我忍不住詢問。

春睜開雙眼，瞥了我一眼，笑了。

神聖的感覺倏忽消失。

「剛才那是佛像吧？」

我又問了一遍，春「嘿嘿」笑著縮起肩膀。

「我啊，認為日本的佛像都是木頭。」

他說。

「我猜剛從大陸渡海來日本時的佛像，都還表現出佛陀的姿態，可是到了日本以後大概稍微起了變化。日本原本就有巨木或神木信仰，大家為樹木綁上注連繩[18]頂禮膜拜。所以日本人看到佛像時，應該會認為那不就是自己在樹裡看到的東西嗎？我認為佛像其實有些將樹木擬人化的部分。所以我在思考，紅天女是否也是將樹木擬人化，亦即呈現類似佛像的姿態？就像我剛才呈現的那樣。」

春以雲淡風輕，卻又帶點莊嚴的表情說道，臉上浮現出一如往昔，天真無邪的笑容。

「那就先這樣，稔舅舅。我會再來的。你也要來看我的新作品喔。」

春瀟灑地揮揮手，穿上靴子，推開玄關門。

18 掛在神殿前表示禁止入內，或新年掛在門前討吉利的稻草繩。

我在他背後說：

「保重身體，替我向大家問好。」

「沒問題，你也要保重喔。」

春風過隙。

在我眼中，他永遠是美麗的孩子。

即使已經完全看不到他的背影，我仍隱約感受到梅花的香氣。

我家院子的梅花還含苞待放。

但我確實聞到他讓梅花盛開的香味。

III

噴湧

拉威爾的《波麗露》[1]，從曲子一開頭就一直用小鼓敲打著相同的節奏，以會讓打鼓的演奏者發瘋的曲子素負盛名。

倒也不是特別想與《波麗露》別苗頭，但我製作的《刺客》當中〈地獄〉的部分，也一直咚咚咚咚地奏響低沉的鼓聲，聽說管弦樂團負責打擊樂的人，一看到譜就愁眉苦臉。

話說回來，〈地獄〉的部分幾乎沒有像樣的旋律，只有管樂器不斷地重複、交織著長調的漸強音節（老實說這一段其實是向華卓斯基的電影《駭客任務》的音樂致敬。我認為那部電影的背景音樂簡直是傑作）。負責管樂器的人也都一再抱怨都是長調累死人了、想吹點有旋律的東西……怨聲載道。

一開始練習，耳邊又傳來打擊樂器成員近乎詛咒般的呻吟「這也太痛苦了」。真有那麼痛苦嗎？神保彰[2]打了這麼多年鼓，不也說過「從某一刻開始，不管怎麼敲都不會累了」嗎？我也打過鼓，知道打著打著就會 high 起來了。

畫風一轉，〈天堂〉的部分則變成甜膩到令人蛀牙的地步，天真懵懂的短笛與長笛，乘著一連串幾乎要讓人高潮的旋律在空中翻飛盤旋。想也知道，短笛非常突出，所以也是非常難操控的樂器。有的管弦樂團甚至要請短笛的外援來支援。

我想起凡妮莎曾經在《刺客》裡，對自己的角色頗有微詞。

「演什麼天堂的美女，無聊死了，也讓我演刺客的暗殺者嘛。」

我也有同感。比起端著架子等待的天堂美女，凡妮莎更適合手握長劍，割斷某人的咽喉。

小春也是，我不由得苦笑。

可是已經決定由全男生來跳〈地獄〉這一幕、全女生去跳〈天堂〉那一幕，所以無法實現凡妮莎的心願。以我個人來說，真想看凡妮莎演哈桑跳的首領啊。渾身是血、冷酷無情、具有領袖風範、非常有型，而且還有一點稍縱即逝的感官誘惑。

不過，凡妮莎和哈桑在〈地獄〉與〈天堂〉交錯，場面一度混亂的最後二十分鐘，充滿顛狂之氣的雙人舞太震撼了。有如把刀刃抵在對方脖子上的殺氣與無可救藥的破滅預感，令人頭皮發麻。想當然，這裡的音樂也是兩邊的聲部觥籌交錯，對演奏的人又是一大考驗。

「太複雜，我都數不過來了。」、「沒完沒了的極強，我快不行了。」、「聽不見自己演奏的聲音。」管弦樂團的每個聲部都在哀號，我只能用「你們都是專業的，一定沒問題」強行帶過。

小春告訴我，尚・雅美願意演「屏息者」時，我感動得都要哭了。大名鼎鼎的尚・雅美，居然願意用我譜寫的旋律獨舞！我真想告訴小時候如癡如醉地欣賞尚・雅美舊時影片的自己。

我現在還會做柔軟操，已經養成習慣了，不做會全身不舒服。尤其為芭蕾舞譜曲時，還會去朋友開的舞蹈教室做把桿練習。如果還有餘力，再加入中間練習。不這麼做的話，感覺自己無法讓曲子與舞蹈動作完美地結合。

以前學芭蕾的時候，無論如何都會跳成自己的風格，怎麼也改不過來。

---

1 約瑟夫・莫里斯・拉威爾，法國巴斯克人作曲家和鋼琴家。音樂以纖細、豐富的情感和尖銳著稱，是二十世紀的主要作曲家之一。《波麗露》是拉威爾最後的一部舞曲作品，創作於一九二八年。

2 日本爵士融合鼓手。

曾經有人告訴過我，七瀨的技術絲毫不比美潮遜色，而且非常有天分，放棄實在很可惜。要跳古典芭蕾可能不太容易，不如成為當代舞的舞者。

但我覺得自己志不在此。我喜歡當代舞，也很喜歡古典芭蕾，所以如果成為舞者，我兩種舞都想跳。就像硬幣有正反兩面，缺一不可，怎麼可能只選一種。

也可能是因為我一直在小春身邊看著他。

這個人什麼舞都能跳，想必也能自己創作吧。我一直覺得這種人才是真正的舞者。

第一次看到他跳舞的時候，我非常驚訝。當時我還不明白為什麼驚訝，無法用言語來表達，但如今再回頭看，我想自己大概是驚訝於他的舞蹈格局之大吧。

小春每次跳舞，都能讓人感覺好像置身於一個又大又亮的空間。陷入以他為中心，牆壁及天花板逐漸遠離的錯覺。就像他散發出來的光芒不斷膨脹，把世界往外推。

而且總是能聽見音樂。

每次他一開始跳舞，我就能感受到音樂。而且演奏的旋律每次都不一樣，有時是排笛，有時是弦樂四重奏，有時是大鍵琴，有時是戲班子。

看到小春的時候，我總是下意識地哼著歌，總是會讓周圍的人露出看到怪物的表情。

話說回來，我從小不管看到什麼都會感受到旋律，所以早就對哼歌習以為常，但小春是第一個讓我看到舞蹈會感受到旋律的人。

美潮之所以開始在意小春，也是因為這個原因。

好像是發表會後吧，聽我眉飛色舞地說：「好神奇呀。小春一跳舞，我好像就能聽到音樂呢。」美潮用非常嚴肅的表情問我：「我跳舞的時候呢？」美潮從開始學芭蕾的時候便以成為專業舞者為目標，跳得非常好，但我從未聽到過旋律。聽到我老實的回答，美潮好像很不高興。從此以後，她動不動就把小春當成競爭對手。

和小春跳華爾滋、玩雙人舞遊戲都很快樂。

和他一起跳舞，彷彿能聽見震耳欲聾的音樂。就連華爾滋都變得熱情如火，讓人想盡情擺出千奇百怪的姿勢。

老師們和小春都稱讚我「七瀨好擅長抓拍子啊」，但我自己覺得這很正常，沒什麼特別的感覺。

不過我很早就發現，用事先錄好的音源跳舞時，身為舞者的本事會出現差異。聽音樂、配合音樂跳舞的舞者，舞蹈無論如何都會顯得比較笨重，說得極端一點，動作會變得很遲鈍。因為是聽到音樂才開始舞動，難免會慢半拍。而一流的舞者，會在自己體內播放音樂。

小春光是跳舞就能讓人聽見音樂，可見他非常會抓拍子。從每個舞者對音樂的掌握度，可以看出他們的個性，而小春對音樂的掌握度非常瀟灑脫、俐落。

我喜歡跳舞，可是跟滿腦子只有芭蕾舞的美潮不一樣，我的興趣太廣泛了。硬要說的話，我其實是把芭蕾舞視為音樂的一部分，我也喜歡鼓和吉他和鋼琴，各種音樂我都想聽，但又不可能全部學會。

自從我學會看樂譜，就會寫下一時衝動浮現在腦海中的旋律，原本只是當成備忘錄，反應過來的時候，已經累積了相當多的數量。

國中畢業的春假，整理房間時又回頭去看那些堆積如山、還很青澀的樂譜，看著看著，內心產生一個念頭，啊……難不成這才是我想做的事。從那天起，我開始思考該怎麼做才能成為

作曲家。

我決定去念音樂大學作曲系，到處請人介紹作曲的老師給我認識，開始學習。因為音大作曲系的考試，規定要在時間內製作出一首交響曲，倘若沒有一定的基礎絕對考不上。

老實說，我甚少想起去波修瓦芭蕾學院留學的美潮（以美潮的性格，一定能腳踏實地地提升自己的技術，所以我一點也不擔心），但我一直很在意小春的發展。因為我第一次看他跳舞就成為他的粉絲，對他會成長為什麼樣的舞者充滿期待。

我學芭蕾一直學到高中，所以能從老師口中得知他的消息。

聽說小春在就讀芭蕾舞學校的時代先以編舞師的身分出道時，我還記得自己的第一反應是「真不愧是小春啊」。

《青年女囚》經常在日本公演，所以我也看過。後來小春讓我看首演的影片，也就是小春和凡妮莎共舞的那支影片，太精采了。

經常在日本公演、我也看過的《青年女囚》，是改編過的版本，所以看到原版別有一種樂趣。很多細節都不一樣，但還是可以從很多地方看出當時已經有小春的風格。

小春的編舞可以分成幾種類型。一種是有固定的想法，或者說概念，以此為中心編的舞（例如既沒有跳躍也沒有旋轉，就只是排成一列跳舞，受到制約的《KA・NON》）。

又或者像是益智遊戲的拼圖，整個經過縝密的計算，角度十分刁鑽（《刺客》大概就屬於這種。與深津純同學一起跳的《雅努斯》也是）。

除此之外，也有像自由爵士那種，由（看起來像）放牛吃草的舞步構成（他的獨舞作品多半是這種）。

在《青年女囚》可以看到這一切的萌芽，不禁讓人同意他的風格全都濃縮在處女作裡。我也看過後來他與尚・雅美在編舞的創作者名單上聯名的《DOUBT》，看得出來春扮演聖女貞德的動作是以歌舞伎的亮相為底色，有幾分虛張聲勢的味道。這也是小春會編的舞，我不得不承認。

音大畢業，前往法國的國立高等音樂舞蹈學院留學後，我經常遠赴德國看小春表演。小春隸屬的芭蕾舞團明星舞者雲集，很難買到票。

小春成了比我想像中更厲害的舞者，要演王子或什麼都沒問題，但我還是比較喜歡他演紫丁香花精或一些比較特別的角色。

身為編舞師，他也一步一腳印地積累實績，發表了幾部小品。在三合一公演[3]上，小春的原創作品赫然也在其中。

現在回想起來，當時我居然沒有想去見他，真不可思議。如果去休息室找他，他一定會見我吧。我更是壓根也沒想過要為芭蕾舞作曲。

因此某一天突然接到小春打電話給我時，真的大吃一驚。

「七瀨？」

起初我根本沒聽出來是誰的聲音。

誰啊？劈頭就直接喊我的名字。電話號碼又是未知來電，早知道就不接了，我甚至感到後

3 由三支單幕的短篇作品合成一次公演。

悔。但也可能是工作上的電話，所以不能不接。

作曲家只要能作曲就謝天謝地了。我從學生時代就在學長姊或老師的引薦下，來者不拒地接一些遊戲的音樂或廣告音樂，為了在法國有工作，基本上不會拒絕任何找上門來的案子。也寫了很多主動投稿或參加比賽的曲子，因此生活中充滿各種截稿日，就讀音樂舞蹈學院時，經常處於睡眠不足的狀態。

我一時半刻不曉得該不該回答，對方接著說：「我是萬。妳還記得嗎？我們在同一間芭蕾舞教室上過課。」

「欸？你是小春？你是小春嗎？」

小春在電話那頭「哈哈哈」地大笑。

「對呀。妳的電話是我請司老師打電話去妳家問的，會讓妳困擾嗎？」

「當然不會啊。哇，小春，好久不見。我前不久才看了你的三合一公演喔。」

「咦，妳來看啦？謝謝妳。七瀨，妳目前在法國嗎？」

「嗯。」

「那麼言歸正傳，我打電話給妳的用意是，我想用妳的曲子。」

「真的假的？」

做夢也沒想到是談公事，我又嚇了一跳。小春要跳我寫的曲子？簡直太榮幸了，腦中一片空白。

「偶然間在廣播裡聽到，想跳這首曲子，也覺得自己可以勝任。查了一下，發現是七瀨的曲子，還以為是騙人的呢。」

「我才覺得你是不是在騙我呢。哪一首？」
「〈MIDNIGHT PASSENGER〉。」
「哦，那首啊。那是我兩年前為廣告寫的歌。」
「我也在網路上聽了妳其他歌曲，七瀨寫的歌好有趣啊。不愧是以前跳過舞的人，每一首都好適合跳舞。每一首聽下來都能看到配上舞蹈的樣子。」
這時，我突然明白了。
或許真的是這樣沒錯。如同我在小春的舞蹈中聽到音樂，反之亦然。
「好高興能聽到你這麼說。」
「起初還以為會不會是同名同姓的人。但七瀨的名字算特別，而且妳的音感從以前就很好，所以抱著姑且一試的心情問，果然就是妳做的曲子。妳還是去念音樂大學了。」
「直接看官網不就好了。」
「哎呀，我太驚訝了，沒想到要上網查，就直接打電話問司老師了。」
「哈哈哈，原來如此。」
「美潮好像也在俄羅斯的芭蕾舞團努力著？」
「嗯，好像順利晉級了。」
「畢竟美潮是『正確的』美潮嘛。兩個女兒都在海外打拚，令尊令堂會不會很寂寞？」
「他們已經看開了。」
「我和七瀨都在歐洲，感覺真神奇。」
「或許我之所以來法國，其實是想偷偷地看小春跳舞。」

「那好，既然妳看過我編的舞，那我就直接切入正題了。就這麼決定，這次我先用〈MIDNIGHT PASSENGER〉編舞，七瀨，以後可以請妳為我的芭蕾舞作曲嗎？」

「真的假的？求之不得，包在我身上。」

這時我總算恍然大悟，原來如此，只要做芭蕾舞的曲子不就好了嗎？

為我最喜歡的芭蕾舞作曲，為我最喜歡的小春跳的舞作曲。說不定我學芭蕾就是為了這個，立志成為作曲家也是為了這個。甚至有幾分宿命論的感覺。

MIDNIGHT PASSENGER，深夜裡的乘客。

十分鐘左右的短篇作品。

這是我和小春的第一次合作。

我想最初的時候，小春和我都只有製作短篇作品的念頭。只要做可以放在三合一公演裡的一幕，便於願足矣的感覺。當時完全沒有預料到，將來會一起製作整齣全幕芭蕾舞劇。

現在就連艾靈頓公爵[4]或皇后合唱團[5]的歌都能拿來跳芭蕾舞了，所以巴黎歌劇院也應該要製作米榭·列格杭[6]的芭蕾才對。如果路易十四聽了米榭·列格杭的音樂，一定會想改編成芭蕾舞吧。這不是很棒嗎？歌劇院史上第一次幕拉開，爵士大樂團就出現在舞台上，由三組首席芭蕾舞者在爵士大樂團前面，以串燒的方式用〈往事如煙〉、〈秋水伊人〉、〈柳媚花嬌〉[7]等電影配樂跳舞。服裝也很講究，女生穿晚禮服，男生穿燕尾服。弦樂與爵士大樂團的音樂應該能呈現出最華麗絢爛的芭蕾舞吧。尚·雅美在《DOUBT》設計了聖女貞德這個角色，但這其實也是巴黎歌劇院應呈現的題材。把尚·阿努義[8]的戲曲《雲雀》改編成芭蕾舞，又會有什麼效果呢？因為是法庭劇，改編上可能會有一點難度。希望能用莫里斯・拉威爾的音樂。

英國的皇家芭蕾舞團應該要製作《咆哮山莊》[9]的全幕芭蕾舞劇，就像所有學芭蕾的孩子們都以兒時的希斯克里夫和凱薩琳為偶像那樣。那曲子要由誰來製作呢？乾脆請凱特・布希[10]來製作，發狠做成現代風如何？我猜她的《咆哮山莊》一定可以跳得很好看。如果要跳《科學怪人》[11]的話，也想製作《變身怪醫》[12]。可以一人分飾兩角，也可以由兩人分別飾演傑奇博士和海德先生。不管怎樣，男舞者都有很多可以展現技巧的場景，肯定能製作出很有趣的作品

4 美國作曲家、鋼琴家以及爵士樂隊首席領班。對爵士音樂極富影響力，音樂涉及許多領域，包括藍調、福音音樂、電影配樂、流行音樂和古典音樂。

5 英國搖滾樂團。

6 法國作曲家兼爵士樂鋼琴家。

7 以上電影配樂皆為米榭・列格杭的作品。

8 多產的法國戲劇家。

9 英國經典文學作品，艾蜜莉・勃朗特生前唯一一部小說，敘述愛情和復仇的故事。希斯克里夫和凱薩琳分別為書中主角。

10 英國搖滾樂天后，女性另類音樂的劃時代開拓者，曾以名著《咆哮山莊》為靈感創作出同名冠軍單曲。

11 英國女作家瑪麗・雪萊的作品，科學家維克多・法蘭克斯坦利用從墳墓挖掘出的屍體製造人造人。西方文學中的第一部科學幻想小說。

12 改編自羅伯特・路易斯・史蒂文森的小說《化身博士》，講述人性內心善與惡的掙扎。

吧。用麥可・尼曼[13]的音樂如何？

希望皇家芭蕾舞團也能把喬治・麥克唐納[14]的黑暗科幻小說《莉莉絲》改編成芭蕾舞。莉莉絲是被逐出伊甸園的亞當的第一任妻子，據說非常邪惡，畢竟這女人是「lullaby（搖籃曲）」的語源。「lullaby」這個單字來自「莉莉絲，走開！（Lilith, Abi!）」這句話。是不是很厲害？至於音樂嘛——就請史汀[15]或艾爾頓・強[16]來做吧？艾爾頓・強是名校皇家音樂學院的畢業生。要是能編成矯揉造作又黑暗陰森的芭蕾舞就好了。

日本的芭蕾舞團則希望由武滿徹[17]製作全幕芭蕾舞劇。請務必把安部公房的《沙丘之女》[18]搬上舞台。敕使河原宏導演的電影《沙丘之女》的音樂，就是出自武滿徹之手，所以要是能以這個配樂為主旋律就好了。如果要推廣到海外，我認為《雨月物語》[19]比較好。溝口健二[20]導演的電影早已享譽全球，配樂的早坂文雄雖然英年早逝，但也留下了不少好作品，應該能湊足貫穿整部劇的曲子。希望能在舞台上重現鏡頭一晃就變成另一個世界的畫面。

——我從以前就經常有這些妄想。簡單一句話，我喜歡想像各種自己想看的芭蕾舞。

順帶一提，我曾經真的「想跳跳看」凱特・布希版的《咆哮山莊》，和小春一起試著編了一版。

架構大概是這樣——我告訴小春腦海中浮現的舞蹈動作及舞步，請他編舞。就像《青年女囚》那樣，應該可以用一首歌的長度，以戲劇化的舞蹈描述《咆哮山莊》原著中凱薩琳和希斯克里夫從孩提時代到成年發生的事。

「嗯，這首歌可以拿來跳舞呢。」小春也同意，下一秒就開始編出似模像樣的動作。嗯，不妙，他的技巧快要超越我了，我內心掠過不祥的預感，但小春才不在乎。副歌的「希斯克里夫，是我呀，凱薩琳回來了」的部分，居然是超高難度的托舉！我死活都沒辦法完美落地（就算他說「七瀨應該沒問題吧」，也無法改變我的技巧在高中時代已過巔峰的事實）。小春是那種絕不接受在舞蹈上偷工減料，或要求他把舞編得簡單點的人（因為他堅信自己編的舞對方一定跳得來），結果非常遺憾，《咆哮山莊》最後還是沒有完成。這件事一直令我耿耿於懷，所以我希望他能跟別人一起完成這支舞。只不過事到如今，如果沒有正式邀請，這個心願大概永遠都無法實現了。

敢提出這樣的要求，也是因為剛開始合作時，小春經常把我當成編舞的白老鼠（深津純同學曾經說過：「那是我以前在芭蕾舞學校時經常被迫扮演的角色，很辛苦吧。」），我也想過為什麼作曲家得穿著緊身衣去舞蹈教室呢？當然，我經常去舞蹈教室做柔軟操。來到這裡後，

---

13 英國作曲家、鋼琴家。

14 蘇格蘭作家。以淒美的童話和幻想的作品聞名。

15 英國男歌手、音樂家。英國樂團警察樂團（The Police）的命脈人物。

16 英國傳奇歌手。

17 日本現代音樂作曲家。

18 安部公房為日本知名存在主義文學作家與劇作家。《沙丘之女》描述男人在海邊的沙丘上收集昆蟲，因為天色已晚而被村民騙進了生活在沙丘深處的寡婦家中居住，後來發現是騙局後，以各種方式逃出沙丘的故事。

19 日本江戶時代後期的讀本代表作之一，志怪小說，作者為上田秋成。

20 日本電影史上最重要的導演和編劇。以長鏡頭及場面調度聞名於世，作品擅長描寫女性。

為了轉換心情也開始學爵士舞，但我已經很久沒跳古典芭蕾了，也不像深津同學那樣受過完整的訓練，所以我猜自己應該幫不上什麼忙。

儘管如此，我還記得第一次去小春編舞的現場觀摩《MIDNIGHT PASSENGER》時發生的事。

我去參觀他的芭蕾舞團排練室的理由是，說不定以後提供原創歌曲時會有所助益，想看看他是怎麼編舞的。

那個練習室有一半在地下室，非常舊，一點也不寬敞，但是有很大片的窗戶，陽光斜斜地照進來，醞釀出獨特的氣氛，就像小時候嚮往的祕密基地，是個令人身心安頓的地方。聽說尚．雅美以前也經常在這裡編舞，感覺空氣中充滿了無數舞者的意志。

每個編舞家都有一套屬於自己的創作風格。

後來除了小春以外，我也跟其他編舞師共事過，深切地體會到這一點。有人一定要做到盡善盡美才肯把作品交給舞者；有人會在工作坊和舞者一起完成編舞；有人則是從反覆試誤中一點一滴地摸索完成；有人是毫不遲疑地照表操課，準時在時間內完成。因此作曲者也必須面面俱到地改變自己的做法，像是先提供曲子，或是看過對方的舞蹈再加上曲子，又或是有如拋接球般與對方同進退等等，一一對應。

這部分，小春並沒有固定的方式。與其說是有意改變做法，更像是多方嘗試，那首曲子怎麼給他靈感，他就怎麼做。即使與我搭擋，有時候他會說「七瀨可以先做妳可能會喜歡的曲子」，有時候則是與我一起思考每一個語句（但這麼做非常花時間），每次都是充滿新鮮感的正面對決。

要我「照妳喜歡的方式做」，其實最傷腦筋。我不知道別人怎麼想，但身為職業作曲家，委託內容有一定程度的明確概念，在一定的制約下比較好處理。就像「用這些材料做一道菜」，遠比「都可以」要來得輕鬆多了。今時今日我總算明白媽媽問「今天的晚餐想吃什麼？」，回答「都可以」時，媽媽為什麼會火冒三丈。

聽到昏暗的練習室播放著自己的曲子，看到小春舞動著身體，感覺好不可思議。有點害羞、有點無地自容，但同時也放下懸著的一顆心：「啊，舞蹈與音樂對上了。」並且產生「接下來還會繼續一起合作吧」的預感。

他的舞蹈還是老樣子，格局十分宏大。現在的動作大概很收斂，接近最原始的狀態，但無可替代的存在感，依舊推開了周圍的空間。略顯遲疑仍不斷嘗試錯誤，歪著脖子思考、陷入沉思的模樣，全都美得像一幅畫。

我心想，這個人果然是真正的舞者。光是站在那裡，悄然佇立的身形就像在舞蹈。

那一瞬間，我感到一股有如刺穿胸口的羡慕與嫉妒。我無法變成他那樣。我喜歡跳舞，卻無法像他那樣存在。身為舞者，我無法不感到挫折。

除此之外，我也留意到一件事。

優秀的編舞師是能創造新景色的人。

在這之前我也隱隱約約地察覺到這一點。我覺得有趣的編舞師與不有趣的編舞師，到底有什麼差別呢？我為什麼會覺得後者無趣呢？

無趣的舞蹈會讓舞台看起來很扁平。舞者的動作與布景無異，看起來一點也不立體，像個無機物。這會讓出現在舞台上的景色喪失真實感。

有趣的舞蹈既是抽象的世界，也是具象的世界，出現在舞台上的景色都是「有生命」的。風在吹，樹在搖，人類的情感、意念都很豐富，栩栩如生。

我眼中的新景色，大概就是小春堅持的「這個世界的形狀」。

不經意湧上心頭的羨慕與嫉妒，一下子就消失了。

更重要的是能獨占小春編舞的後台，令我大飽眼福，將他的動作烙印在視網膜上。內心也有個嚴肅的聲音，提醒自己這是工作。未來可能會為這些動作編舞，至今也看他跳了好多舞，但這是我第一次以作曲家的角度觀察他的舞蹈。

事實上，一面作曲，一面想像他會怎麼跳，成為我不為人知的樂趣。有時候，腦海中也會浮現隊形，嗯嗯嗯，這裡一定會這樣跳。

一旦被我猜中，那真是太高興了。

「太棒了！」見我大聲歡呼，小春問我「妳吃錯什麼藥了？」當我告訴他「被我猜中了」，只見他露出複雜的表情。

「總覺得我編的舞跟七瀨想的一樣，有點不甘心。」他還曾經因此故意改動編舞，這次換我問他：「你吃錯什麼藥了？」

總而言之，從看到小春為《MIDNIGHT PASSENGER》編舞的那一刻起，我大概就猜到他想做什麼了。

看樣子他似乎遇到瓶頸，小春關掉音樂說：「休息一下。」

「好的。」我給他礦泉水。「謝啦。」小春立刻扭開瓶蓋，咕嘟咕嘟地猛灌。

「七瀨，妳的臉色似乎不太好？」
「比稿就要截止了，我正在徹夜寫譜。」
「作曲家可真辛苦啊。」
「小春，你的皮膚還是好細緻，真羨慕你。」
這陣子我天天頂著黑眼圈，皮膚也很粗糙。
「才怪，歐洲的水質跟日本不一樣，遠比聽說的還要乾燥，我都快脫皮了。全靠深津的妹妹寄給我嬰兒油和乳液才能撐下去。」
「聽說以前日本的電影女星冬天會去金澤過冬。因為北陸會下雪，帶給肌膚滋潤，可以讓肌膚得到休息。東京不是整個冬天都很乾燥嗎？」
「好好啊，我也想去金澤。想泡在溫泉裡，喝一杯熱熱的酒。」
「好想去泡溫泉啊。」
我很高興可以跟他聊這些有的沒的。
這時，內心突然冒出惡作劇的念頭。
我至今仍不明白為何會做出如此大膽又厚臉皮的事，即使現在回想起來還是冷汗直流。居然敢在世界知名的芭蕾舞團練習室裡，當著新銳舞者兼編舞師的面做出那種事。
「呵呵！」
我笑了，就連自己也不知道為什麼要笑。
聽見我的笑聲，小春也露出不可思議的表情。
我起身走向音響，播放剛才被小春關掉、我自己的曲子。

小春莫名其妙地看著我。

我從衣帽架上拿起自己掛在上頭的帽子和大衣。

這幾天冷得要命，我全副武裝地戴著非常喜歡的灰色軟呢帽、穿著羔羊皮大衣而來。

「這裡是這樣吧？」

我模仿小春的動作。

腦海中浮現小春姿勢前傾，手放在頭上，思索著下一個舞步的模樣。

披上外套，戴著帽子，把手放在帽子上，身體往前傾。

反覆吹了三次小號，短促的旋律。

配合小號的旋律，我「沙沙」地反覆在地板上滑行。

我看出他想做「PASSENGER（過客）」的動作。穿過深夜的乘客。在旅途中，未曾佇足停留，毅然朝向遠方的人們。

看不見乘客們的臉。低著頭，把手放在帽子上，瞬間衣袂翻飛，邁開腳步，漫無目的地往四面八方重複著小踢腿，停下腳步，然後又開始翩然飛舞。

我突然回過神來。

小春目瞪口呆的表情和認真無比的眼神同時映入眼簾，我這才發現自己幹了什麼好事。

「天吶！」

我嚇得魂都飛了。

連忙關掉音樂，拋開帽子和大衣。

「抱歉，小春，瞧我這個笨蛋幹了什麼好事，竟然這麼厚臉皮。媽呀！居然當著頂尖專業舞者的面，在頂尖專業舞者的練習室班門弄斧。請你忘了，就當什麼事都沒發生過！」

我差點就要給他跪下了。

我知道自己面紅耳赤、汗如雨下。

我到底在搞什麼啊。我已經很久沒有這樣一時衝動耍白癡了。怎麼辦，萬一小春不想請我這個笨蛋作曲了……

「七瀨，看到我的動作，妳是這樣想的嗎？」

小春真摯的語氣令我心裡一凜。

我戰戰兢兢地抬起頭來。

小春臉上浮現出純粹的好奇與驚訝。

「嗯，看到小春剛才跳的舞，我猜你一定是打算這樣呈現那個部分吧。」

小春似乎在消化我說的話，目光望向空氣中的一點，暫時陷入沉思。我知道他正把我的動作和自己的動作結合起來，在腦中反覆描繪。

「原來如此啊。」

小春站起來，拿起我丟在地上的帽子和大衣。原想穿上大衣，可惜我的大衣尺寸對他來說太小了。

「這也難怪，畢竟是女生的大衣嘛。」

小春把大衣掛回衣帽架，只留下帽子。

「這個借我。」

「請用。」

下一瞬間，他化身「乘客」。
姿勢前傾，戴著帽子，把手放在帽子上，像我剛才做的那樣，腳「沙沙」地在地板上滑了三次。
接下來是小春的舞蹈，是只屬於小春的展開。
沒有一絲停頓，動作行雲流水。
當我感覺到「就是這樣」時，他也擺好結束的姿勢，停止不動。
「哇！好帥。」
我看呆了，情不自禁地為他鼓掌。
小春目不轉睛地凝視我的帽子，用手指轉動帽子，扔向掛著大衣的地方。
帽子精準地扣在衣帽架上。
「七瀨，妳應該繼續跳芭蕾舞。」
小春喃喃自語，我愣了一下，然後開心的感覺慢慢湧現。我打從心裡覺得能與小春合作真是太幸運了。
當然，如此膽大妄為的事，我只做過那麼一次。
在那之後，小春偶爾還是會陷入瓶頸。有次我認為他又陷入撞牆期時，小春突然整個人面向我問道：
「七瀨，妳猜我接下來想做什麼？」
「哈哈哈，」我苦笑著回答：「我怎麼知道！」
其實有時候我是知道的，有時候不知道。但我總是搖頭，絕口不提自己眼前浮現的畫面。

妳應該繼續跳芭蕾舞。

對於在成為舞者這條路上受到挫折的我來說，他那句話是我的寶物，能聽到這句話我就滿足了。

如此這般，我和小春第一次合作的作品《MIDNIGHT PASSENGER》完成了，是由兩位男性和一位女性，以戴著壓低帽簷的帽子、穿著風衣的打扮呈現的作品。

小春編的舞有一股不可思議的漂泊感，帶點寂寥的懷舊風味，在舞者間大受好評，後來經常有人翻跳，我也與有榮焉。

但我想說的是這部作品誕生的過程，以及小春在無心插柳的情況下創作出來的作品。

直到今天，我還是覺得非常丟臉，但一想到我的白癡行徑偶爾也能發揮作用，便不顧羞恥地記錄下來了。

我從以前就有些習慣——不對，是好像有些怪癖。

第一次有人指出我的怪癖，是我念國中的時候。

國中一年級的合唱比賽後，回到家美潮漲紅了一張臉，氣勢洶洶地走向我：

「七瀨，妳到底是什麼意思？我快要丟臉死了，簡直想轉身逃跑。」

美潮紅了眼眶，破口大罵。

「咦，我做了什麼？」

我們班的合唱團在我的指揮下拿到全學年第二名。沒能拿到第一名，我已經夠沮喪了，為

什麼還要挨美潮的罵。難不成是在指責我沒有拿到第一名嗎？

「沒能拿到第一名，我也很難過啊。」

聽到我這麼回答，美潮的臉色更難看了：

「我不是這個意思。妳那個古怪又畸型的舞蹈是怎麼回事！大家都笑翻了。連我也成為眾人的笑柄。」

美潮氣得猛跺腳，我終於發現她在意的不是名次問題。

「舞蹈？那可是合唱比賽，我為什麼要跳舞？」

見我一臉莫名其妙，這下換美潮「欸？」地愣住了，目不轉睛地看著我：

「七瀨，難不成妳根本沒意識到自己做了什麼？」

這時，被美潮的大呼小叫嚇到的母親跑進來，聽到我說的話，兩人都當場愣住。

看樣子，我好像邊指揮邊跳舞。

我完全沒有自覺。雖然也覺得大家怎麼一臉呆滯地看著我，但我（自以為）專心地指揮，完全沒發現身體動來動去。

這麼說來，我記得自己好像轉了兩圈，好像還把腳抬起來了。想是這麼想，但我毫無跳舞的自覺。

因為實在太沒有自覺，美潮完全被我打敗，也沒有再多說什麼。

再次有人這麼說我是大學的時候。仔細想想，後來國、高中我都沒有機會指揮，自然也沒有機會重蹈覆轍。

考上音樂大學的作曲系後，考慮到作曲家將來可能也有很多機會要親自上陣指揮，所以我選修了指揮課。課程很有趣，也學習到貨真價實的技巧，老師們都稱讚我的指揮簡單明瞭。

過了幾個月，老師要我們指揮自己做的曲。

畢竟是自己做的曲，貫注著自己的想法。腦中充滿要由真正的交響樂團奏響這首曲子的雄心壯志。

但總覺得怪怪的，說是「哪裡不太對勁」的感覺也行。

可是都沒有人說什麼，所以我也就這麼指揮下去了。

隨著升上大二大三大四，作業增加，做的曲子也增加，在校內演奏的機會增加了，指揮的機會自然也增加。

有一次在校內的演奏會指揮，由於周圍的人明顯呆住，我覺得莫名其妙。後來不只一個人拐彎抹角地告訴我：「瀧澤同學，妳在跳舞耶。」

我在跳舞？

現在再回頭看，我以為的跳舞，和一般人以為的跳舞，似乎有著相當大的差距。

我以為的跳舞，是像《睡美人》那種舞劇，或威廉．佛賽[21]的《懸浮半空中》那種正式的舞台。因此我認為只是搖擺身體的程度，但看在周圍的人眼中似乎是不折不扣的舞蹈。

「欸，我跳舞了嗎？」

聽見我的反問，那些人露出我並不陌生的表情。

21 美國著名舞蹈家與編舞家。擅長將芭蕾舞和視覺藝術融為一體，展現出抽象的戲劇性。

那是合唱比賽時，我在美潮臉上看到的表情。

「嗯，對呀，有一點。」

如同美潮沒有繼續追問，大家也露出「啊，好像碰了不該碰的話題」的慌張表情，支支吾吾地把話吞回肚子裡。

所以雖然沒有人明確地指出這樣不對，但我也暗自在心裡記下這縷不安。

我好像有邊指揮邊跳舞的毛病。

看在其他人眼中，這個毛病似乎有些怪異。

講回《MIDNIGHT PASSENGER》。

起初應該是播放事先錄好的音源，但小春提議要用現場演奏，所以我在彩排時指揮過一次。當然也只有那麼一次，後來都由專業人士負責指揮。

可想而知，我又來了——可想而知，我在指揮的過程中依舊沒有自覺。

哎呀，其實是因為能與小春合作，我太興奮、太激動了。我也意識到自己的情緒太高亢。

雖然我有看到管弦樂團的成員們全部一臉呆滯的模樣，也隱隱約約察覺到除了他們以外的人都以異樣的眼光看我。

儘管如此——我還是毫無自覺。

演奏結束，一直站在旁邊聽的小春在鼓掌的同時也笑到東倒西歪，我問他：「怎麼了？」他大笑回答：「七瀨，妳真是太棒了。妳體內果然有舞者的分身。」

「嗄？什麼意思？」

我莫名其妙地猛眨眼。

小春笑到停不下來。好不容易止住笑意，用修長的手指拭去笑出來的眼淚。

「七瀨，妳在跳舞。雖然我聽過這方面的傳言，沒想到妳真的會邊指揮邊跳舞。」

小春說道，冷不防搶過我手中的指揮棒。

他突然跳上舞台，揮舞著指揮棒，以滑稽的動作開始跳舞。

台下歡聲雷動。

「討厭啦，我真的那樣跳嗎？」

我感覺冷汗又要噴出來了。

騙人的吧，如果是真的，那我豈不是丟臉丟到北極去了。

「不完全是，七瀨的動作再可愛一點。」

小春搖頭，以可愛的動作抱住自己的肩膀給我看。

不管再可愛，還是很蠢吧。

我真想挖個地洞鑽進去嘆息。

小春邊跳邊朝樂池的樂手揮舞指揮棒，樂手們都笑得好大聲。

甚至還有樂手配合小春的指揮，搞笑地演奏曲子。

我看得出神，忘了自己滿頭大汗。

雖然很不甘心，但就連指揮，對小春也是小菜一碟。因為隨時隨地都有至高無上的音符從他指尖散落。

不知不覺間，他邊指揮邊自在地舞蹈。

啊，不愧是用芭蕾舞敲響全世界的男人——萬春。
腦海中不由得浮現出這句台詞。
這時，小春突然露出詫異的表情，停止指揮。
所有人的動作也隨之凍結，暫停演奏。
某種銳利的沉默降臨在舞台上。
小春目不轉睛地盯著手裡的指揮棒。
所有人的視線也集中在那根指揮棒上。
沒多久，他自言自語地說：
「——原來如此。可以跳呢。」
什麼意思？大家都一臉費解地看著小春，他心中似乎已經有了完整的概念。
小春的《波麗露》——後來改名為《Musica ex Machina》的作品，就是這樣來的。
「偶爾會出現光有概念就能完成的作品，這便是其中之一。當時看到七瀨的指揮，腦子裡就幾乎從頭到尾跳過一遍了。」
小春說道。
如果要成為編舞師，《波麗露》大概是避無可避、一定會想試著編舞看看的曲子。
《波麗露》誕生於十八世紀末的西班牙，是舒緩的三拍子舞曲。但今時今日最有名的《波麗露》，是由法國的作曲家莫里斯·拉威爾受託製作的芭蕾舞曲，當時的舞蹈並沒有受到太多好評，主要是以管弦樂團的演奏曲打開知名度。拉威爾本人還以為會受到專業音樂家更苛刻的評價，沒想到大受歡迎，聽說連他自己也覺得很不可思議。

如今在芭蕾舞的世界裡，莫里斯·貝嘉為二十世紀芭蕾舞團製作的作品給人更強烈的印象，因此很難擺脫在圓桌上跳舞的豪爾赫·唐恩或西薇·姬蘭的形象。

只不過，世界各地每天都在不斷地創造出新的《波麗露》，即使現在這個瞬間，大概也有人正在製作新的《波麗露》。

小春的《波麗露》其實是由很簡單的概念構成。

簡單說，是直接把演奏《波麗露》的管弦樂器，置換成舞者的芭蕾舞。

樂池裡的樂手人數與舞台上的舞者人數相同，樂器的數量也跟扮演該樂器的舞者人數相同。再加上一名指揮者與一名扮演指揮者的舞者。

幕升起。

舞台上沒有燈光，看不清楚。

由靜謐的曲風揭開序幕。台上只有寥寥幾名舞者。

舞台中央是揮舞著指揮棒，扮演指揮家的舞者。

敲打簡單的節奏，扮演鼓手的舞者。

拉出三拍子的旋律，扮演弦樂器的舞者。

也就是說，舞台上只有跟演奏的樂器扮演相同角色的舞者。

然後是吹奏主題曲，扮演長笛的舞者登場。

舞者的舞蹈基本上都一樣。雖然一樣，但隨著演奏的樂器互相輪替，開始有一點一滴的變

化。

扮演樂器的舞者皆與刻畫相同旋律、相同節奏的樂器，跳著同步的舞蹈。舉例來說，倘若四位小提琴手正演奏著相同的旋律，扮演小提琴的舞者也會跳出相同的舞蹈。

只有扮演指揮家的舞者才能自由舞動。在舞台上前後左右地穿梭來去，叱責、鼓舞、煽動、控制扮演樂器的舞者。

原來如此，不是《Deus ex Machina（舞台機關之神）》，而是受到制約的《Musica ex Machina（舞台機關之聲）》啊。

隨著曲子往下推進，配合越來越激昂的漸強音節，出現在舞台上的舞者（樂器）也越來越多。

音量的大小、樂器體積的厚度，皆與舞者的數量及動作成正比。

燈光逐漸亮起。

彷彿能透過舞台上的舞蹈，「目視」管弦樂團的演奏本身。

聽說管弦樂團的成員們後來看到影片都讚嘆：「感覺好奇怪。好像自己也在舞台上跳舞，彷彿能看見自己演奏的音符。」

過程中，相較於由法國號演奏的主題曲，短笛與鐵片琴則以泛音[22]吹奏主題曲，與扮演法國號的舞者拉開間隔相等的距離在後面跳舞，諸如此類的場面也都奠基在樂譜上，表現得非常細緻。

負責呈現主題的舞者（樂器）起初只有一、兩個人，然而隨著曲子進入尾聲，人數逐漸增加，也加入托舉及陣形的動作。

扮演金管樂器的男舞者排成一列，跳出強而有力的主題，畫面十分震撼。

曲子來到尾聲。

全體成員都集結在舞台上。

渾然一體的主題曲響起，舞者恣意舞動。

燈光越來越強，終至照亮整個舞台。

所有人面向正前方，落落大方地跳著相同的舞蹈。

所有人臉上都浮現出自豪的笑容。

前面是指揮家，在舞台上舞蹈的舞者和舞台下樂池中的樂手，無論是人數還是站的位置都完全一致。

觀眾們等於是「親眼目睹」這首名為《波麗露》的曲子。

然後是極強音的最後四小節。

舞者和管弦樂團成員，皆不斷地反覆大聲歡呼。

幕在有如驚濤駭浪般的歡呼聲中落下。

舞台上的舞者們全都單膝跪地，深深一鞠躬。

燈光轉暗。

指分音列中除了基音以外的任何一音，可以增加銅管樂器的音域。

以上就是小春超級無比帥氣的《波麗露》。

據說舞者與團員在最後四小節的高潮齊聲歡呼，是模仿小春叔叔家的唱片。

沒錯，克勞迪奧・阿巴多[23]於一九八五年指揮倫敦交響樂團，由德意志留聲機公司發行的《波麗露》裡，加入了樂手們在演奏中因為太激動而自然湧起的歡呼聲。唱片製作人也真的就把這個版本發行成唱片。

這跟《Musica ex Machina》一起變得聲名大噪。《Musica ex Machina》上演時，舞者與樂手們一起在最後四小節大聲歡呼，連觀眾也一起加入竟成了標準的演出效果，真有趣。

想當然，我現在已經不會邊指揮邊跳舞了——應該是，大概是……吧。

不管怎樣，小春創造出《波麗露》的背後有我出的一分力，這樣就行了。

通往全幕芭蕾舞劇的作曲家這條路，道阻且長。

當然，這點編舞師也一樣。整齣全幕芭蕾舞劇與一幕所需要的費用天差地別。而且就算投入了天文數字的勞力與經費，也不見得能賣座。說是一種賭博也不為過，所以不可能隨便交給任何人來做。更別說要成為叫好又叫座的劇碼、一再上演、變成標竿留下來的作品，更是少之又少。所謂的標竿是指，各大芭蕾舞團在世界各地巡迴公演時都會選擇的曲目。很少有作品能成為這樣的標竿。

不管什麼時候欣賞稱得上經典的劇目，都會對編舞的強度大吃一驚。大概是因為有許多舞者共舞，相互幫襯吧。但也因為編舞填滿了每一寸空間，讓人覺得就是這個、除此之外再無其他可能的完成度，令人無法不為之驚嘆。

如此這般，要拿到製作全幕芭蕾舞劇《刺客》的門票，需要一定程度的實績。除了我以外，還有很多作曲家想跟小春合作。小春自己想合作的作曲家也多得很，因此必須打敗他們才行。

我認為作曲家的工作並非只有創作原創作品。

有些人只創作原創作品，但我也接把現有的曲子改編成可以給舞台使用、由管弦樂團演奏的工作。

我從學生時代就很擅長管弦樂的編曲，這項能力在我成為專業作曲家後很有幫助，我認為這也是我能為小春所用的優勢之一。

我至今仍清清楚楚地記得是〈Märchen〉促成這一切。

《MIDNIGHT PASSENGER》成功後，藝術總監、工作人員及舞者們都記住了我的名字，紛紛對我說「期待妳的原創作品」，但我很清楚這多半只是客套話。

那麼有名的芭蕾舞團，台面下永遠充滿了各式各樣不知能否實現的企畫。我只是個相當於無名小卒的作曲家，天曉得他們什麼時候才會想到我。

當時小春和我都還沒有現在這麼忙，所以除了開會討論以外，我們也有很多聊天的機會。

「對了，我剛才想到一個點子。」

「你不覺得如果有這樣的作品很好玩嗎？」

23 義大利指揮家，柏林愛樂樂團前首席指揮。

無論是在最初造訪的練習室，還是咖啡館，我們總是天南地北地亂聊。現在回想起來，那真是一段極為珍貴又奢侈的時光。可以談天說地，不需要做任何決定的時光。之所以這麼說，是因為當我們年紀漸長，有了一點成就、忙得不可開交之後，就很難再擁有這種時光了。

「這次又有人委託我在三合一公演編一支新的舞蹈。」

有一次，小春喃喃自語地對我說。

「七瀨，妳願不願意幫忙作曲？」

我記得聽到這句話時，距離《MIDNIGHT PASSENGER》已經過了一年以上的時間。

我高興極了，馬上就想答應下來，但有什麼按住了我。

「小春，你決定好要做什麼了嗎？」

「嗯，我確實有想法。」

小春點頭。看到他一派純真的笑容，我知道小春心裡已經有完整的概念了。

標題是「Märchen」。

不是「童話」，而是更古老的德語原文「Märchen」。

「Märchen」在德國是童話的意思。如果「fantasy」是指個人的創作，那麼「Märchen」就是那片土地世代相傳的故事。例如《格林童話》是格林兄弟記下自己所見所聞的故事，所以是Märchen。

「不是『小紅帽』或『糖果屋』，而是特地以『Märchen』命名嗎？」

我提出疑問，小春「嗯」地點點頭。

「『Märchen』這個單字聽起來很可愛，內容卻充滿了異常與暴力，不是嗎？」

他喃喃自語。

「就是說啊。」我也同意。

「所謂的故事或童話，其實都很殘酷。雖然坊間流傳的圖畫書或卡通，已經美化成偶像般夢幻美好的故事，但原版的《格林童話》充滿了殘酷的敘述，如今已是眾所周知的事實。

「所以我想製作看起來像圖畫書，卻讓人感到毛骨悚然的『Märchen』。」

小春打開天窗說亮話。

「哼哼，聽起來好像很有趣。」

我邊附和，邊在腦海中浮現出千奇百怪的畫面。

看起來很可愛，跳起來很變態。

如果是這樣的話，音樂要怎麼弄？

這時，腦海中靈光乍現。

「小春，雖然我的原創作品也不錯……」

我探出身子，小春也一臉好奇地把臉轉過來。

「但，要不要用這首曲子？」

我用手機搜尋，點開一首曲子。

我們一起聽那首曲子，只有一分半左右的鋼琴曲。

「很棒耶。很可愛的曲風，確實很『Märchen』。」

小春的表情為之一亮。

「對吧?這首歌叫〈小故事〉。」

「標題也很貼切。」他猛點頭。

為什麼小春明明都指名要我的原創作品了,我卻不自己作曲,而是推薦這首歌呢?至今仍是個謎,只能說是第六感使然。

相反地,當時我如果提供自己的原創作品,結局或許也是皆大歡喜,但我總覺得不會像現在這樣得到小春莫大的信任。我至今仍認為正因為我提出了最適合他的舞蹈、他的概念的方案,才會有後面的《刺客》。

〈小故事〉是名叫卡巴列夫斯基的人專為兒童做的鋼琴曲。我猜只要是學過鋼琴的人,十之八九都應該聽過這首曲子。各個時期的鋼琴練習曲都有自己的流行,只要是彈過布爾格米勒練習曲24的人,應該都會記得這首鋼琴曲。

德米特里・卡巴列夫斯基是蘇聯時代的作曲家,據說在國內具有舉足輕重的地位,以為兒童寫的鋼琴曲打開知名度,不過在日本最有名的,當屬運動會時播放歡天喜地小丑的〈加洛普舞曲〉。

我非常喜歡這個人做的曲。雖然很簡單,但都是精采絕倫的旋律。尤其〈小故事〉更是我的心頭好,我自己也很常彈。

長大以後再聽這首歌,完美的架構簡直是作曲的範本,每每令我讚嘆不已。起承轉合十分明顯,構成名符其實的「小故事」。是一首很美、很容易記住的曲子,所以我一聽到小春口中的「Märchen」,第一時間就想起這首。

小春也立刻記住這首曲子,開始哼唱。

「我再把這首歌改編成管弦樂團的變奏曲如何？」
「嗯，聽起來很不賴呢。做成慢版的吧。」
小春有點心不在焉地回答。
「什麼？」
我反問，小春一直看著空氣說：「大家都以同一種節奏，有如慢動作般舞動。」隨即搖頭，補上一句：「不對，不是這樣。比較像是上了發條的玩偶，慢半拍地舞動。」
「哇，那種舞很難跳吧。」
我忍不住脫口而出。
「或許吧。」
小春輕描淡寫地回答。
慢條斯理地舞動才是最困難的。如果不是核心很有力，能在體內準確地掌握音樂，動作很大的人跳起來一定不好看。小春的名作《KA・NON》沒有任何跳躍或旋轉，是很緩慢的舞蹈，乍看之下好像不太需要技巧，但是業餘的人跳起來會變成索然無味的舞蹈，撐不起太過緩慢的動作，絲毫吸引不了觀眾的注意力。
不過那可不是泛泛的芭蕾舞團，大家雖然怨聲載道，還是跳得很好。腦海中浮現出抱怨「好累」的舞者的臉（尤其是哈桑，我幾乎可以聽見他說「喂，HAL，你這渾蛋是在找我麻

---

24 專為兒童創作的鋼琴練習曲集，二十五首練習曲皆無一手彈奏八度音程之處。

煩嗎」），不免有些同情。

小春顯然已經開始在腦中編舞，隔著坐在他對面的我，望向正在遠處跳舞的舞者。手腳微微移動，看得出來正在腦中模擬動作。

小春這時候的眼睛就跟明鏡一樣，映照出別的東西——不存在於這個世界上的東西——而不是眼前的事物。

他說舞蹈分成「浮現」與「看見」的時候。

我問他哪裡不一樣？他說「浮現」的時候是舞蹈從體內湧上，與身體重合後，動作才外顯出來；至於「看見」的時候則是站在稍微有段距離的地方，可以看見另一個舞者在跳舞。所以「浮現」時，自己也會隨著湧現的舞蹈擺動身體、揣摹那些舞蹈動作；「看見」時，則必須將動作烙印在視網膜上，因此身體不太會動。

也就是說，這次《Märchen》的動作很微妙，應該是屬於「看見」吧。就算跟他說話，他大概也聽不見我的問題。

看到他那雙宛如明鏡的眼睛，內心湧起欽羨與深怕被拋下的焦慮，心情非常複雜。

總而言之，我必須立刻開始為〈小故事〉編曲才行。

不是原創歌曲的好處是曲子本身很有名，網路上就有樂譜，小春可以先開始編舞、練習。如果是原創歌曲，通常我得先把歌曲交給對方，一切才能開始。

從事芭蕾舞的工作後，我領悟到鋼琴在芭蕾舞扮演了很重要的角色，以及大家都對鋼琴家有很多要求。尤其如果是新作品，鋼琴師也必須在作曲上有某種程度的品味才行。

曲子通常會拖到最後一刻才以樂譜的方式送到樂手手中，因此鋼琴家必須爭分奪秒地識譜演奏。也就是說，希望鋼琴師是很會看譜、最好能看出樂譜的錯誤，在音樂上有一定造詣的人。知名的芭蕾舞團都有自己的鋼琴師，而且這些鋼琴師都擁有令人讚不絕口的技巧，與絲毫不比作曲家遜色的知識，作曲家及編舞師也都受他們很多幫助。

這時我才第一次從小春口中得知《Märchen》的故事大綱。

以多段式電影的方式呈現《格林童話》中有名的作品，例如「糖果屋」、「小紅帽」、「長髮公主」、「不來梅樂隊」等等，到了下半場，各個作品的登場人物一起站在舞台上，交織成更詭異的故事。最後連「哈梅恩的吹笛手」都出現了，將所有人一起帶到惡夢的世界，故事到此結束。

「哈梅恩的吹笛手」不是格林童話，但相傳是實際發生在中世紀德國的案件。傳說是這樣的——由於鎮上發生瘟疫，鼠滿為患，令居民傷透腦筋。有個流浪的吹笛手來到這裡，說自己有辦法消滅這些老鼠，因此居民答應成功後給他報酬。吹笛手吹著笛子，將老鼠帶到河邊，讓老鼠淹死在河裡。沒想到老鼠全部消滅後，居民不守約定，並未給吹笛手報酬。吹笛手憤恨不平，又開始吹笛子，這次帶著鎮上的孩子們不曉得消失到哪裡去。

有很多小孩失蹤聽說是事實，直到今天，真相依舊眾說紛紜。由於是發生在比黑死病於歐洲蔓延的時代更早前的事，有人說是洪水沖走了孩子、也有人說是殺嬰案、有人說是過繼給外部的人蛇集團當養子，甚至還有人說是其他事件的隱喻。不過都是以前的故事了——所以這也是「Märchen」。

〈小故事〉是只有一分半左右的短曲，要改編成大約三十分鐘的一整幕舞曲，需要加上非常多變化。小春希望我能循序漸進地加入不協和音，營造出風雲詭譎、不寒而慄的氣氛。

重複二十遍的話，再怎樣都會聽得很痛苦吧。所以我決定在中間穿插卡巴列夫斯基的其他曲子。

依舊從他專門寫給孩子們的小曲集裡，選出令人懷念且單純的旋律。我選了〈一首小歌〉、〈憂傷的小故事〉、〈古老的舞曲〉、〈小小童話故事〉、〈小觸技曲〉……每一首曲子都很優美、很有特色。

我個人也覺得把這些曲子改編成管弦樂很好玩。

以〈小故事〉為首，原本都是很簡單、具有強度的旋律，因此可以想見改編成管弦樂時，應該會變成動聽又感人的曲子。

管弦樂團也有很多成員都用「好懷念」來形容卡巴列夫斯基的作品，演奏得很起勁。不過之後，美麗的旋律逐漸轉調，變成短調，再變成磕磕絆絆的不協和音，所以他們又開始愁眉苦臉地抱怨：「哇，好不舒服。」

《Märchen》成了非常有創意的劇目。

小春把舞台布景和服裝都設計成黑白色調。

真的就跟看黑白老電影一樣，看到布景，大家都「喔——」地大聲歡呼。

想當然，化妝也只有黑白兩色，唯有舞者的眼珠顏色變不了，所以也想過要不要戴角膜變色片，最後是用燈光的顏色想辦法搞定了。

背景是大小不一的馬賽克拼花圖案。森林裡的樹、高塔、糖果屋，都是用亮度不同的灰階馬賽克拼湊而成。

當舞台上播放著享譽全球的〈小故事〉悠揚的旋律時，格林童話的人物陸續登場。與天真無邪的動作正好相反，眼前的劇情散發出異樣的氛圍，與世人認知的故事截然不同。

糖果屋的漢賽爾與葛麗特兄妹，因為丟在路上當指標的麵包屑被小鳥吃了，害他們被拋棄在森林裡。魔女在陰森森的糖果屋守株待兔，把他們關進地牢。幫媽媽跑腿的小紅帽，被大野狼吃掉了。橫眉豎目、齜牙咧嘴為生存而戰的不來梅樂隊，咬住長髮公主的長髮，把她從高塔上拽下來。長髮公主用大剪刀剪斷自己的頭髮逃走，再剪開大野狼的肚子，也剪碎裡面的小紅帽。

旋律逐漸變得陰森怪異。

出現大量的老鼠吃光糖果屋，再把魔女和兩兄妹逼得掉進煮到咕嘟咕嘟沸騰的鍋子裡。長髮公主之前住的高塔被雷擊中、倒塌。吹笛手現身，利用笛聲讓老鼠跳舞。不一會兒，所有人都配合笛聲，露出虛無的表情一起跳舞。漢賽爾和葛麗特、小紅帽和大野狼、長髮公主和魔女，一起跳著奇妙的雙人舞，與老鼠們反覆進行複雜的托舉。然後跟在吹笛手身後跳舞，跳著跳著便消失在舞台上——

《Märchen》空前成功，卡巴列夫斯基的編曲也大受好評，我鬆了一口氣。感覺這麼一來應該可以為自己贏得下一份工作。

實際上，在那之後還不到一年，更大的工作就找上門了。

小春好像從很久以前就想把普羅高菲夫的歌劇《三橘愛》[25]，改編成全幕芭蕾舞劇。

我一開始沒什麼反應，因為聽到小春提出這個想法之前，我沒聽過歌劇版的《三橘愛》。

《三橘愛》是將卡洛·戈齊[26]流傳在義大利鄉下與西班牙鄉下的「Märchen」為基礎寫的

寓言故事改編成歌劇的作品。劇本也出自普羅高菲夫本人之手。普羅高菲夫對自己的曲子具有絕對的自信，因此後來重新發表了一版管弦樂團的組曲。現在用於演奏的《三橘愛》幾乎都是這首管弦樂組曲，歌劇版已經很久沒有上演過了。

小春鍥而不捨地提了幾年案，並且一步一腳印地積累實績的結果，終於取得芭蕾舞團的首肯，這才找上我。希望我能將普羅高菲夫的歌劇版本改成管弦樂曲，用於兩幕的全幕芭蕾舞劇。

那一瞬間，我腦中一片空白。

這可是大工程。要改動普羅高菲夫這位天才的曲子，對菜鳥作曲家是非常大的挑戰。但我很清楚這份工作是因為有了《Märchen》才會上門。意味著我對卡巴列夫斯基的改編，和我在管弦樂編曲這方面的表現受到肯定。

所以沒道理拒絕。

單純來說，把歌劇改編成管弦樂團專用的曲子，是將歌手演唱的部分置換成樂器演奏。

聽起來很簡單，其實非常困難。

以開頭的部分為例。《三橘愛》由合唱團（出現在古希臘劇裡的合唱團合唱，多半用歌曲說明劇的主題或大綱）揭開序幕，雖說是原封不動地把合唱團的歌聲移到每個樂器聲部的譜面上，但是誰也不敢保證用樂器演奏時會發出跟歌劇演唱相同的聲音。人聲的和聲與樂器的和聲「呈現曲子」的方法，或者說「融入曲子」的方法不一樣。把合唱換成樂器，往往會變得厚重、嘈雜，所以普羅高菲夫改編成管弦樂團的組曲時，也省略許多合唱部分的和聲，換成比較簡單的旋律。

換句話說，要將旋律集中在和聲中的主旋律。但光是這樣還不夠，可能會失去歌劇裡意圖埋下的聲響伏筆，因此必須想辦法彌補這個部分。

這種兼容的難度相當高。為了不降低曲子在聆聽時的厚度，不僅要增加音符，也必須耗費大量的心神處理樂器每個音的強弱記號。

普羅高菲夫改編成組曲發表的部分，是他親自改編成管弦樂團的曲子，因此我也想過直接拿來用，但這個想法實在太天真。

說穿了，組曲是歌劇的「精選輯」，曲子的長度與變化性都跟原本的歌劇不一樣，因此頂多只能「參考」他如何簡化歌曲，還是得從頭寫出另一個版本的譜才行。

天縱英才的普羅高菲夫這堵牆實在太高了，我只能為他的天才臣服，同時也發現自己從未這麼認真地思考過怎麼譜曲，所以結結實實地上了一課。

《三橘愛》是普羅高菲夫居住美國時寫的作品，因此著作權的有效期限長達死後七十年，比蘇聯時代的作品還久，而著作權最近剛好到期（變成公版）真是太幸運了。曲子的著作權、作曲家與樂譜出版社的關係等，這部分如今已與我息息相關，但法規莫衷一是，每次狀況都不一樣，有很多錯綜複雜的地方。

---

25 謝爾蓋．謝爾蓋耶維奇．普羅高菲夫，俄羅斯作曲家、鋼琴家、指揮家。作品詭譎多變，被後世稱為「音樂變色龍」。《三橘愛》是他的諷刺歌劇。描述女巫施法讓王子愛上三個橘子的故事。

26 威尼斯劇作家，擅長即興喜劇。

這點先按下不表，這部歌劇一共有四幕，演出時間約一百分鐘，改編成兩幕的全幕芭蕾舞劇剛剛好。

看了一下故事大綱也很可愛。充滿了童話故事的筆觸，很類似《睡美人》的氛圍。

近年來全新創作的芭蕾舞作品，多半充滿了戲劇效果，必須對角色進行各式各樣的解釋。不同於那些全幕芭蕾舞劇，這個劇碼以無所事事的歡樂慶典為中心，我覺得這種芭蕾也很好。

小春也卯起勁來採用了五顏六色、有點懷舊風味的義式服裝，和明亮又有流行感的舞台裝置，與《Märchen》截然不同。賞心悅目，宛如打翻玩具箱指的就是這種舞台。

那麼，以下就為各位說明小春用我費盡千辛萬苦、好不容易整理好的管弦樂曲，製作成什麼樣的全幕芭蕾舞劇。

劇情改動了歌劇的原著一部分。

第一幕與開場小號一起開始。

舞台上有十個怪人，大家同時開始跳舞。不清楚這十個怪人是何方神聖，但所謂的「Märchen」就是這麼回事。總而言之，十位充滿了存在感，個性十足，穿著奇裝異服的舞者，打從一開始就心花怒放地出現在舞台上。

這時，王子的侍從——小丑屈法迪諾登場。在令人印象深刻的長笛旋律下，展現撼動人心的獨舞。

不出意外，小丑或吟遊詩人、串場配角之類的角色，對舞者而言都是很迷人的角色，多半由技巧純熟的舞者扮演。

接著，國王的傳令兵登場了。吹著喇叭，攤開羊皮紙。羊皮紙上寫著歡迎大家參加即將在宮殿庭園召開的搞笑大賽，如果能逗笑這幾年患上嚴重憂鬱症的王子，此人將可以得到獎賞。

聽到這裡，十個怪人相視點頭，跟著小丑屈法迪諾前往宮殿。

宮殿裡，國王召集了名醫，為愁眉不展、動不動就躺在床上，不願意出門的王子看診。三位醫生與王子共舞。悶悶不樂、自暴自棄的王子，與千方百計想把他拉出來的醫生跳著幽默的群舞。

國王長吁短嘆，拜託心腹潘塔林：「辦個祭典讓王子笑吧。」於是找來小丑屈法迪諾，拜託他逗王子笑。

國王的姪女——克拉麗斯公主和首相李納多，躲在暗處看這一切。兩人打算在王子身上烙下不適合當繼承人的烙印，藉機奪取王位。

畫面一轉，來到宮殿附近的森林。

怪人們通過森林時看見魔術師賽里歐，正與魔女法塔用撲克牌決勝負。怪人們停下來看他們打撲克牌。

兩人各顯神通，招式盡出，跳著陰森怪異的舞蹈。兩人手中的撲克牌也是由胸前畫上方塊或黑桃等記號的舞者扮演，一行人跳著詭異的群舞。曲名為〈地獄的情景〉。

最後由魔女法塔獲勝。法塔志得意滿，魔術師賽里歐黯然退場。勝負已分，原本看熱鬧的怪人們也與賽里歐一起倉皇地逃離現場。

場景再回到宮殿，克拉麗斯公主和李納多首相計畫在王子笑之前殺了他，跳著山雨欲來、充滿暴力預感的舞蹈。

這時，原本躲在桌子底下偷聽的女僕總管——莎曼迪娜突然現身。兩人又驚又氣地責怪她怎麼可以偷聽，莎曼迪娜卻說自己也要加入他們的計畫。居心叵測的三人在桌上桌下，上竄下跳地展現各種特技。

緊接著，場景轉到王子的寢室。

小丑屈法迪諾跳著滑稽的舞蹈，試圖逗笑王子，但王子從頭到尾板著一張臉。為了提高王子的情緒，屈法迪諾拚命抓住王子的手，邀請他一起跳舞。但王子的動作軟趴趴，彷彿失去支撐就會倒在地上。兩人的舞蹈充滿喜劇效果，甚至有些兵荒馬亂。即使如此，屈法迪諾仍成功地讓王子從睡衣換成外出服，把心不甘、情不願的王子帶到宮殿的庭園。

聚集在宮殿庭園裡的人正以舞蹈表演技藝，想盡辦法逗王子笑。

這裡是典型的兩幕之間的餘興表演（與主題無關，豪華的餘興舞蹈）場面，包括十個怪人在內，有如展示櫃般依序跳著快樂的舞蹈。而且每段舞蹈都很難，不得不佩服能完美呈現的團員們。

這段兩幕之間的餘興表演是以《三橘愛》中最有名的曲子〈進行曲〉為重頭戲。愉快、勇猛又美好，極為抓耳的旋律，也是銅管樂隊非常喜歡的演奏曲，因此應該都會在哪裡聽過。

這首由小春編舞的〈進行曲〉，由王子的親衛隊長打頭陣，親衛兵們整齊劃一、超帥氣的舞蹈，令觀眾們為之沸騰（首演時，法蘭茲穿著繡了豪華金絲線的雪白制服，手裡拿著羽毛裝飾的帽子，扮演親衛隊長跳舞，我親眼目睹觀眾席的女子們不分老幼，眼睛都變成心形了）。

如同〈進行曲〉的曲名，所有人都踩出「沙、沙、沙」的腳步聲，也成了很輕快的音效。

儘管在王子面前為他表演豪華的舞蹈，王子依舊對大家一點興趣也沒有，雙眼無神地癱坐在椅子上。看到王子的死樣子，憋了一肚子氣的屈法迪諾，偏偏又與來看熱鬧的魔女法塔撞個滿懷，「妳踢到我了」、「我沒有」地吵成一團。兩人肢體交纏地跳著怪誕的舞，跳到一半，魔女法塔四仰八岔地滑了一跤。

不料看到這一幕的王子好像被戳中笑點，捧腹大笑。彷彿打開什麼開關，王子笑著在舞台上跑來跑去，一再跳躍、旋轉。太陽打西邊出來了嗎？直到剛才還鬱鬱寡歡的王子上哪兒去了？

周圍的人都愣住了。這次換魔女法塔因為被嘲笑而惱羞成怒，展開狂亂的獨舞。最後詛咒王子「你將愛上三顆橘子！」便消失了，宮殿的庭園陷入一片混亂。

第一幕到此結束。

第二幕的場景幡然一變，從一望無際的沙漠揭開序幕。

義大利也有沙漠嗎？那一帶與其說是沙漠，更像是岩石區、荒野的感覺。

魔術師賽里歐正在尋找王子的下落。

這時，為尋找三顆橘子而踏上旅程的王子與屈法迪諾來了。賽里歐告訴王子，三顆橘子在魔女克里昂的城堡，那裡有個可怕的廚娘，警告他們千萬要小心，並給他們一條魔法的緞帶。

兩人溜進魔女克里昂的城堡，躲在廚房裡，雖然找到三顆橘子，但也被廚娘發現了。廚娘看到兩人扔出來的魔法緞帶，拿起緞帶開始獨舞。這裡有點像新體操，光燦耀眼的緞帶翩飛旋

舞，看起來美極了。王子和小丑趁機帶著三顆橘子逃離城堡。

兩人再次回到沙漠，累得一屁股坐在地上。

這時，兩人手中的三顆橘子突然變得超級巨大。

這個場景的舞台裝置非常值得一看。

看著看著，與三顆橘子重疊的影像逐漸膨脹，與此同時，舞台上出現與膨脹的影像同樣巨大的橘子。

三顆圓滾滾的螢光色橘子，顏色各有巧妙，分別是偏紅色的橘色、偏粉紅色的橘色、偏金色的橘色，十分鮮艷。

三顆橘子裡各有一位公主。

巨大的橘子一分為二，公主從裡頭滾出來，與王子共舞。

王子與公主們的雙人舞以三種版本呈現。

第一位公主說：「我肚子餓了。」倒在地上，就這麼消失了。

第二位公主說：「啊，我喉嚨好渴。」倒在地上，也像一陣輕煙似的消失了。

第三位公主出現時（想也知道這個人才是王子的真命天女），十個怪人帶著水和點心現身，給公主吃。公主滿血復活，一下子就與眼前的王子墜入情網。

這一幕的曲子叫〈王子與公主〉，很有普羅高菲夫寫下〈羅密歐與茱麗葉〉的風格，是一首非常浪漫的曲子。想當然，兩人在這裡跳出非常美麗的雙人舞。

王子帶公主回宮殿，打算把公主介紹給國王。為了找人來服侍公主，請公主先坐在椅子上等他，暫時離開。

算準王子離開的時機，魔女法塔和女僕總管莎曼迪娜現身，往公主頭上刺入施了魔法的別針，把她變成老鼠。

不清楚這個施了魔法的別針是什麼來頭，義大利流傳的故事還有很多版本，有公主不是變成老鼠，而是變成鴿子或燕子等鳥類的版本。

莎曼迪娜穿上跟公主一樣的衣服，坐在公主原本坐的位置，對回來的王子和侍衛說「我就是公主」。問題是怎麼看都是兩個人，實在太牽強，但她始終堅持：「我一直坐在這裡，衣服也一樣。」

「這是陰謀。」王子陷入混亂，但莎曼迪娜逼迫他：「快帶我去國王那裡，把我介紹給國王。」李納多和克拉麗斯也在一旁幫腔：「對呀，對呀。」把兩人趕到皇宮的客廳。

一行人抵達皇宮的客廳後，皇后的座位上有一隻大老鼠。

「妳使用了魔法別針吧。」魔術師賽里歐和小丑、十個怪人連袂趕來，告發了躲在暗處目睹一切的魔女法塔。

賽里歐念誦咒語，親衛軍朝老鼠開槍，魔法別針從老鼠頭上彈開，公主恢復原狀，王子也說「她才是真的公主」，兩人衝向對方，緊緊相擁。

國王和皇后發現首相李納多和克拉麗斯的陰謀，宣判他們和莎曼迪娜、魔女法塔必須接受絞刑。

三人大驚失色，抱頭鼠竄，與魔女法塔會合，跳起〈逃亡〉的四重奏。

混亂、慌張、充滿速度感的逃亡曲。所有人都來不及反應過來，只能眼睜睜地看著那四個人消失在地平線的盡頭。

歌劇到這裡結束，但我個人無論如何都想在後面加入歡樂的婚禮場景，因此在最後又加了一段普羅高菲夫的二十五號作品〈古典交響曲〉第四樂章（四分多鐘）。

這首曲子非常輕盈，節奏很快，給人明媚、喜慶的感覺，因此最適合結婚場景了。

樂聲一下，全體集合，歡天喜地地跳著祝福的舞蹈。可喜可賀，可喜可賀。當最後一個音符落地，所有人都擺出完美的姿勢，停格不動，舞台華麗地落幕。

至此，小春的芭蕾舞版本、小春初次挑戰的共兩幕全幕芭蕾舞劇《三橘愛》，就大告功成了。辛苦是有代價的，作品大受好評。因為佳評如潮，隔年立刻重演。重演之後，美術設計和服裝更加精緻，成為到處巡迴公演的知名劇目，真是感謝大家。

最重要的是，雖然是現有的曲子，但是能與他共同體驗製作整齣全幕芭蕾舞劇，也成為我非常珍貴的財產。

接下來，我和小春必須一起面對的課題是，我要為他的芭蕾舞創作原創曲的任務。

把現有的曲子改編成可以跳舞的曲子，和專門為那支舞作曲，是完全不一樣的兩件事。

打個比方，假設為小春慶生。他的生日是四月四日（牡羊座O型）。

「那我們帶蛋糕去給你。你想要什麼蛋糕？」我和美潮問他。

小春「嗯……」地想了一下後回答：

「我想要那種像是出現在畫裡的生日蛋糕。圓圓的，塗滿鮮奶油，擺了很多草莓，跟皇冠一樣的蛋糕。」

「了解。」我和美潮分頭行動。

美潮一溜煙衝向百貨公司地下街，在高級的西點店找到完全合乎要求，雍容華貴的蛋糕。

「好，就決定是這個了。」美潮心想。

另一方面，我則想像著什麼樣的蛋糕比較適合他，還畫下來看。烤了一個海綿蛋糕，配合小春這個螞蟻人的口味，抹上風味清爽又軟綿綿的鮮奶油。用鮮奶油呈現出有如圖畫書裡的皇冠，再擺上一圈如寶石般的草莓。

生日宴會的桌上並排著美潮買回來的蛋糕和我做的蛋糕，外觀幾乎一模一樣，也都符合小春的要求。只要吃起來美味就行了，皆大歡喜。

但還是不一樣。該說是現代化英式下午茶，還是高級訂製時裝呢？要讓舞蹈靠近曲子，還是要讓曲子貼近舞蹈呢？簡言之，要如何配合小春的概念及想法，量身打造到什麼程度？

這個部分非常難拿捏，要是太過於量身打造也很無趣，了無新意。在與顧客分享主題與想法、貼近對方的同時，也要跳脫事先確定的和諧，勇於冒險。特地找我製作原創曲的顧客，大抵都這樣希望。

如此這般，我們一起從頭開始做的第一部作品就是《Anökumene》。

這個名稱的意思是「無人居住的區域」，舞台形象也是無人居住的區域，是三、四十分鐘左右的單幕芭蕾舞劇。

起初從小春口中聽到這些，老實說，我呆住了。

首先，我根本沒聽過這個單字。「Anökumene」是什麼意思？是像「阿里阿德

涅（Ariadne）」那樣的人名嗎？還是跟希臘神話有關？又或者是「關於某人的趣聞（anekdot）」或「獨立的人種（indépendants）」這種帶點諷刺意味的單字呢？

殊不知Anökumene其實是「無人居住的區域」，這種平凡無奇的意思。似乎是地理學用語，指的是地球上因自然環境過於嚴峻，人類無法居住的地區。再說得具體一點，像是沙漠、滿地岩石的荒野、高山等等，皆屬於無人居住的區域。相對於此，「Ökumene」則是指人類可以居住、正在居住的區域。

我知道小春熱愛大自然，或者該說是從小就有強烈的欲求，想用舞蹈表現森羅萬象。所以製作完《三橘愛》這種故事性比較高的作品後，或許是產生反作用力——又或者是為了回歸他本來的立意，打算製作以大自然為主題的作品。

如今我已理解小春的行為模式。但當時這個「Anökumene」的題目，令我束手無策了好一陣子。

再怎麼說也太抽象了，我需要更具體一點的資料。

或許是留意到我困惑的表情，小春「嗯……」地抱著胳膊陷入沉思。

「雖然是抽象的題材，但其實是很具體的舞蹈。」

「所以是怎麼個具體法？」

小春的說明有時候實在太簡略，聽不懂他想要表達什麼。

在我的注視下，小春聳聳肩。

「舉個例子好了，像是冰河一點一滴地被推出海洋融化；像是沙丘的波痕形成了又被風吹散、形成了又被風吹散……如此周而復始，逐漸移動的模樣；像是水因日夜劇烈的溫差而凍結，撐開岩石，使其碎裂的舞蹈。」

「嗯嗯，這麼一來我就有概念了。」

我寫下來。

只不過，有比較明確的概念其實也是陷阱，會產生別的問題。

怎麼說呢——有旋律比較好？還是無機質的極簡主義比較好？若是人類不存在之地的音樂，當屬極簡音樂了。

我念念有詞地嚥下嘴裡的話。

如果有旋律，舞蹈會固定下來。無論是跳舞的人還是看的觀眾，都會在不知不覺的情況下期待舞蹈被音樂貼上標籤。

這不完全是一件壞事，但是在當代舞的領域裡，我非常害怕舞蹈被旋律制約。尤其這是我第一次提供自己創作的曲子給小春，雖然托大，但我真的很擔心具有特色、朗朗上口的旋律，會不會誘導、侷限小春的舞蹈，侵蝕編舞師的領域。

恐怕也受了《MIDNIGHT PASSENGER》的影響。我對自己發誓，絕對不能再做出那種不知天高地厚的蠢事，絕對不能再干預小春的舞蹈。

小春也留意到我擔心的問題。

「有旋律也完全沒問題。因為我想安排克羅諾斯出場，成為貫穿整個故事的存在。

「克羅諾斯，掌管時間的神。這位是出現在希臘神話裡的眾神之一。克羅諾斯和卡伊洛斯都是時間之神，相較於克羅諾斯是司掌從過去流向未來的時間，卡伊洛斯則是司掌機會或機運等意味著改變人類命運的瞬間。」

小春雲淡風輕地說。

「在Anökumene——沒有人的世界裡，統治那片土地的大概是時間吧。相當於統治者的克羅諾斯登場時，有旋律比較好吧。」

原來如此，就像摔角選手登場時的主題曲。

我感覺稍微輕鬆了點。如果是主題曲，即使比較抓耳的旋律也沒關係吧。

小春一臉嚴肅地略略探出身體說：

「關於這點，七瀨。我認為我們的角色肯定沒有妳想的那麼涇渭分明。」

小春總是笑咪咪的，所以平常沒怎麼意識到，但當他露出嚴肅的表情，不禁覺得他的眼睛實在有夠大。

「如同妳說可以在我的舞蹈裡聽見音樂，我也在妳的音樂裡看見了舞蹈。既然我們要組隊創作，也就意味著我有時候要創作音樂，而妳也必須在腦海中舞蹈吧。我認為彼此有相當大一部分是互相重疊的。我們是名符其實的共同作業。所以妳不必有任何對我客氣或自覺僭越的念頭喔。如果我覺得這個曲風不對、太吵了，我也會老實告訴妳，所以大可放心大膽地寫出『我希望你這麼跳』的旋律。」

小春「叩叩叩」地敲打著桌面說：

「總之我想增加我在芭蕾舞上的語彙，哪怕只多一個也好。只要能增加語彙，不管是什麼契機都好。所以希望妳也能不顧一切地進攻，做出能刺激我產生靈感的音樂。我反而希望妳不要管我，創作出妳覺得『就是這個』的《Anökumene》。」

芭蕾舞的語彙。

這點對於舞者和編舞師都至關重要。語彙越多，越能說出更細緻、更複雜的故事。如果那些豐富的語彙可以變成自己的血肉，就能從中挑選出更適合的詞彙，描述自己的風格。這將有助於舞者成長，也會讓編舞師變得更強大。

但語彙也不是越多越好。

聽到爛掉的老生常談、已經過時的表現手法、名為「風格」的自我模仿，當自己滿足於堆砌出這些瑰麗的文藻時，一字一句亦將逐漸變得輕浮、淺薄。

佇立、旋轉、完美的阿拉貝斯克，用來展示美麗的笑臉、挺拔的身型……就只是這樣。不只舞者及編舞師，那是全天下的創作者都會落入的陷阱。聽到曲子就知道是誰的作品，看到舞蹈就知道是誰編的舞。那是對只此一家、別無分號的創意的讚賞，但只要稍微踏錯一步，就會變成「似曾相識」。

為了永遠保持只此一家、別無分號的創意，必須不斷進步、深入探索才行。我認為為了不變而持續變化，是放諸四海皆準的真理。

小春體內隨時都有什麼東西正以迅雷不及掩耳的速度湧動著，令人眼花撩亂。永遠新鮮、永遠生氣蓬勃，只能說是精神活動（或者該說是生命活動？）的東西，與他的心臟一起跳動。

硬要一分為二的話，他明明是比較沉穩、比較淡泊的性格，但心裡的創作欲卻那麼生猛、那麼貪婪、那麼無窮無盡。這才是真正的創作者吧。

如今的我已經能理解了，但當時的我很害怕。

當時的我總是畏畏縮縮。一想到自己的創作極限會被小春知道、自己可能會被他的才華壓制住，就覺得跟小春合作很可怕。

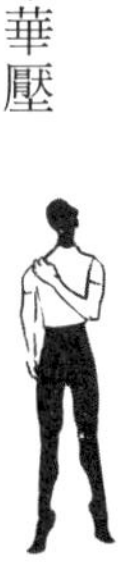

可是聽小春這麼說，我下定決心。
「那我也來編舞吧。我會寫下這段旋律應該這麼跳的意象。」
聽到我這麼說，小春咧嘴一笑。
「好主意，之後再來對答案。」

《Anökumene》的創作開始了。
克羅諾斯的主題先擱到一邊，先從製作三個主要場景的音樂開始。
冰河的場景、高山岩石區的場景、沙漠的場景，以上三個。
首先是冰河的場景。
在我作曲的同時，小春也開始編舞。
《Anökumene》的編舞特徵在於跟平常的群舞不太一樣，是名符其實的「塊」狀。
以冰河為例。扮演冰河的舞者會緊密地靠在一起，變成冰塊，一寸一寸地被岩壁推出去。
舞者們穿著藍色的服裝，以顫抖而僵硬的動作，與投身汪洋，全身蜷縮、手臂彎曲、隨海浪逝去的動作，表現冰塊無聲無息地慢慢往海中滑落、碎裂，消失於水面的樣子。
我決定在這個場景用上鐘。
讓許許多多大小不一的鐘，發出各式各樣的聲音，形成旋律。
鐘的金屬質地聲響，能讓人聯想到冰河產生裂紋的聲音。因此讓鐘的高低音與舞者的動作連動，表現墜入大海的冰。
我猜冰冷的聲響與冰河硬邦邦、一直線的動作重疊後，可以表現出非常有趣的效果。

接著是高山岩石區的場景。

這裡也是由穿著灰色或咖啡色服裝的舞者們，肢體交纏地站在各個角落，形成「岩塊」。他們暴露在劇烈的日夜溫差下，飽受熱氣與寒氣的折磨，有人撐過去了，有人慘遭破壞，以互相推擠的群舞來表現上述的狀況。

我用一種名叫馬林巴的木琴，和名為編木的樂器為這個場景作曲。

聽到編木這種樂器，我猜一下子就能想到是什麼的人應該少之又少，但這其實是日本自古以來就有的傳統樂器。把上百片薄薄的木板束成有彈性的U字形棒狀樂器，以收緊、拉開的方式演奏。如果聽過富山縣民謠〈筑子節〉的人，再告訴他們編木是用於間奏的樂器，或許就知道是什麼了。有點像街頭藝人說書時使用的南京玉簾[27]。

因為會發出「沙、沙」的獨特聲響，感覺很像是氣溫驟降時，房屋發出來的聲音或人在深山裡聽到的聲音，我試著隨機加到曲子裡。問題是歐洲沒有編木，也找不到類似的樂器，必須請人從日本寄來。演奏本身並不難，很感謝打擊樂器的演奏者願意樂在其中地練習。

最後是沙漠的場景。

這邊是由舞者們以充滿爆炸力的群舞，表現出風沙的感覺。提到風，怎能忘了尺八[28]和長笛？至於沙那種隨風飛散的感覺，只有小鼓的聲音才能呈現吧。我馬上就拍板定案了。

---

27 用竹子或蘆葦編成的簾子，名字雖有南京二字，但並非起源於南京。

28 長得很像洞簫的一種木管樂器。

興沖沖地決定要用尺八後，不僅又碰上歐洲沒有這種樂器的問題，會吹的人也極其有限（這是很難光靠練習就能上場演奏的樂器，就連專業的管樂器樂手也不見得能馬上學會）。無可奈何之下，這次只好先用雙簧管和單簧管代替尺八。

由兩排手牽著手的舞者表演風，另外兩排舞者表演沙。也就是說，舞台上有很多舞者縱橫交錯。要讓如此多舞者正確地做出經過精密計算的動作，還要走位，真的很困難。舞台上經常亂成一團，有時候還會發生人群如骨牌般倒塌的慘劇，相當棘手。

起初我非常沒有自信。不論哪個場景的曲子，我都是小心翼翼、戰戰兢兢地，可是當鐘、馬林巴、小鼓等我喜歡的樂器齊聚一堂，就又覺得作曲是一件快樂的事。

再者，當我在作曲時看到小春編舞的狀態，會想到各式各樣的節奏，為了讓他「跳給我看！」拚了命地加進去。氣勢具有可怕的感染力，小春和舞者也越來越起勁，不知不覺就完成編舞。這也成為一種快感、一股原動力。

我提供的旋律及節奏，似乎也很符合小春在編舞時覺得「這裡好像應該要這樣比較好」的段落，令他非常興奮。

音樂產出的過程與舞蹈產出的過程，就跟車子的兩個輪子一樣，只能以相同的速度前進，真不可思議。事到如今，我已經無法完整地說明我們是怎麼磨合，只能說舞蹈簡直「跟生物一樣」，不斷地產生。

然後我開始思考最後把這些場景全部串在一起、貫穿整支舞的人物——克羅諾斯的主題曲。

我決定用宣布王者降臨的開場小號會聯想到的小號，作為演奏主題曲的樂器。再加上過去曾是全世界的報時工具——用來代替大砲及銅鑼的定音鼓。

統治著無人居住之地的王者——克羅諾斯。只有克羅諾斯能跨越沉默的冰河、尖銳的山頂和死亡的沙漠，俯瞰眾生。

首演的克羅諾斯由小春親自粉墨登場。

在無人知曉的殺伐大地上，展開嚴酷的生態劇。

最後一幕，原本填滿整個舞台的群舞消失，剩下支離破碎的冰和岩石，以及覆蓋世界的風沙。全都是離開巨大的整體，變成弱小無助、孤零零的個體。

克羅諾斯帶著慈悲心，靜靜地俯視他們，賜予祝福。

他們各自散落，飄向遠方，化為肉眼看不見的存在，漂流至世界各地。

沉默中，只剩下克羅諾斯——

曲子和編舞都改了無數個版本，我和小春不厭其煩地進行各種細部的調整。

正所謂辛苦是有代價的，作品總算大功告成，上演時，我打從心底鬆了一口氣。因為放下心中大石，也實在是累壞了，我完全不記得世人對這部作品的回響、大家的祝賀，或是還有什麼遺憾的地方。

《Anökumene》的成功為我添了一筆實際的成績，但前路還是很艱辛。

或許是我個人的偏見，我覺得當代舞和原創曲的契合度很高，對新人作曲家的門檻比較低。

然而，如果是故事性比較高的作品，又會出現別的要求。

我說過製作《Anökumene》時很擔心旋律會限制舞蹈。

反過來說，故事性比較高、以古典芭蕾的手法製作的作品，則需要比較抓耳的旋律。《天鵝湖》、《羅密歐與茱麗葉》、《彼得洛希卡》[29]……這些作品早已在觀眾與舞者的腦子裡烙下與舞蹈難以分割的絕美旋律，強烈又流行的旋律。

無論是哪個舞碼，大概沒有人敢否定故事線已經和旋律融為一體。正因為如此，近年來的新作品多半是故事性比較高、與古典音樂結合的作品。

也就是說，大家要求的是故事性與親和性比較高、比較強烈的旋律。

因此在通往全幕芭蕾舞劇的路上，我必須證明自己能做出具有故事性、又比較強烈的旋律才行。

小春也一步一腳印地累積成就。

他忠實地以穆索斯基的交響樂曲，製作了《展覽會之畫》，並與原作者曼努維爾・波伊格一樣，用來自阿根廷的班多鈕手風琴演奏者兼作曲家阿斯特・皮亞佐拉的曲子，製作了《蜘蛛女之吻》。

我真的很想改編在《蜘蛛女之吻》整部劇裡播放的阿斯特・皮亞佐拉的曲子，無奈和其他工作撞期，實在分身乏術。直到今天還有點懊惱。

小春變得越來越搶手，我也多了一些芭蕾舞以外的工作，被其他編舞師指名合作的機會逐漸增加。那段時間為了拓展專業領域，我們彼此都沒日沒夜地忙翻天。一旦想到什麼點子，就立刻用手機傳訊息給對方。經常在非常沒有常識的時間傳送與暗號無異的簡訊，事後看到傳送的訊息，有時候都看不懂自己寫了什麼。

品。

雖然沒有機會常見面，但我們的目標一致——下次要用我的原創曲製作故事性比較高的作品。

我們也討論過要做什麼才好。可以的話，最好是世人都知道的故事，大家都知道大綱，很容易產生概念的故事。既然如此，還是以兒童文學及童話故事、圖畫書，或劇曲為題材比較好處理。

小春和我也隨時在尋找可以作為芭蕾舞題材的事物，尤其因為我是第一次以「譜寫原創曲」為前提尋找故事，更是卯足了勁到處蒐集題材。

由於是德國的芭蕾舞團，起初想的是德國的故事。

提到舉世聞名的作家，凱斯特納[30]如何？《飛行教室》、《天生一對》是他的代表作，為了不讓世人對他產生「兒童作家」的刻板印象，還有稍微偏離文風的《五月三十五日》等等。《五月三十五日》的內容帶點寓言風，充滿諷刺的味道，似乎可以改編成大人的故事。

諾瓦利斯[31]的《藍花》呢？雖然是尚未完結的小說，但充滿了浪漫氛圍，或許可以改編成像《仙女》[32]那種很有情調的全幕芭蕾舞劇。赫曼・赫塞[33]、托・瑪斯曼[34]如何？太灰暗了

---

29 俄羅斯近代著名作曲家斯特拉文斯基的三大芭蕾音樂之一。

30 耶里希・凱斯特納。被譽為「德國兒童文學之父」的德國作家、詩人、劇作家。

31 德國浪漫主義詩人、小說家、思想家。

32 芭蕾歷史最重要的芭蕾舞劇之一。

嗎？

還是用最不會出錯的《格林童話》呢？可是《Märchen》已經引用了各式各樣的格林童話，所以觀眾大概會抱怨「怎麼又是格林童話」吧。

《柯碧莉亞》[35]或《胡桃鉗》的原作者——霍夫曼[36]的作品如何？《柯碧莉亞》雖然是喜劇，但原著《睡魔》其實是很悲慘的作品，改成恐怖的芭蕾舞如何？像電影《驚魂記》[37]中伯納德．赫爾曼[38]那種有點像恐怖片的曲子。有點想看這樣的作品，又有點不太想看。

布萊希特的《三便士歌劇》[39]呢？不行，那原本是音樂劇，而《刀子麥克》[40]給人的印象太強烈了，根本沒有插入原創曲的餘地。

如此這般，我很快就放棄了德國的故事，決定往更大的範圍去找。童話也好，傳說也行，像《青年女囚》那樣，原本是廣為人知的詩也不錯，總之先擴大範圍再說。

在膾炙人口這點，《安徒生童話》與《格林童話》各擁山頭。

《人魚公主》及《冰雪女王》已經改編成芭蕾舞作品無數次了，《賣火柴的小女孩》及《國王的新衣》更是無人不知、無人不曉。提到安徒生童話，往往給人不相信女性或厭女的感覺。像是人魚公主、賣火柴的小女孩，女主角總是脫離不了痛苦、寒冷、艱辛、付出得不到回報的悲慘命運。我甚至覺得安徒生童話裡，以代價為主題的作品未免也太多了。

這時，我突然想起《安徒生童話》裡有個對我而言簡直造成心靈創傷的故事。

《母親的故事》。

小時候曾經在電視上看過重播的卡通，因為劇情實在太灰暗，看完以後害我大受打擊。後來看了原著作品，更失落了。

因為實在太苦、太痛、太沒有回報，安徒生的慘絕人寰三部曲一次到齊。
某個地方有個身染重病的孩子和母親。

有一天，一位老人登門拜訪，趁著照顧孩子太累的母親打瞌睡時帶走孩子。這位老人是死神。

母親拚命地追在死神後面。

母親走到哪裡問到哪裡：「請告訴我死神的下落。」為此付出許多代價。站在路邊的女人說：「如果妳想知道死神走哪條路，就唱妳平常唱給孩子聽的搖籃曲給我聽。」母親依言唱了。帶刺的玫瑰說：「好冷啊，請用妳的胸膛溫暖我。」母親便把身體貼近帶刺的玫瑰，搞得自己鮮血淋漓。

---

33 德國出生的瑞士作家，主要以詩及小說為世人所熟悉，是足以代表二十世紀初期德國文學的文學家。

34 德國文豪，一九二九年的諾貝爾文學獎得主。

35 以木偶名字為題的浪漫芭蕾舞劇。敘述迷戀洋娃娃的老人的故事。

36 恩斯特・席爾多・阿瑪迪斯・霍夫曼，又稱 E. T. A. 霍夫曼，德國浪漫主義作家。

37 美國驚悚恐怖電影，由希區考克執導。

38 美國電影配樂作曲家。

39 尤金・貝爾托爾特・弗里德里希・布萊希特，德國劇作家。《三便士歌劇》改編自十八世紀英國歌劇《乞丐的歌劇》。描述乞丐頭子的女兒愛上惡名昭彰的強盜頭子後，不顧父母親反對祕密結婚的故事。

40 爵士樂的標竿，原曲是音樂劇《三便士歌劇》裡的歌曲〈Die Moritat von Mackie Messer〉。

湖對母親說：「要我送妳去對岸的代價是妳要把美麗的雙眼給我。」於是母親獻出自己的眼睛，變成盲人。

當母親抵達由死神管理的溫室，負責管理的老婆婆說，這裡的每朵花都代表一個人的壽命，只要把耳朵靠近花，應該能從心跳聲分辨出哪朵花是妳的孩子。如果想知道怎麼從死神手中救出自己的孩子，就得「把妳烏黑濃密的頭髮給我」，母親答應了，瞬間變成滿頭白髮。

終於見到死神的母親，抓住自己的孩子和其他小孩的花，依照老婆婆的提示威脅死神：「如果不希望我拔光溫室裡的花，就把孩子還給我。」

死神不為所動地冷漠回答：「妳希望其他母親也有跟妳一樣的遭遇嗎？」把從湖裡撿回來的眼睛還給她，要她看看那座水井。

母親在水井裡看到被她抓住的兩朵花所代表的孩子，未來分別是非常幸福的人生和非常不幸的人生。但她不知道哪朵花才是自己的孩子。

母親放開那兩朵花，垂頭喪氣地說：「一切交給上帝定奪。」

於是死神將母親的孩子帶到地府——

這個故事是不是很惡毒？裡頭大概蘊含了基督教的教義，但是在卡通裡看到母親擁抱帶刺的玫瑰、血流不止的畫面，和母親變成瞎子、摸索著顫巍巍走在懸崖峭壁上的畫面，真的造成了我的童年陰影，覺得這故事真是太可怕了，渾身發抖。這真的是童話嗎？安徒生到底意欲何為？這根本不是給兒童看的故事吧。

當我東想西想時，腦中突然閃過一個旋律。

我心裡一驚，身體不由得僵住了。

雖然很簡單，卻也很莊嚴，瀰漫著哀切情緒的旋律。

我一路完整地想到旋律的發展部[41]。

腦海中浮現出弦樂器錚錚鏦鏦演奏的畫面。

這是「喪失的主題曲」。

我懂了。母親走的每一步，為了得到訊息都會失去身體的一部分作為代價。這個旋律是她每次付出代價時都會響起的，喪失的主題曲。

我連忙把完整浮現在腦海中的旋律寫在五線譜上。

用鋼琴確認過幾次後，打電話給小春。

向他說明《母親的故事》的故事大綱，再彈鋼琴給他聽：「這是喪失的主題曲。」

小春一言不發地在電話那頭沉思了半晌之後說：「再彈一次給我聽。」結果我前前後後一共彈了四遍給他聽。

好半天後，小春終於開口：

「七瀨，請以這個主題寫一整幕的曲子。這次我會等妳把曲子全部寫出來再開始編舞。」

我忍不住用力握拳，做出了勝利的手勢。

「ＯＫ。我會照我想像中的舞蹈動作完成整首曲子。」

41　奏鳴曲式主要由三個部分構成，分別是呈示部、發展部和再現部，作曲家會在發展部提取呈示部的音樂元素，進行各種變奏。

「沒問題。」

我花了三天的時間，做完一整幕、大約四十五分鐘的曲。

從〈喪失的主題曲〉源源不絕衍生出其他點子，寫下來的速度差點追不上文思泉湧的速度。

小春也說他在電話裡重複聽了四次〈喪失的主題曲〉，腦中已經完成那個部分的編舞了。

從我把全曲交給他，到他完成全部的編舞並沒有花太多時間。

聽說提出關於《母親的故事》的構想時，資深的女性首席舞者全都躍躍欲試。在芭蕾舞的角色分配中，以母親為主角，並且以此為主題的作品非常罕見。我很高興舞者們也認為這是很值得跳的主題、值得爭取的角色。

幕升起，空無一物的舞台中央只有一張嬰兒床。

燈光昏暗，舞台上瀰漫著一股淡淡的、不祥的氛圍。

母親長髮披散，低頭看著嬰兒床。

把手放在嬰兒床上，母親靜靜地跳起舞來。舞出全心全意傾注在孩子身上的母愛，以及擔心孩子生病、惶惶不可終日的不安，表現出心都快要碎了的樣子。

最後母親跳累了，在嬰兒床邊昏昏睡去。

這時，一個老人跳著靜謐的舞蹈現身，慢慢地抱起嬰兒床上的孩子，帶走。

過了一會兒，母親驚醒。發現孩子不在床上，六神無主地衝出家門。

母親在路上遇見烏鴉。

這裡改動了一部分原著。母親踏上尋子之旅後，最先遇見的不是人類，而是全部由舞者擬人化的大自然及生物。

烏鴉獨自跳了一段獨舞後，告訴母親如果想知道死神往哪條路去，必須唱搖籃曲給牠聽。

母親以悲痛的舞蹈呈現出最想給孩子聽，孩子卻不在身邊的溫柔搖籃曲。

烏鴉與母親跳了一段雙人舞，告訴她該怎麼走。

母親接下來遇到的是由四位舞者共同演繹，用舞蹈擋住去路的帶刺玫瑰。

母親與要求溫柔擁抱的帶刺玫瑰共舞。

輪流與四朵帶刺玫瑰共舞的過程中，母親的袖子被解下、衣襟被解下、裙子被解下，露出大紅色的衣服。意味著與帶刺的玫瑰相擁後，渾身是血的母親。

帶刺的玫瑰滿意了，把路讓開。

藍色的湖出現在前方。

由八名穿著藍色服裝的舞者舞出的湖。

母親與八名舞者共舞，眼珠子被奪走。用藍色的布蒙住眼睛，舞者將她托舉到湖的對岸。

對岸有一座花園，花園裡綻放著五顏六色的花。

蒙上眼睛的母親出現在以舞蹈扮演花的舞者間，困惑地摸索著，搖搖晃晃地前進。

這時樹木出現在舞台上，先與花朵們跳了一段舞，附在母親耳邊竊竊私語。

母親與樹共舞，樹得到母親的黑髮。母親瞬間白頭。

樹與花退下，母親的雙手各拿著一朵花。

苦苦尋找的死神終於現身。

母親握緊雙手的花，依舊蒙著眼睛，跳著激烈狂亂的舞蹈。威脅死神、痛罵死神、控訴死神、哀求死神，不惜使出一切手段，只想搶回自己的孩子。

死神始終動也不動地看著母親狂舞，拿出從湖裡撿回來的眼珠，悄悄地走向母親，解開她的蒙眼布，把眼睛還給她。

死神指著舞台深處，有個巨大的圓圈從天花板降下來代表水井。

兩個小孩在圓圈的另一邊跳舞。

跳出各自的將來、各自的人生。

死神靠近兩人，三人開始共舞。然後三人再靠近母親，四人開始共舞。

混亂的母親。迷惘的母親。苦惱的母親。

相較於另外三個人臉上始終掛著淡淡的微笑，母親露出複雜又苦悶的表情。

兩個小孩不曉得什麼時候不見了，母親手裡還握著花，與死神共舞。悲痛而殘酷，介於生死夾縫中的雙人舞。

這裡提高了音量，演奏〈喪失的主題曲〉。在這之前已經反覆演奏過好幾次，〈喪失的主題曲〉亦已深植於觀眾心中，母親最後的「喪失」令觀眾感同身受。

兩人結束舞蹈。

母親腳步虛浮地走到舞台中央，面向觀眾，頹然跪下。

雙手握緊的花無力地掉在地上。

死神悄悄地走到母親身邊，撿起其中一朵花，悠然轉身，退到舞台後面。

母親慢慢地交握顫抖的十指，以虛脫的表情獻上祈禱——

落幕。

不同於《Anökumene》，《母親的故事》是我可以作為一個單純的觀眾、欣賞完成的作品，這感覺非常不可思議。

小春的舞蹈與我的曲子徹底合而為一，彷彿從很久很久以前就是一體般呈現在我眼前。

扮演母親的首席舞者真的很出色。以全情投入、震懾人心的舞蹈，完美地呈現出希望與絕望、愛與恨、瞬息萬變的心情，最後虛脫的表情烙印在我的視網膜上。

比想像中還要感人的作品，周圍的觀眾都哭了。

該說是不好意思，還是忝不知恥呢？老實說，最後〈喪失的主題曲〉明明是自己做的曲子，卻像是別人做的，令我感動萬分，不知不覺淚流滿面。

當我偷偷地告訴小春：「我哭了喔。」小春微微一笑說：「嘿嘿嘿，我也是。」

說到創作的過程，每次都不一樣，而且每次都是獨一無二，非常有意思。

不過我是很久以後才能用「有意思」這種灑脫的字眼來形容。置身於漩渦中時，其實沒有時間、也沒有餘力這麼說，總是全神貫注地面對眼前的工作，氣喘如牛地與工作纏鬥。我剛才完成的作品是什麼玩意兒？我到底在做什麼？世人能接受嗎？後人會怎麼評價我？腦海中偶爾會閃過這樣的疑問，但我很清楚這種事怎麼想也沒用。光是要面對自己能力的極限與重大課題，就忙得七葷八素，想也知道有太多應付不來的工作，每次想起都會忍不住「救命吶！」地慘叫，陷入低潮。光是要告訴自己過去的就讓它過去，未來只能繼續埋頭前進，已經很不容易

了。

若問我究竟想表達什麼，簡單一句話就是，「別回頭看已經完成的工作」。

後來聽很多人提起《刺客》的創作過程，有人還寫成書。完全不像前面說的那樣，一直線奔向終點，而是到處播種，逐漸打好地基，最後才開花結果。因此無法一下子說明清楚。

小春也不是執著於要留下自己作品的人，因此採訪過他的人頂多也只知道「《刺客》的誕生真不容易啊！」一同為此驚掉下巴而已。我也想用同一句話帶過，《刺客》的誕生過程真的很不容易。

不過，我非常慶幸我們活躍的時候已是數位時代。小春的作品幾乎都能留下影像，製作過程也能留下大部分的紀錄，這讓我非常感恩文明的進步。

當然，我很清楚能看到現場表演是多麼幸運的事，能看到那個人現在正在這裡跳舞，能與他呼吸同樣的空氣簡直是奇蹟。這是無論留下畫質多麼清晰的影像都無法代替的奇蹟。

沒錯，《刺客》首演第一天的舞台，至今仍原封不動地冷凍保存在我內心、我體內的某個角落。

哈桑具有與眾不同、遺世獨立的氣質，天鵝絨的皮膚在燈光下顯得光燦耀眼，看起來宛如神話中的生物，令人肅然起敬。凡妮莎妖艷的舞蹈氣勢磅礴，祖母綠的眼眸帶著挑釁的意味，彷彿要用視線將觀眾燒成灰燼，令人心醉神迷。

男性舞者的群舞充滿了異樣的獸性，手裡的劍極有韻律感地閃著森森寒光，光是這樣就像極了前衛的音樂。女性舞者的群舞則充滿嗆鼻的女人香，如同百花齊放、絢爛豪華的花園，從生機盎然到漸趨腐朽。繡上了金絲銀線的美麗面紗，就像翩翩飛舞的彩蝶般迎風翻揚。

靠在舞台中央的板凳上、有如擺設的尚・雅美，只是微微彎曲手指，動作微乎其微，就吸引了所有觀眾的目光，讓大家感到背脊發涼。

這部分看影片看不出來，是唯有坐在觀眾席、親眼看到舞台的人才能體驗，才能留在心裡。

對編舞師而言，自己的作品會以什麼形式留在心中呢？

我不禁產生這樣的疑問，忘了是什麼時候，我問過小春。

「小春，你能記得為《刺客》編的全部舞蹈嗎？你的記憶裡還剩下多少自己編的舞蹈呢？」

只見他有一瞬間露出匪夷所思的表情，看著我。那是似乎壓根沒想過這個問題，重新思考問題有何用意的表情。他雖然寡言少語，絕不會敷衍了事，總是誠實、坦率地回答。

然後微微一笑。一絲邪氣也沒有的笑容，美得令人屏息。

以前我只覺得他的笑容真是太美了，被迷得神魂顛倒，但是與小春長期一起工作下來，漸漸覺得他的微笑有點可怕。

因為我發現每次他那樣笑的時候，通常是預料到對方可能無法理解自己接下來的回答。所以每次看到他那抹微笑，我內心總是有一股微小的、哀愁的預感，啊……小春講完下一句話，又要暫時離開我了。如果沒做好心理準備，那抹笑容會令我非常痛苦。

「沒有留下，我記得。」

這是小春的回答。

「包裝好一切後，呈現在舞台上，一切就結束了。就像妳看《母親的故事》看到哭，也

不是因為自己的音樂，而是當成一個作品來看吧？一旦變成作品，就能從觀眾的角度來看了。」

小春微微側著頭說：

「舞台就像晚餐，而且是吃完了這頓就沒有下一頓的晚餐。即使每天晚上都是相同的菜單，也每次都不一樣。料理本身吃完就沒了。客人只會留下『嗯，很好吃，非常美味的晚餐』，但不會留下食譜吧。廚師記得自己做菜的方法，其他人看到食譜也能重現，但就是不會留下來。」

他這次的回答非常容易理解，我鬆了一口氣。

小春接著說。

「可是會留下香味。像這樣——」他擺出以前編的舞姿。

小春筆直地伸直左手，右手放在左手的手肘上。光是這樣，他腳下踩的地就成了舞台。不禁讓我覺得芭蕾舞靠的果然還是手臂。這是哪個場景呢？我搜索枯腸，但一時半刻想不起來。小春放下手臂。

「當時的回憶會在腦海中甦醒，鼻尖會掠過像是編舞時的心情、概念般的香味。七瀨沒有這種感覺嗎？」

「或許有吧。」我回答。

「例如當時的情景、吃過的垃圾食物的味道，這些一點也不重要的事，會跟製作時的心情一起想起來。對吧？」

小春點點頭。

我對《刺客》的理解，就像其他全幕芭蕾舞劇也有許多千奇百怪的點子一樣。而他選擇《刺客》作為自己的第一部原創全幕芭蕾舞劇，不僅是一件非常冒險的事，同時也有點明知故犯。

在我的記憶裡，其他的作品十有八九從很早以前就聽他描述過靈感或主題，但從未聽他提起原創的全幕芭蕾舞劇。

如果是一般的全幕芭蕾舞劇，他可說是如數家珍——《三橘愛》自不待言，就連明明是普羅高菲夫的芭蕾舞音樂，卻沒有機會上演的《石之花》，他也很早就告訴過我，想將其改編成全幕芭蕾舞劇搬上舞台。

他曾經以幾乎是天馬行空的幻想方式，說著要把布萊伯利[42]或萊姆[43]的科幻作品，或法蘭克·赫伯特的《沙丘》[44]改編成全幕芭蕾舞劇、把愛倫·坡[45]的短篇小說作品集，改編成哥德式恐怖的芭蕾、彼得·格林納威[46]的電影很適合改編成芭蕾舞等誇誇其談。

---

42 雷·道格拉斯·布萊伯利，美國科幻、奇幻、恐怖小說作家。

43 史坦尼斯瓦夫·萊姆，波蘭科幻小說作家。

44 美國科幻小說作家，代表作《沙丘》描述背景設定在遙遠的未來，人類散佈在各個星球上，並由一個帝國統治。

45 美國作家、詩人、編輯與文學評論家，被尊崇為美國浪漫主義運動要角，以懸疑及驚悚小說最負盛名。

46 英國威爾斯的電影導演、編劇、藝術家。電影受到文藝復興藝術和巴洛克繪畫的影響，代表作為《廚師、大盜、他的太太和她的情人》、《淹死老公》等。

這麼說來，以前深津同學曾經說過「他很愛處理非生物的題材」（「摩天大樓的歷史與興衰」的構想最後終究沒有實現）。聽說小春還說過「演算法是不是很適合編成當代舞的題材啊！」，原因是「你不覺得積體電路的載板、超級電腦一閃一閃的很有節奏感嗎？」我也同意他的見解，因為自然界的法則及電腦的程式語言的確也讓我感受到音樂。

我印象最深刻的是希臘神話的奧菲斯[47]和日本的黃泉平坂[48]，都有這種為帶回配偶，不惜前往冥界，卻又不遵守「絕對不准回頭看」的約定，結果以失敗告終的傳說，實在很有趣。所以小春認為可以用這些題材來編一支舞，他對民間傳說之類的很感興趣。

他曾經說過：「要不要把《遠野物語》[49]改編成全幕芭蕾舞劇？」我反問他：「要怎麼改編？」

我問他：「要跳什麼？」他回答：「當然是河童或座敷童子[50]啊。」我忍不住笑了。

「這是什麼？兒童劇嗎？我對於為了給兒童看就穿上玩偶裝之類的發想可不敢恭維喔。」

只見小春露出驚訝的表情：

「不不不，我可不打算做成兒童劇喔。更不打算穿上玩偶裝，搞些假鬼假怪的擬人化。我只是想讓《遠野物語》的世界觀具象化。座敷童子也好、河童也罷，我只是想把那個地方的人『曾經看過』的東西、潛意識裡共同的世界觀視覺化。」

這次換我露出驚訝的表情：

「這樣啊。這麼說來，說不定這個題材的確很符合小春的風格。」

「令觀眾戰慄吧——像這樣嗎？」

令觀眾戰慄吧。這句話的原型是柳田國男寫在《遠野物語》序文裡很有名的一句話，我記得那句話的原意應該是，「平地人啊，為住在深山裡的居民的精神世界之深奧感到戰慄吧」。

精神性。對藝術家、創作者而言，這是非常有分量的一句話，有沒有精神性會讓創作者及表演者的底蘊產生決定性的差異。究竟有多少創作者敢相信自己的精神性呢？或者是說，世上真有這麼天真的人嗎？一旦開始思考這個問題，身為創作者當中微不足道的一員，不免陷入憂鬱的心情。

總之，小春的中心思想總是那麼不偏不倚，從未變過。把這個世界的形狀、精神的形狀編成舞蹈，僅此而已。

所以，如果是現在，我大概可以明白小春為何會一直想著《刺客》這個題材了。

因為留在世界各地的歷史上——又或者是沒有留下痕跡——無數名為「暗殺」的行為，都是基於人的某種忠義或信念，說是表現出人們心靈的形狀也不為過。

刺客，意指暗殺者的這個單字，語源眾說紛紜，比較可信的說法是起源自大麻（Hashish），或許也有人聽過這個說法。

小春將《刺客》的世界觀設定為失落的古文明，崇尚一神論，如今已消亡的古代宗教，而

---

47 希臘傳說中的音樂家，為了帶回妻子前往冥界，違反與冥王的約定，回頭看妻子，害妻子又墮回冥界。

48 日本神話中介於現世與黃泉之國間的邊界。

49 日本民俗學之父柳田國男創作，流傳於日本岩手縣遠野鄉的民間傳說故事集。

50 以上都是出現在《遠野物語》裡的日本妖怪。

非特定的宗教。

所謂宗教，當信徒的人數多到一定程度，變成組織，教義就能穩定地發展。

然而當信徒的分母越來越大，或教主死亡，信徒開始世代交替後，對教義的解釋出現歧異，就會產生對立，分裂成琳琅滿目的流派。這個古代宗教也不例外，在發生過幾次分裂的過程中，出現了不屬於任何一個流派的宗教團體，沒多久就被所有人視為異端。

以神為名，發生了慘絕人寰的血腥殺戮。原本是同志的人割袍斷義，反目成仇的心結更難化解，因此分裂的流派、教團間的武裝鬥爭也越演越烈。信徒較少的教團，不像多數派可以擁有組織化的軍隊，只好選擇能一擊斃命的戰術，採取鎖定敵對陣營的領袖，或位階相當於將軍的人進行暗殺的手段。

這群殺手的冷酷無情令人聞風喪膽，人們認為他們之所以視死如歸，是因為手中握有大量可以消除恐懼的麻醉藥。

這個教團裡有個人稱「屏息者」的神祕領袖，會帶挖角來當殺手的年輕人去美女如雲的樂園，讓他們在酒池肉林中迷失自我，再用藥物控制他們。命令他們去執行暗殺行動的傳言，沒多久便甚囂塵上。

《刺客》原封不動地讓情慾感官與死亡本能，這種存在於人類的根源部分、表裡一致的欲望與恐懼具體成形。

但吸引小春的不只這點，我認為《刺客》的內核其實是更恢弘的思想。位於故事最黑最暗的底部，宗教的寬容與不寬容——不，不只宗教，還有對世間萬物的寬容與不寬容這個規模宏大的主題，觀眾會反覆接收到要怎麼面對、怎麼思考這個問題的叩問。

正因如此，小春的《刺客》非常美，也非常驚悚。

主角是被教團相中的少年，每天往返於美女如雲的樂園與慘烈戰鬥的兩點一線。不知不覺間，逐漸變成冷酷無情、什麼也不想的殺人機器。

原本還有一點恐懼與憐憫、困惑與懷疑，帶點人味的表情逐漸從他臉上消失，為了得到快樂這個報酬，甘願化為捨棄一切情緒的木偶。

這也逐漸侵蝕他的內心，他的精神世界不可能不扭曲、不崩潰。用鮮血換來的快感前方，只有看不到盡頭的沙漠，荒蕪一片，滿是裂縫。他的前方只剩下一座人去樓空、付之一炬的寺廟。

完全得不到救贖，令人痛徹心扉、呼天搶地的悲慘結局。想也知道，《刺客》首演的口碑毀譽參半，非常兩極。引起大騷動後，對小春的採訪邀約也如雪片般飛來。

小春還是老樣子，不慍不火地回答。看起來既不在乎好評，也不在意惡評。

找上我的訪問固然沒有小春那麼多，我也學小春給出不痛不癢的回答。

我只是為他創作的世界加上音樂而已，我只是寫下從他的舞蹈中聽到的音樂而已。對，我認為這部分成功了。

但這麼大的回響，也讓我在內心深處相信舞台成功了。

主要是舞蹈太精采了，我被舞者們迷得神魂顛倒。即使是持反對意見的人，也沒有人能昧著良心說舞蹈不精采吧。如果觀眾想看那支舞，如果舞者想跳那支舞，那麼舞台就成功了。

小春選擇《刺客》作為原創的全幕芭蕾舞劇的確是很大的賭注，但他也確實殺出了一條血路。

倘若第一部原創作品選擇打安全牌——例如文學作品或傳記作品——小春可能會被歸類為循規蹈矩，亦即所謂樣板化的編舞師。

我覺得這個結果很幸運。

小春一定得這樣才行。一定得作為萬春，在萬春的道路上前進才行。

說是放下心中大石也不為過。

另一方面，也必須承認我還是有點擔心。

我希望小春意氣風發地在第一線創作、跳舞，又不希望他進步得太快。這是我真實的想法。

因為進步得快，也意味著很快就會進入停滯期。爵士就是這樣，說不定披頭四也是這樣。進化速度太快的話，誰也追不上。如果一下子就跑到目的地，就會陷入飽和狀態。

遺憾的是，世上有太多人陷入這種狀態了——尤其是在藝術的世界裡。

小春，別拋下我。

這是我內心深處最強烈的意念。如果你繼續加速，我就追不上了。每次我都已經拚盡全力、努力到不能再努力，無奈小春設下的門檻越來越高。

求求你，別再露出那種笑容。別再讓我被那種哀愁的預感捆綁。

我比誰都喜歡他的笑容，但我仍一面為《刺客》作曲，一面被他的笑容嚇得心驚膽戰。

「不夠性感。」

這是小春為《刺客》編舞時最常掛在嘴邊的一句話。

想當然，這句話是說給「天堂」部分的女舞者聽，其中也包含戲分最多的凡妮莎。

「凡妮莎，妳想想看嘛。這可是個讓血氣方剛的青少年為妳神魂顛倒，願意為妳殺人的角色。妳認為剛才的舞蹈，有讓人不惜為妳殺人放火的魅力嗎？」

被小春毫不留情的指正氣得臉都綠了的凡妮莎，已經成了排練《刺客》時的固定風景。實不相瞞，我其實還不討厭看到她火冒三丈的表情。因為比起麗似夏花的笑臉，火冒三丈的表情更適合她，可愛極了。

「印度教的寺廟裡有一種名叫『慾經』[51]的浮雕，非常色情，妳們看過嗎？明明是沒有顏色的浮雕，看著看著卻覺得彷彿每個浮雕都要動起來，甚至還能感覺彷彿聽見喘息或呻吟聲。光是站在那裡，就覺得置身於色彩斑斕的天堂，整個人飄飄欲仙。妳們明明是活色生香的女人，卻連遠古的石像都比不過。」

他是指位於卡修拉荷的肯達利亞・瑪哈戴瓦寺廟吧。我看過他說的那個浮雕，確實誇張到會讓人流鼻血。

「從《刺客》的舞台扯到遠在天邊的次大陸異教徒浮雕，我是要怎麼回答才好？」

凡妮莎不顧一切地發出不悅的抗議。

其實是「不夠性感」這句話戳中她的痛點。她是落落大方、巾幗不讓鬚眉的美麗女王，卻有一點潔癖，對於使出女人的武器有所抗拒。可以高高在上地發號施令，卻死都不肯用懷柔的

51 又稱《印度愛經》，是古印度關於性愛的經典書籍。

手段拉攏別人。小春也很清楚這點，所以才刻意要求。

她剛才的舞蹈確實很美，美得令人屏息——但不會讓人流鼻血。

因為小春實在說了太多次不夠性感，凡妮莎終於發飆了：

「我不懂啦。HAL，你示範給我看！」

看得出來其他女舞者也條件反射地同意她的提議。我苦笑。

示範給我看，這大概是絕對不能對編舞師說的話之一吧。

「示範？」

小春喃喃自語，「嗯……」地歪著頭思索。

然後他足不點地的走到眾人面前，低下頭，靜靜地擺好架勢。

慢慢地舉起雙手，倏地抬起頭來。

大家都驚呆了。

因為他的眼神未免也太淫亂了，是名實相符地變了眼色。

臉上浮現清淺的微笑，眼波流轉。

眼前是一隻充滿壓倒性感官誘惑，令人束手無策的野獸。自然擺動的手臂、妖嬈後仰的身體、微微拖著腳，每個動作都令人捨不得移開視線，看得出神。

明明極為挑釁，卻又充滿媚態。甚至有幾分睥睨一切，卻又憐憫眾生的風情。

還有幾分憂傷、自暴自棄的味道，剎那而傲慢。

所有人都探出身子，露出彷彿被追魂攝魄的表情，看著他——不對，是看著眼前超越性別、魅惑眾生的生物。

曾幾何時，凡妮莎也以臉頰微微泛紅、心蕩神馳的表情看著小春。其他女性舞者、工作人員當然也不例外。沒錯，就連我也差點要流鼻血了。

「——像這樣？」

小春說道，停下動作，不當一回事地恢復成原本的小春。

所有人都回過神來，面紅耳赤地大眼瞪小眼，躁動不安地露出尷尬的表情。

「氣死我了！為什麼那種什麼都不在乎、輕飄飄的男人會比我——不對，是比在座的所有人都性感啦！」

不知道為什麼，凡妮莎後來居然是跑來找我咆哮。

《刺客》的作曲就像一幅縝密的拼圖。

每天參考小春編的舞，對樂譜進行細節修正，所以我每天都去看他們排練。每天排練後還要跟小春不厭其煩地開會討論。當然，我以前就認識這群舞者了，但是拜這齣全幕芭蕾舞劇所賜，我跟舞團的每個成員都混得很熟。因此每當排練結束後，都會有人很放鬆地走來跟我聊天。

輕飄飄的男人。這個比喻實在太貼切了，我忍不住爆笑。

凡妮莎卻雙手扠腰瞪著我：

「七瀨，妳從小就認識HAL吧。那傢伙從小就這副德性嗎？」

我誠實地點點頭：

「嗯，他從小就是這副德性。」

凡妮莎左右張望了一番，突然壓低聲音說：

「我問妳喔，HAL喜歡什麼類型的女生？話說回來，他喜歡男生還是女生？」

我被她問住了。倒也是，但凡知道我和小春是青梅竹馬的人無一例外，都會偷偷向我打聽小春喜歡的類型或性向，所以我已經習慣這些問題了。只是沒想到連凡妮莎也來問我，讓我有些意外。

我聳聳肩：

「小春出生在日本區域城鎮的山中小村落，在河邊跳躍的時候被相中、挖角，開始學芭蕾。十五歲出國留學，直接加入芭蕾舞團。而妳十七歲讀芭蕾舞學校就榮獲YAGP。那麼，問題來了。在芭蕾舞這個嚴格的世界裡，妳認為把人生獻給芭蕾舞才能混得如此風生水起的人，有那種在放學後跟朋友漫無目的地在路上閒逛，聊著『我喜歡那個人』的戀愛話題，或是每天跟在誰的屁股後面犯單相思，終於在某個週末把對方找出來，向對方告白『我們交往吧』的閒工夫嗎？」

「沒有吧。」

凡妮莎想也不想地回答。

「對吧。所以我不知道。」

「聽起來很有道理。」

凡妮莎用力點頭，毫不戀棧地揚長而去。莫名理解的模樣令人噴飯。

男女老少都喜歡小春，這點沒有人不知道，崇拜他的人在我們小時候就多如過江之鯽，但小春從未傳出任何花邊新聞。我們沒聊過這方面的話題，所以真相為何，我也不得而知。只是沒有根據地覺得他可能是雙性戀者，覺得說不定他誰也不愛，對任何人都沒有「性趣」。

總之，他是個不管睡著還是醒著都只想著芭蕾舞的人，所以感覺像是早已跟芭蕾締結連理。正因為如此，他可以變成任何人，不分男女。

「不夠恐怖。」

這則是小春看到「地獄」部分的口頭禪。

想當然，這句話是說給「地獄」部分的男舞者聽，其中也包含戲分最多的哈桑。

哈桑每次聽到這句話，原本已經炯炯有神的眼睛就會瞪得更大，忿忿不平地瞪著小春。

「你這渾蛋是在挑自己編的舞毛病嗎？」

「才不是，我對舞蹈本身沒有任何不滿。不愧是哈桑，跳得非常完美。毋寧說跳得比我編的舞更完美。」

「那你到底有什麼不滿？」

「可惜不夠恐怖，太輕佻了。不對，是感情太豐沛了。」

小春歪著脖子糾正自己說的話，重新面向哈桑。

「現在的哈桑頂多只能算是黑手黨底下一個小嘍囉。最多最多是地痞流氓的頭頭，散發出太多殺氣了。真正的強者才不會動不動就殺氣騰騰，而是更安靜、更沉穩。」

果不其然，口無遮攔的小春把哈桑氣得眼露凶光。顯然是被「地痞流氓」的形容詞惹火。

「跳成地痞流氓真是不好意思啊。誰叫我出身不好呢。」

「你明知道我不是這個意思。」

兩人劍拔弩張地對峙，互不相讓。

「不夠恐怖。」

小春又重申一遍，冷不防壓低重心，半蹲。

「首先，要是像你那樣全身都散發殺氣，獵物早就跑掉了。」

小春以低沉的音調說道，手裡握著無形的劍。

剎那間，真的有利刃閃過一道寒光的錯覺。

「要無聲無息地靠近，別讓獵物發現。」

無聲無息地。

包括哈桑在內，周圍的人都動彈不得。

感覺繃得死緊的空氣瞬間降至冰點。

面無表情、冷若冰霜的眼神，讓人感到頭皮發麻。

小春迅速地悄然伸出手：

「一擊斃命。機會只有一次，對方甚至沒發現自己被殺了。暗殺不就是這麼回事嗎？」

那把無形的劍直抵哈桑的咽喉。

哈桑狼狽地往後退一步。

他也看見那把銳利的劍了。

小春的視線從哈桑身上移開，接著說：

「你是暗殺者的首領，不是目光短淺、只能看到半徑十公尺以內的小混混。必須比任何人都冷靜、比任何人都沉著、比任何人都有大局觀、比任何人都更能預測未來才行。」

小春突然打直背脊，恢復平常的表情說：「我希望哈桑能演出這樣的角色。」

「給你。」他做出把手裡的劍翻了個面，將握柄遞給哈桑的動作。

哈桑不假思索地伸手，也做出接劍的動作。小春微微一笑，哈桑則一臉莫名其妙的表情。

「那傢伙是怎麼回事？」

這次換哈桑滿臉錯愕地跑來問我。

「那種不知人間疾苦、花枝招展的傢伙，怎麼能表現出那麼凌厲的一面啊？」

不知人間疾苦、花枝招展的傢伙。

我認識小春那麼久，不由得覺得這又是一個絕妙的比喻。

「他從小就是這樣啊。」

我也照本宣科地回答。

「小春從小就以自然界為範本，立下要把大自然編成舞蹈的目標。」

哈桑花了一點時間思考我這句話的意思，沒多久就心領神會地微微頷首：

「原來如此。日本是有很多天災的國家嘛。」

「嗯。不是我自誇，基本上該有的都有。地震、颱風、火山爆發和少子化。」

「少子化是天災嗎？」

「嗯……對日本來說，或許應該算是人禍吧。」

「怎麼說？」

「沒能建立一個讓人想生養小孩的社會。」

「日本人有點達觀呢。是叫諸行無常嗎？」

「或許是吧。」

「我啊，再怎麼說也還是城市小孩，沒有在泥土地上生活過。你們的故鄉會下大雪嗎？」

「我住的地方是盆地，所以不常下雪。不過因為氣溫很低，只要在操場上灑水就可以溜冰了。」

「聽說你們會吃昆蟲，真的嗎？」

「嗯，有一種蚱蜢和蜜蜂的幼蟲很好吃喔。具有豐富的蛋白質。」

哈桑大皺其眉的表情像是塞了一嘴的石頭：

「好狂野啊。沒辦法，看在這麼狂野的份上，我就原諒那傢伙吧。」

我經常搞不懂哈桑的思考邏輯。

小春示範性感給凡妮莎看、示範恐怖給哈桑看後，大家的舞蹈起了很大的變化。

憑良心說，在這之前的舞蹈其實有點不緊不慢，只是「動作」，這下子總算變成生機勃勃的「舞蹈」了。

所有人的表情都神采奕奕。

包括凡妮莎在內，女性舞者拋開原本大家閨秀的乖巧端莊，在還保有氣質的前提下，迸發出活色生香的女人味。

凡妮莎不知是豁出去了還是怎樣，除了與生俱來的美貌與強烈的存在感外，完全打開了性感冶艷的開關，簡直天下無敵。即使看在同性眼中，也覺得「天堂」的部分不管擷取哪一個片段，都情色得令人噴鼻血。

至於「地獄」的部分。

哈桑也變了。

原本野蠻生長，活力四射的哈桑，在刻意控制下，全身充滿了緊張感，給人一股能量祕而不宣的預感。這讓他的舞蹈產生了深刻的精神性，與令人頭皮發麻的危機感。

靜謐與凌厲。

這下子，哈桑總算成功地表現出小春期待的、刺客集團首領該有的舞蹈。

「都一樣喔。」

彩排順利進行中，小春對大家說。

「其實都是同樣的舞蹈。」

小春又重複了一遍。

一開始，觀眾或許會以為天堂的部分和地獄的部分是完全不同、互為對照的，被兩者之間的落差驚得目瞪口呆。但是隨著演出進行下去，應該就會發現。不，是大家的舞蹈會讓觀眾發現，天堂與地獄是從不同的方向呈現一模一樣的舞蹈。會發現天堂與地獄只是名稱不同，但指的其實是一樣的東西。

相同的舞蹈。

我在看演出的時候其實也有同樣的想法。我們其實是從正反兩面看著相同的東西。

在情欲中看見戰慄。

在殺戮中看見感官。

同時擁有這些特質是人類的天性。

所以音樂和舞蹈最後都會混在一起，化為渾沌。舞者們理解到這一點時，《刺客》總算進入完成的階段。

原創全幕芭蕾舞劇的首場公演。

不管是對工作人員，還是對舞者而言，該有多麼緊張、多麼害怕，應該不難想像吧。可想而知，公演首日永遠都那麼緊張，現場演出的舞台，直到最後一天都無法擺脫緊張的魔咒。

即使如此，《刺客》公演首日的恐懼與緊張感，至今回想起來仍會令我忍不住抖到差點站不住。

這麼說來，小時候上台跳芭蕾舞還比較輕鬆愜意呢。一切都有人幫忙準備好，我只要人上去就好，一點也不緊張，總是怡然自得地跳舞。

相比之下，明明已經沒有任何我能做的事了，但是對作品的責任依舊沉甸甸地壓在肩上。只能默默等待眼前的觀眾給予評價的狀況，就像等待判決的被告。像是請求與其判我緩刑，不如一口氣殺了我的感覺。這次的體驗遠比我過去的原創作品第一次公演時要來得刺激許多。如果是三合一公演，責任不至於全部落在同一個人頭上；只有一部作品的話，不僅要扛票房、口碑，成功與否也會被普羅大眾用放大鏡檢視。尤其《刺客》從宣布製作的階段起就有很多充滿質疑的聲浪，例如這是這個芭蕾舞團該表演的主題嗎？再退一步說，這是適合跳芭蕾的題材嗎？因此扛著機關槍，見獵心喜的評論家及觀眾多不勝數。雖說包括導演在內，主要的工作人員來自四面八方，但這次就連小春身為日本人的身分，也成為受到質疑的理由之一。

「小春都不會害怕嗎？」

離開舞蹈教室，開始在舞台彩排那天，我一見到小春就問他。小春跟平常一樣聳聳肩，雲淡風輕地說：「嗯……還是會緊張吧。」

「少來了，你能有多緊張？」

我當然理解小春承受的壓力比我大多了。不只作品，他也背負著芭蕾舞團的招牌，學長姊及相關人士皆以嚴格的目光注視他。這也是新來的藝術總監參與的第一部新作品，因此他肯定也給小春不少壓力。光是想像這一切，我就覺得頭皮發麻。

但，小春依舊不動如山。

創造出芭蕾舞的人或許是路易十四，但是為芭蕾舞開疆闢地，使芭蕾舞進化的卻是外國人（異鄉人）。他們來自大國的邊陲地帶，帶來風格迥異的芭蕾舞，為芭蕾舞界吹入新鮮的氣息。至於是成功還失敗、造成什麼影響，皆由後人決定。我們是來自邊陲地帶的邊陲地帶，極東之地的異鄉人，只能坦然接受不以為然的眼光，接受他們說這不是芭蕾舞，接受異鄉人的宿命，僅此而已。小春輕描淡寫地說：

「我現在緊張的是舞台能否順利上演，能不能清楚表現出性感與可怕。這次我不用上場，光這樣就輕鬆多了。」

你這個不知人間疾苦、花枝招展的傢伙。我按著胃的地方，在心裡破口大罵。

「我就不行了。我好想逃走，像莎曼迪娜那樣，遁逃到地平線的盡頭。」

「呵呵。」小春笑著說：

「原來如此，我知道逃走與遁逃的差別喔。逃走需要冷靜與策略，但遁逃是拋下一切，慌不擇路地逃跑。」

「我可以體會珍娜．羅蘭在演出首場要喝酒的心情了。」

「妳是指《首演之夜》啊。」

《首演之夜》是一部電影，由非常帥氣的美國大姊型女明星——珍娜．羅蘭飾演在精神上被逼入絕境的舞台劇女演員。她無法承受演出首場的壓力，喝得爛醉如泥。

「七瀨，不要遁逃，給我專心看、仔細聽，好好地留意每個細節。管弦樂的聲音必須在觀眾實際進場的情況下才能聽出比重，編舞也必須進行微調。」

「我明白了。」

經他點醒，我發現自己一下子就冷靜下來了。

的確沒有時間慌亂了。當務之急是要先確認每個音符有沒有按照樂譜、按照我的想法奏響，音樂與舞蹈結合後，是否如實地產生我們要的效果。

舞台是生物。尤其是原創作品的首次公演，作品本身還沒有定型，依舊處於可塑性極高的狀態。必須觀察觀眾的反應、實際的舞台，盡可能修正應該修正的地方才行。唯有呈現在觀眾面前，作品才算大功告成。

我翻開樂譜，感覺氣氛似乎有些騷動。

小春倒抽了一口氣，喊我：「七瀨。」

回頭看，小春的芭蕾舞團新任藝術總監特蕾絲．露易莎．加西亞，和前任藝術總監、這次扮演「屏息者」的尚．雅美來了。我和特蕾絲聊過幾次天，但是和尚．雅美是第一次見面。

他的個子比我想像的矮小。

「媽呀，是本人耶。」

我興奮極了，整個人從椅子上彈起來。

「別跳舞喔，七瀨。」

小春苦笑。

特蕾絲和小春把我介紹給尚．雅美。

與尚．雅美四目相交的瞬間，感覺他的視線彷彿要射穿我的全身。能看穿本質的眼神。

不知何故，他有一瞬間露出驚訝的表情。隨即換上溫和的笑容，和我握手。

「幸會。」我的聲音整個高了八度不止，口齒不清地告訴他，我從小就是他的粉絲。

尚則說：「七瀨的曲子很有創意，很有趣。跳起來更有趣。」我簡直樂得要飛上天了。管他的，只要出自於尚．雅美大人之口，就算是客套話，我也很開心。單純如我，馬上就心花怒放地加入舞台彩排了。

舞者們也緊張得快要爆炸。

《刺客》的海報在製作發表會上也掀起話題。

黑暗中哈桑赤裸著上半身的背影，看不到表情。手裡握著閃著寒光的劍，指向空中。空中只有標題「刺客」二字。

花了點時間做宣傳。

還做了第二張海報。第二版的海報與哈桑的海報截然不同，凡妮莎站在色彩明亮鮮豔的背景前，朝正面擺出芭蕾舞姿。她那祖母綠的眼眸挑釁地直視前方。

雖然被挖角回來當刺客的少年才是主角，但實質上的主演其實是海報中的這兩個人。相較於主角及獨舞等級的要角，皆以兩人共飾一角的方式輪流演出，哈桑和凡妮莎基本上從頭演到尾。雖然都有以備不時之需的替補演員，但沒有人能跳得比這兩個人還好，萬一真的出了什麼意外或受傷不能上台，小春甚至做好「到時候就由我上場」的心理準備。確實也只有小春能當這兩個人的代打（我也有點想看小春的版本）。

我問他：「萬一兩人都因意外無法上台怎麼辦？」小春不假思索地回答：「到時候就停演吧。畢竟誰也跳不了他們的角色。」特蕾絲在旁邊聽見我們的對話，臉色發白地說：「拜託，別開玩笑了。」

隨著公演日期一天天逼近，哈桑與凡妮莎的緊張也顯而易見。

事實上，沒有人能代替他倆。全新創作的全幕芭蕾舞劇，而且還是引起爭議的作品要角。兩人日益憔悴。凡妮莎不時透露「明知不能不吃飯，但就是吃不下」，哈桑也變得暴躁易怒，陷入輕輕一碰就會爆炸的極限狀態。即使小春再怎麼鼓勵「你們一定沒問題」、「只有你們能勝任」，他們也聽不進去。看得來出來他們的眼神失去了光彩。兩位主演者的不安，也傳染給群舞的舞者們。大錯小錯不斷，導致更加不安。舞者的不安繼續傳染給舞台的工作人員，最典型、也最無可奈何的惡性循環。

最後還是尚．雅美扭轉了這個局面。

舞台繼續彩排，出現在排練場的尚，一眼就看出大家已經不安到無所適從。

只見他緩緩地走上舞台，以「老人」的動作慢吞吞地走向屬於自己的位置——舞台邊的板凳，轉過身，直挺挺地站好。

然後面向那兩個人——不對，是面向所有舞者，以驚雷般的音量大喝一聲。那是以「屏息者」——恐怖魔王的身分。

你們這群不知天高地厚的傢伙，居然敢懷疑我代替神賦予你們的任務，對神的希冀產生疑念？不知天高地厚？不，這麼說還算便宜你們了，你們根本想造反吧。你們倒是說啊，說我懷疑神。我看你們有什麼臉說。用耽溺於美酒、耽溺於溫柔鄉，流著淚起誓的那張嘴說嗎？你那張嘴馬上就會爛掉、眼睛會瞎掉、喉嚨也會壞掉，最後連呼吸都辦不到，變成永遠受詛咒的肉體吧。蠢笨如豬的人啊，要懷疑神，再等一百年吧。你們只是神手下卑賤的僕人。不配擁有意志，更別提無聊透頂的感情。活著只是為了侍奉神，以神為名，因為得到神的寬恕，才能勉為其難地活下去。給我變成木偶！只需要想著如何達成神的目的就行了！無法從順應天命中感受到喜悅的人，現在就給我離開這裡！

尚的登高一呼充滿震懾人心的壓迫感，所有人都驚住了。

不愧是來自「屏息者」的神諭。

舞者們全都發出「遵命！」的號叫，如雪崩似的一一單膝跪地，肯定是因為他們只聽得見「屏息者」的聲音。

「尚——」

小春也被震撼到臉色發白，想必做夢也沒想到會受到恩師的當頭棒喝吧。同時也意識到尚的當頭棒喝有兩層意思——舞者們啊，相信作品，相信編舞師吧。

「屏息者」的當頭棒喝效果絕佳。舞者們全都擺脫了陰霾，原本排山倒海的不安氣氛全部消失了。

「好好好，我們是尚的殺人機器。」

「我負責接待大家。」

「讓我們以僕人的身分完成任務吧。」

「沒問題！」

哈桑與凡妮莎也恢復可以開玩笑的自信了，眾人相隔許久又發出了笑聲。

「尚，剛才真的非常感謝你。我沒辦法像你那樣——我沒本事消除哈桑他們的不安。」

事後，我看到小春向尚道謝。他的眼眶微微泛紅，就連小春也會向尚吐苦水，我心想。另一方面，他絕不會在其他人面前示弱。我深自反省，覺得自己太沒用了。明明我一直在他身邊，可是光處理自己的事就已經忙得焦頭爛額。

「小春，對不起。」

很久很久以後，我向小春道歉。

「什麼事？」

小春一臉懵地反問。我明明是離小春最近的人，應該在精神上支持他，卻完全沒有心力顧及他，不僅如此，還把依賴他當成一件理所當然的事。聽完我的告解，小春笑著說：「這哪有什麼。

「沒關係啦，七瀨只要專心寫出有趣的曲子就行了，這就是對我最大的支持。」

小春的回答如我所料，但我還是有話要說：

「還有，謝謝你，小春。」

「這又是為什麼？我才應該向妳道謝。」小春說道。

「謝謝你製作了《刺客》。」我向他道謝。

小春露出不可思議的表情。我接著說：「啊，不是謝謝你請我作曲喔。

「我啊，一直在想。為什麼我們要欣賞芭蕾舞？為什麼我們想看芭蕾舞呢？看了《刺客》之後，我第一次感覺到『啊，謝謝你們幫我跳出來』。不是因為我曾經跳過芭蕾舞。就算我不是舞者，無論我從事什麼樣的工作、經歷過什麼樣的遭遇，都會覺得舞台上的舞者是在為觀眾跳舞。或許所有的舞台藝術都是這樣。演員或音樂家或舞者，在舞台上代替觀眾『活過一遍』。每個人都能在舞台上看到『重新活過』的自己。與舞台上的藝術家一起重新活過一遍。

「看完《刺客》，以哈桑及凡妮莎為首，我覺得所有的登場人物都在替我活著、為我跳舞。替我說出我不敢說的話、想說的話，從這個角度來說，我確實和他們一起在舞台上跳舞。

「所以就是這麼回事吧？我們替觀眾跳舞，替觀眾活著。這就是我們的使命吧，一定是——」

小春什麼也沒說，只是以真摯到有點嚇人的眼神，一動也不動地聽我說話。

多虧有尚的當頭棒喝，到了緊要關頭，大家突然團結一條心，冷靜下來。再加上彼此都有

自覺，所以就更能沉得住氣，開始注意到每一個細節。這麼一來無論是舞者還是工作人員，都開始積極地提出有建設性的意見，後來彩排也順利進行下去，順利到反而讓人不安地覺得「這麼順利也太可怕了」。不僅提升了士氣，劇場裡也生出一股可以做的事都已經做了的寧靜與自信。

然後，那天終於來了。

《刺客》的首演第一天。

「上吧，大家。讓觀眾跌破眼鏡！」

藝術總監與小春為舞者們打氣（我當時人在觀眾席，所以無緣得見這場面）。

「喔！」所有人齊聲高呼，就連遠遠站在一旁的工作人員也用力點頭。

「別緊張，大家一定辦得到。讓觀眾嚇破膽、軟掉骨頭、臣服在各位腳下吧！」

歡呼聲越來越大。

「演出結束後，如果能聽見觀眾的叫嚣和怒吼，我們就贏了！」

小春大喊，眾人報以震耳欲聾的掌聲，還有人吹口哨。

「在那之後，HAL 用日文喊了什麼喔。」

後來特蕾絲重現當時的模樣給我看時，補了一句。

「我想想，好像是『令』什麼的，很短的一句話。那句話到底是什麼意思呢？」

令觀眾戰慄吧。

我猜他應該是這麼說的。

令觀眾戰慄吧。

柳田國男在《遠野物語》序文裡說的一句話——

謹以本書獻給住在外國的人。
國內的山村有許多比遠野更幽深的地方，那裡有著無數山神與山人的傳說。
願廣述其事，令平地人戰慄。

不同的文化，由異界的人民帶來新風貌。
極東的異鄉人，來自外圍城市，為芭蕾舞摻入雜質的人。
那的確是我們的任務，也是萬春的使命。
令觀眾戰慄吧。
小春的存在一直令我感到戰慄。而且從此以後，我還會繼續畏懼他的存在，繼續追逐他的背影。

Ⅳ 春至

「喂，我可以親吻你嗎？」

聽我這麼問，法蘭茲還是波瀾不興，表情一如既往地看著我：

「那是為了什麼的親吻？晚安之吻嗎？」

直接了當的反問令我一時語塞。

「情人之間的吻……吧。」

「你喜歡我嗎？」

法蘭茲繼續緊迫盯人地認真反問。

「你生氣了？感到困擾？」

我問道，隱約覺得他的表情含有怒氣。只見法蘭茲露出意外的表情說：

「不，沒有這回事。不如說，我很高興。」

「我很高興」這四個字聽起來特別有力，我鬆了一口氣，心想我們可能兩情相悅的直覺是對的。

話說回來，雖然我早就知道他這個人正經八百到一絲不苟的地步，但我只是想親吻他，所以才提出這個問題，沒想到他會要求我說明原因。我稍微思考了一下才開口：

「當然是因為我喜歡你。不過剛才那個疑問的意思並不是『喜歡』。我一直很崇拜你，大概從工作坊的時候開始。如果有這麼完美的王子，我也想跳奧蘿拉公主。你那有如教科書般正統的芭蕾舞當然很出色，冷靜自持的性格也很迷人，該說是外型嗎？身為舞者的存在感，也很令人嚮往。所以我想直接觸碰到你，檢查一下這傢伙真的存在嗎？想親身感受法蘭茲的肉身，想試著愛上法蘭茲的肉身。」

「謝謝你誠實的說明。」

法蘭茲以一板一眼到可恨的表情回答。

嗯，我還以為氣氛變得比較親暱了，以他的性格果然會變成這樣的反應。

「我明白你想說什麼了。我也從你跳奧蘿拉公主的時候就一直很在意你，說是有好感也不為過。原來如此，想確認我的存在。想愛上活生生的我。」

法蘭茲微微頷首。

「所以是 Yes 的意思嗎？」

「請。」

於是我將右手環上法蘭茲的脖子，用左手撫摸他的臉頰和耳後，一眨也不眨地凝視他的雙眼。法蘭茲比我高十公分。跳奧蘿拉公主時是否也是這個角度來著？我想起法蘭茲執起我的手，四目相交的瞬間，他理所當然地走向我。那一刻，我感覺有什麼接通了。儘管音質不太一樣，那時腦中也響起「卡嚓」一聲。

為《道林．格雷》編舞時，我就有預感遲早會有這一天。法蘭茲比那個時候多了幾分精悍與凌厲的味道，晶瑩剔透的冰藍色眼珠就在我面前。感覺全身的雞皮疙瘩都站起來了。世界映在這雙眼睛裡的顏色，和世界在我眼中的顏色是一樣的嗎？

「你有一雙顏色好漂亮的眼睛。」

「我還以為 HAL 的瞳孔是黑色的，但仔細一看，其實是各種顏色混在一起。」

「是嗎？」

「灰色、棕色、綠色、還有紫色。」

「我都不曉得。」

我陶醉地親吻他，冰冷的唇瓣很舒服。法蘭茲抱緊我，他的手臂強勁有力，而且是他先把舌頭伸進來。

哈哈哈，這傢伙果然是狩獵民族的末裔呢。帶了點野生動物在森林裡奔跑、竄逃的驚恐味道，在他身上可以感受到野獸散發出恐懼的體臭、長年以那些野獸為主食的民族體內流淌的血脈味道，以及蓋過那些血腥味的殖民地辛香料的味道。感受到這一切的同時，不禁揣想他是否也在我身上聞到農耕民族的氣味。

法蘭茲輕輕地移開唇瓣，深呼吸，在我耳邊低語：

「去我的房間吧。」

法蘭茲說我「甜甜的，散發著粥或優格般的味道」。原來如此，因為日本是發酵大國嘛。我邊穿褲子邊對法蘭茲說「Danke.（謝謝）」，法蘭茲也跟平常一樣，不苟言笑地回我「Bitte.（不客氣）」。

第一次應邀來法蘭茲家，是他當上首席舞者，過了一年左右的冬天。果然是傳說中的豪宅，不負他大少爺的盛名，甚至還有專門給法蘭茲做把桿練習、整面牆都是鏡子的房間。我待在他家的時候，也有幸在這裡與他一起練習。他的基礎練習永遠那麼完美，沒有一絲簡化或偷懶，簡直是教科書等級，總是令我佩服得五體投地。

「你昨天跟我兒子睡了？」

去法蘭茲房間的隔天早上，他母親突然在餐桌上問我，嚇得我三魂飛掉兩魂半。

我一時半刻不曉得該怎麼回答，正在喝咖啡的法蘭茲為我解圍：「媽媽，妳對客人太失禮了。」

「抱歉。」

法蘭茲的母親聳聳肩。

初次見她的時候就令我大吃一驚，因為她長得跟法蘭茲一模一樣。氣質高貴，光芒萬丈，足以在人心中掀起千層浪的美貌。據說是她「強烈要求」法蘭茲一定要帶我回家。

「這孩子啊，從以前就是不知變通、枯燥乏味的性格（這點遺傳到父親呢），所以他的芭蕾舞也索然無味。我很擔心再這樣下去，他永遠也成不了大器。找了很多朋友來調教他，可惜至今仍毫無進展——」

「怎麼個調教法——」

我忍不住看著法蘭茲的臉，法蘭茲只是露出一絲苦笑。

「可是兒子今天早上看起來很滿足、很幸福的樣子。我還是第一次看到這樣的他，都是託你的福吧？」

「我跳《道林．格雷》第一次得到家母的讚美喔。」

「哦？」

「當時我真的嚇了一大跳。所以我一直很好奇，到底是誰讓我兒子跳出那樣的舞蹈。」

我插不上這對母子的對話。

「總而言之，家母對你充滿好奇。而且似乎從一開始就有這個打算，所以不好意思，如果你不嫌棄的話，今晚可以陪陪家母嗎？當然，選擇權在你手上，我們不會勉強你。如果要我說

老實話——我其實不想把你讓給任何人。」

吃完早餐，法蘭茲拿起報紙苦著一張臉，表情有些懊惱地說。

那一瞬間，我聽不懂他在說什麼，眼睛瞪得比牛鈴還大，反應過來這句話是什麼意思後，不禁為之愕然。他是要我跟他們母子都發生關係嗎？

但我終究還是去了法蘭茲的母親——尤莉亞的房間。

她那雙跟法蘭茲一個模子印出來的冰藍色眼眸，只看了一眼便將我吞噬，恐怕不是我這種人可以與之匹敵的對手。即使長相如出一轍，但尤莉亞與法蘭茲截然不同。氣質高雅、長得清麗脫俗這點跟法蘭茲一樣，但尤莉亞自由奔放的同時卻又賢良淑德，性格明明非常慓悍卻又楚楚可憐，千變萬化的表情充滿矛盾，令我沉溺其中，無法自拔。

為《刺客》編舞，凡妮莎要求「示範給我看」時，我就是想著尤莉亞示範。只要跟尤莉亞睡過一次，凡妮莎肯定也會明白什麼是無法自拔的滋味。

「要再來玩喔。」

她嫣然一笑送我離開時，我居然有股像是逃離鬼島，撿回一條命的感覺。

這段關係持續了很長一段時間（跟母子都是），後來我發現，我確實很迷戀法蘭茲，但我並不是真的「愛上」法蘭茲。法蘭茲也一樣，這部分我們真的很像。我和法蘭茲大概是以同樣的強度「想愛上對方」，所以才會持續這種關係吧。

這麼說來，我一直愛著的對象其實是芭蕾舞。

法蘭茲曾這麼說過。

「我雖然當上首席舞者，卻絲毫沒有夢想成真的感覺。芭蕾才是我永遠的夢想，是我唯一的愛戀也說不定。」

沒錯，《廣辭苑》[1]好像也寫著，「愛戀」是指永遠無法實現、絕對無法成真的事物。

法蘭茲很早就說過，如果哪天他不當首席舞者了，應該會離開芭蕾舞的世界，繼承父親的事業，與門當戶對的人結婚，成家立業。有道理，法蘭茲的確不適合當指導者，也不是那種從第一線退下來以後還想繼續從事芭蕾舞相關工作的人。

法蘭茲以他那張面無表情的撲克臉宣布過，「我在故鄉有個未婚妻」（事實上好像也真有其人），我也從平常就強調自己中性的形象，再加上彼此都想在芭蕾舞團專心跳舞、編舞，所以我們的關係始終不曾曝光。我知道大家對我的性向有許多流言蜚語，但也沒必要主動昭告天下「我男女通吃」。

「你從平常就刻意消除自己的性徵吧？」

為法國的高級品牌拍廣告時，攝影師曾問過我。

面對這種試探性的問題，我一向笑而不答。

「沒錯，就是這樣。就是這種雲淡風輕，讓人無言以對的笑臉。你非常柔軟，從不會把自己的想法強加到別人頭上。乍看之下什麼都能接受，但其實一點破綻也沒有。」

這次我換上有點冷淡的眼神，朝對方微笑。

---

1 最詳盡的日文辭典之一。

攝影師領悟到我不打算回應這個話題，百無聊賴地聳了聳肩膀。回答這方面的問題等於是落入對方的陷阱。要是我回答他，下一步他不是把手搭到我肩上，就是一把抓住我的屁股。

我在內心對他轉身離去的背影說：我之所以毫無破綻，是因為從以前就遇過太多像你這樣的人了。

從小就經常被人色瞇瞇地盯著看或被人搭訕：「你好可愛呀」、「你是男生還是女生？」絕大多數都是沒有邪念的寵愛視線，但其中也不乏明顯帶著邪念的異樣眼光。尤其是那種凝眸深處帶著渾沌且黏膩熱度的眼神，本能會告訴我此人心懷不軌。理解那種眼神代表什麼意思時，實在太噁心了，令人作嘔。但直覺也同時告訴我，那裡藏著世界的根源、人性難以避免的本質。所以我下定決心，絕不讓他們在現實生活中碰我一根手指，頂多只能在腦海中侵犯我，所以我小心翼翼地不隨便讓人察覺到我的存在感，自然也不會露出任何破綻。

我從以前就很擅長消除自己的氣息。我是個滴水不漏的人，進入新的環境、開始做什麼新鮮事時，一定會消除自己的氣息，專心觀察周圍的人事物。一開始就在陌生的環境出風頭、刺激別人，絕非上策。除非理解並接受自己所處的狀況，否則不要採取行動。無論是舞蹈教室還是工作坊，我總是站在最後一排的中間，因為站在那裡基本上可以觀察到所有人。老師經常要我站前面一點、積極一點，但唯有這個建議我抵死不從。

如果芭蕾舞是法蘭茲唯一的夢想兼永遠的愛戀，那芭蕾舞就是我的「一切」。自從我在河邊「轉過頭」的那一幕被司老師看見——不，大概在更早之前，我就已經預料到有個名為芭蕾舞的宇宙，甚至已經置身其中了。我是透過芭蕾舞才能接觸到這個世界。透過名為芭蕾舞的語言，才得以理解這個世界。愛著透過芭蕾舞的眼睛看到的世界——不，或許正因為透過芭蕾舞來看世界，我才能平等地愛著這個世界與周圍的一切。

尚曾經問過我：「JUN是你的繆斯嗎？」

當時我之所以答不上來，是因為連我自己也不清楚對深津的感情算什麼。當時我覺得在深津體內看到芭蕾舞的「良心」。深津那股天生的開朗，由此誕生出甜美而華麗的舞蹈。芭蕾舞最陽光、最美好的一面，都濃縮在他體內。現在回想起來，他大概是我的初戀吧。

想當然耳，既然有所謂的「良心」，就有相對的「邪念」，這是芭蕾舞真實的一面，也是芭蕾舞的魅力。光靠明亮美麗的色彩，絕對畫不出這個既美好又殘酷的世界。芭蕾舞的美與榮耀是浮出海面的冰山，底下是無可計數的汗與淚所形成的深海，深海底下沉澱著由無數人、無數憧憬所產生的嫉妒、怨嘆與挫折。即使如此也還是有絕大部分都隱藏在水面下，只有極少數極少數能露出水面、沐浴在閃閃發亮的陽光下，成為名符其實的冰山一角。

對芭蕾舞的憧憬。這種感傷又抒情的文字，著實不足以形容那近乎瘋狂的憧憬於萬一，說與偏執或詛咒、又或者宿命及宿願是同義詞也不為過。這點我們日本人最清楚了。

明治末年第一次看到芭蕾舞的日本人，對芭蕾舞滿心嚮往，懷有遠大的夢想；自己也想跳，也想變成那樣，也想得到那些美好的心願，令我嘆為觀止。

生活習慣和動作都不一樣，文化及風土、歷史也不一樣。更殘酷的是骨架、體型有決定性的差異。儘管如此，他們仍苦苦追求。即使從現在的角度去看，依舊只能說是有勇無謀的癡心妄想。即使如此，他們仍不放棄。以令人難以置信的刻苦及堅忍學會技術，把夢想寄託給下一代、再下一代。先人長達好幾個世代對美的執念與追求，終於連肉體都得到改造。每次世代交

替，就更靠近適合跳舞的身體、適合跳舞的樣貌一點。他們主動把自己的身體打造成適合盛裝芭蕾舞的容器，勇敢追求芭蕾舞之美。今天的我，完全是站在前人的恩惠上。

大家都說我很美，說我是理想的體型，我認為這是理所當然。因為那是上天為了讓我跳芭蕾舞的恩賜。因此我必須將這副身體從頭到腳都獻給芭蕾舞才行。

這麼說來，賜予我靈感的存在也無所不在，深津、哈桑、凡妮莎、法蘭茲、芭蕾舞學校及芭蕾舞團的卓越舞者們。舞者們自不待言，但是對我而言最符合「繆斯女神」這個稱號的，大概是在音樂上賦予我各種靈感的瀧澤七瀨。

七瀨身上從以前就有一股不可思議的氛圍，是有點可怕的女孩。直到現在，我仍為她不繼續跳舞感到遺憾。要是她繼續跳舞，還能為自己做的曲編舞，或許能成為非常稀有的存在。不過那是因為我不曉得專業作曲家原來要那麼辛苦的工作，兩邊都不放手的結果，可能是兩頭都不到岸。

我也曾經想為狀態絕佳的七瀨編舞。《咆哮山莊》真是太可惜了——那是我想像她處於絕佳狀態時編的舞，但她已經無法像我記憶中的她那樣跳舞了。

尚．雅美第一次見到七瀨後曾經問我：「她是你的姊妹嗎？」尚說乍看之下，我和她除了同為日本人以外，還讓他感受到某種同質性。這麼說倒也沒錯，我經常在她身上看到自己的影子。要是我有妹妹，或許真的就像七瀨。

相較於充滿女人味、很適合演戲劇化女主角的美潮，大家都說七瀨很天真，像個男孩子（除了寶塚[2]的男性角色以外，大概沒幾個女生像她那麼適合軟呢帽和風衣了），本人似乎完全沒有意識到，她其實也有令人傾倒的千嬌百媚。最重要的是，她的聽力很好，所以英、法、德語都很流利，反應也很快，既聰明又迷人。所以很多工作人員都很喜歡七瀨，我還發現哈桑對七瀨特別有好感，但我很想奉勸他：「我明白你的心情，但你還是死心吧。」根據我的猜測，七瀨十之八九應該是女同性戀者，和她一起住在巴黎的女性，應該就是她的伴侶。

尚．雅美經常對我說：「HAL，你跳《HANA》給我看。」

而且通常是在我陷入迷惘、有所誤解、走投無路的時候，我起初不明白他為什麼要叫我跳，後來明白了：「啊，我現在處於不太妙的狀態啊。」

尚．雅美有很多編舞作品，我也在芭蕾舞團的裡裡外外跳過好幾次，但《HANA》是尚特別為我編的作品。不過我只在尚的面前跳過一次。

以《DOUBT》出道後，尚經常找我。

忘了是什麼時候，有一次我獨自聽音樂，他跑過來問我：「你在聽什麼？」我那時正好在聽喜納昌吉[3]的〈花〉，由來自沖繩的女歌手以無伴奏、純人聲的方式演唱的版本。

「這是一首叫作〈花〉的日本歌，花，HANA，FLOWER的意思。」尚聽了以後，似乎受到衝擊，反覆聽了好幾遍，不厭其煩地問我歌詞的意思。

然後尚說：「跟我來。」帶我去他使用的舊練習室，配合〈花〉的音樂開始為我編舞。

---

2 迄今仍是一支全部由未婚女性組成，在日本廣受歡迎的歌舞劇團。

3 日本沖繩民謠歌手，曾任日本參議院議員。

那支舞非常具有尚的風格，渾然天成，沒有一絲矯揉造作，就像野花盛放，風輕輕地吹過，非常溫柔，卻也非常有底蘊與深度。

當時我不懂，但現在總算明白尚這個名字的分量了。當時我還是個不成熟的舞者，他就能看出我的技巧還有成長空間，掌握我跳舞的個性，為我編舞。他的眼光實在是太犀利了。為深津的《雅努斯》編舞時，尚提醒過我：「如果你編的舞能更貼近他一點，應該會感覺JUN是發自內心在跳舞才對。」我這才恍然大悟「原來如此」。《HANA》就是這樣，融入我的身體，感覺舞蹈是自然而然地從體內流出，而非自己主動去跳。

我跳了一輩子，可是當精神陷入低潮的時候，還是有些無論如何都跳不來的作品。

我一直以為自己是那種粗線條又樂觀的人，可是一旦有什麼令我感到在意的地方，又一定要徹底想清楚才肯罷休，因此經常想著想著就鑽進死胡同裡，而尚似乎知道我有這個毛病。

我在尚面前跳起《HANA》，他目不轉睛地盯著我，然後對我說「沒問題了」，頭也不回地轉身離去。

如果是自己覺得跳得很差勁，或是消化不良的舞蹈，通常跳完以後都會很沮喪，但尚總是以雲淡風輕的表情對我說「沒問題了」。

聽到這句話，我的身體會不可思議地變得輕盈，意識到自己又鑽牛角尖了，然後心情會變得輕鬆一點。

有一句話叫「時分之花」，意指即使還不成熟、尚未成大器的藝術家，也有只有那段年少輕狂的時期才能表現的剎那光輝。不同於千錘百鍊後，永不凋謝的永生花，時分之花是稍縱即逝的韶光。我猜尚不時要我跳《HANA》給他看，或許是為了讓我意識到這點。

當然，我也隨時都有想跳舞的衝動，但是想快點看到腦海中的舞蹈具體成形的念頭更強烈。留學沒多久就開始編舞，或許也是基於「想快點看到舞蹈」的焦灼。

尚經常告誡我要舞在當下，再三敦促要鑽研身為舞者的技藝。因為在舞者的成長過程中經常會出現時分之花的風景，如果不抓緊時間好好體驗，絕對無法變成熟，將來編舞時也必須留意其他舞者的時分之花……云云。

時分之花是出自世阿彌的《風姿花傳》[4]裡的詞句，聽到尚輕描淡寫地說出這句話時，我簡直驚呆了。

尚也有思想家的一面。日本的能樂在歐洲的劇場從業人員間，掀起過好幾波的流行。二十一世紀初期，愛爾蘭詩人威廉·巴特勒·葉慈的《鷹井之畔》就改編成能劇，還依此再改編成全幕芭蕾舞劇。世阿彌的《風姿花傳》也翻譯成好幾國語言，因此尚大概是以舞蹈家的角度去閱讀世阿彌的作品。

回首前塵往事，尚的過人之處還有體內隨時保有好幾個時間軸這點。

少年的時間、青年的時間、壯年的時間、老年的時間。

正因如此，他跳舞的每一刻總是在那個當下，以時分之花的模樣冷凍保存在體內，編舞時就能配合對方的時間解凍，以鮮活水嫩的狀態拿出來應用。

---

4 世阿彌是日本室町時代初期的猿樂（日本中世紀表演藝術之一，也是能樂和狂言的源流）演員兼劇作家。《風姿花傳》為世阿彌的代表作，是一部戲劇理論作品。

除了司老師和謝爾蓋是「我的老師」，影響我的舞者或編舞師不知凡幾，但只有尚・雅美稱得上是「我的師父」。

初相遇時，我完全被他的眼神壓制住。

那一瞬間，我想起以前看過京舞[5]大師寫的書中一節。

世襲舞蹈家的現任宗主，被人拿來與前任宗主比較時說的話：

「我想前任宗主如果一直看著前方，應該能看到千里之外吧。但我就算一直直視前方，頂多也只能看到數公尺開外。」

這無疑是尚的寫照。他給我的印象是當他看著某樣東西，一定能看到最遠的地方，看穿這人世間的一切。

沒有一件事能瞞過此人的法眼。站在這個人面前，從過去到未來，都能瞬間被他看透。我在他身上感受到這種近乎令人望而生畏的感覺。

進入芭蕾舞學校後，所有人都要輪流在尚面前跳舞，那實在太可怕了。

到底是什麼被看穿了？尚怎麼看我跳的舞？

從過去到未來，我從未那麼緊張過。

事實上，這所芭蕾舞學校有個類似都市傳說的傳言。聽說有人特地不遠千里來留學，但是沒有通過尚的審核，在尚面前跳過舞後就摸摸鼻子回國了。那好像是假消息（確實有個剛開學就受了重傷，一次舞也沒跳就回國的學生，結果傳來傳去就傳成這樣）。這段學生與尚正式見面的時間，對於去世界各地挖角學生的教師而言，似乎也是非常緊張的時間。

我跳完舞後，尚自言自語似的輕聲說道：

「你在追求什麼？」

所有人都一頭霧水地看著他，我也是，還以為自己聽錯了。看著尚，他搖搖手：「沒什麼。」對我露出笑容。

至少不會被取消入學資格了，我放下心中大石。

很久很久以後，我問尚那句話是什麼意思，他回答：「當時我覺得你在芭蕾前方看到的東西，跟其他人不一樣。」

芭蕾前方。我壓根沒想過這件事，所以覺得很不可思議，尚似乎也對我的眼神印象深刻。

加入芭蕾舞團的面試時也是，我跳完舞後，尚又喃喃自語。

這次是單刀直入的問題。

「這裡可以得到你想要的東西嗎？」

當時我還不明白他這麼問的用意，呆若木雞。

不過尚似乎也沒有一定要得到答案，又搖搖手，對我微微一笑。

簡而言之，尚打從一開始就看出我跳芭蕾舞的目的是為了追尋「這個世界的形狀」。

參加《DOUBT》聖女貞德一角的團內試鏡，其實是一時興起。

5 江戶時代中期至末期在日本關西地方迎來全盛期，日本舞蹈中誕生於京都的流派。

主辦方似乎預設聖女貞德是女性角色，但試鏡通知上並沒有明確註明是男生還是女生。

聽見神的聲音、剪去長髮、女扮男裝上戰場的聖女貞德。

她被處以火刑大概是十九還是二十歲的時候，和現在的我幾乎同年紀。

嗯，直覺告訴我，我應該能勝任。

果不其然，除我以外的應徵者都是女性，但主辦方還是讓我參加試鏡。真要說的話，其實是因為我提出申請，尚才發現聖女貞德一角也可以由男性來扮演。

團內試鏡當天，我稍微改造了一下醫療從事者穿的白袍，換上胸口和腳邊有打褶、沒有腰身的白色洋裝。

其他應徵者看到我都嚇了一跳，尚和工作人員則是被我的打扮嚇一跳。

這個策略有點劍走偏鋒，但所有人的視線都集中在我身上，所以想必是見效了。

開始試鏡。

尚跳了幾段已經編好的聖女貞德舞蹈給我們看，要應徵者記住，輪流表演。

不愧是學姊們，跳得很完美，而且都是看過一次就會跳了，這點實在很厲害。我也很擅長記舞步，所以這部分老實說並沒有被拋得太遠。

比起技術，尚及工作人員大概更看重能不能貼合角色的形象。

尚繼續做出指示。

「希望各位能站在聖女貞德的角度，演出接收到神諭的場景。」

感覺得出來大家都「什麼！」地吸了一口氣。

居然要在尚面前即興創作舞蹈。

想必所有人都在心裡愁眉苦臉地哀號「死定了」。老實說，我也不例外。

尚給我們三十分鐘的時間創作「接收到神諭的場景」。

大家各自開始動起來、擺姿勢，也有學姐口中一直嘀嘀咕咕地念念有詞。

我無法動彈。

尚和工作人員大概也注意到呆站在原地的我。

然而，我的腦筋正在全速旋轉。

神諭。

從天而降的，神的啟示。

生活在法國鄉間的平凡小姑娘。平常就是務農、放羊、照顧年幼的妹妹，沒接受過什麼教育的女孩——

如此平凡的女孩，有一天突然接收到神諭。

去奧爾良，拯救國王吧。

她大概聽見這樣的聲音吧。是聽到法語？還是以一種概念的形式掠過腦海？又或是浮現出鮮明的畫面呢？

那個瞬間到底帶給貞德多大的衝擊呢？

應該是非常大的衝擊才對。應該無法理解自己身上發生的事才對。衝擊太過巨大，應該一時動彈不得才對。

應該覺得那一瞬間，漫長得宛如永遠才對。

想到這裡，我似乎想起了什麼。

應該會覺得那一瞬間就是永遠——

咿呦！的吆喝聲在腦海中響起。還有梆、梆、梆地熱烈敲打「拍子木[6]」的聲音。

當時，我也想著同一件事。歌舞伎的亮相。

我看著舞台上的表演者們，拚命思考。

那是什麼來著？那個動作是什麼樣來著？那是在表現什麼來著？

然後，突然靈光一閃。

被拉長的瞬間，出現在我眼前。

受到某種衝擊時，應該會覺得那一瞬間就是永遠——

我無意識地張開十指。

啪、啪、啪，聽見拍手的聲音，我這才回過神來。

在我茫然佇立的時候，三十分鐘一眨眼就過去了。工作人員一臉匪夷所思地看著什麼都沒做的我。

「那麼請輪流表演。從希爾維亞開始。」

尚瞥了她一眼：

「請在聽到我拍手的聲音同時，以舞蹈表現出聖女貞德接收到神諭的瞬間。」

我看著學姊們的詮釋，卻完全沒有看進去。

因為眼睛雖然在看，腦中卻還一直思考著「覺得那一瞬間就是永遠」的感覺。
雙手抱頭，身體彎曲，不斷旋轉——
激烈地跳躍，在空中用力地擊腿——
一次又一次地伸出手，把腳抬得高高的——
踮起腳尖，有如迷失方向般地不斷旋轉——
各種「接收到神諭的場景」從我眼前滑過。
「接下來輪到HAL了」的聲音在我耳邊響起。
發現大家都在看我。
好不容易挺起胸膛，重新站好。
練習室裡鴉雀無聲。
我閉上雙眼，低著頭。
啪，耳邊傳來尚拍手的聲音。

接收到神諭的瞬間，有一道光射入腦海。
過於刺眼的閃光，過於衝擊的畫面。
我瞪大雙眼，張開嘴巴。

6 類似響板的一種日本傳統樂器，用於歌舞伎等日本傳統戲曲的開場。

十指張開到極限，慢慢地舉起雙手。

被拉長的瞬間，感覺像是永遠的瞬間。

那一剎那的時間，用動作來表現受到的震撼。

用身體的動作、用身體彎曲的角度，來表現震撼的強度。

被拉長的瞬間。

動作看起來就像慢動作。飛過來的球，慢慢地旋轉靠近，連縫線都可以看得一清二楚。

我慢慢地扭轉手臂，為了撐住受到衝擊、搖搖欲墜的身體，奮力地踩在地上。

必須承受這個衝擊，必須接住這個衝擊才行。

我扭轉全身，抬腿，拚命保持平衡。

可惜我無法完全承受這個衝擊。即使拚命想紮穩馬步，終究還是失敗了，我緩緩倒在地上。就算仍不死心地掙扎，最後還是無力地跪在地上，低垂著頭。

揚起臉來，尚與工作人員茫然自失的表情映入眼簾。

尚瞪得比牛鈴還大的雙眼，不偏不倚地撞進我心裡。

我站起來，眾人都為我鼓掌。

試鏡的結果，我贏得了聖女貞德的角色，舞台上實際接收到神諭的那一幕和服裝，都採用了我的點子。

會讓我想試著為對方編舞的舞者，多半是肉體本身就充滿存在感，光是站在那裡，身體就彷彿在對周圍說話的類型。相反地，乍看之下並不引人注意，卻有股莫名的魅力，讓人不知不覺就受到吸引的類型也很勾動我。簡單說，光站在那裡就是一幅畫，讓人想看下去的類型。

感覺具有這種獨特存在感的舞者，與其說是人類，更像是不可思議的生命體。他們搭載的作業系統，與普通人或平庸的舞者那種放諸四海皆準的作業系統不同；搭載了專為舞蹈設計、比較特殊的作業系統，為此而生、為此而動的生命體。

我心目中的舞者，依魅力可以分成幾種類型。

一是技術高超、動作乾淨俐落的類型。

一是個性十足、氛圍獨特的類型（這種類型一不小心就會受到「稀奇古怪」、「標新立異」的批評，所以能在快踩線而不越界的界線前，表現出個性的類型果然很特別）。

還有一種是得天獨厚，美麗的手腳及肌肉的長法，本身就很有看頭的類型。

當然，以上這些特性都複雜地糾纏在一起，很難分得清楚，出現在每個舞者身上的比例也都不一樣。身體再怎麼得天獨厚，如果沒有技巧打底，恐怕會無聊到看不下去；另一方面，就算再怎麼得意洋洋地強調自己的技巧，也只會讓人覺得確實厲害但也很無聊，看到快睡著。很多舞者都同時擁有這些特質，如果能一次擁有所有特質，無疑能變成大明星。

卓越的音樂家或舞者與並非如此的音樂家或舞者，最大的不同在於前者每個聲音、每個動作所搭載的資訊量，壓倒性地高過後者。這並不是比喻，每個藝術家內在的哲學與世界觀，都濃縮在他們的聲音及動作裡。

我記得很清楚，第一眼在芭蕾舞學校看到哈桑時，內心就湧起想為他編舞的強烈衝動。

不，不對，正確說是「想看他依我的想像舞動」的衝動。

他的身體就是這麼神奇，即使什麼都不做也充滿躍動感，讓人相信他具有高度的體能。他那美麗的肌肉幾乎是藝術作品，我都想為他塑型、鑄成銅像了。更重要的是，他那不可思議的膚色，可以說是獨一無二。有如天鵝絨的布料或甲蟲的翅膀，會隨光線折射的角度顯現出不同的色彩，怎麼看也看不膩。

製作《軀幹》系列時，包括哈桑在內，我把舞者的身體當成一片一片的拼圖，在空間裡描繪成一幅畫。

我也曾經要求舞者擺出不合人體工學的姿勢，試圖呈現江戶時代的畫謎或艾雪[7]的版畫作品〈白天與黑夜〉。搞得大家怨聲載道，哈桑更是一看到我就破口大罵：「喂，HAL，你這渾蛋。」

把繪畫改編成芭蕾舞是我多年來的願望，我一直想用查理．明格斯或歐涅．柯曼[8]的音樂，讓哈桑、深津、凡妮莎、法蘭茲以四人舞的方式詮釋亨利．馬諦斯[9]的剪紙作品〈爵士〉，但法蘭茲和哈桑至今仍水火不容，再加上對外的活動越來越多，要請大家一起把行程空下來簡直比登天還難，所以到底能不能實現也還是未知數。

起初哈桑一天到晚來找我叫囂，我被他煩得不知如何是好，隨著逐漸了解他的出身，明白了自信心與自卑感隨時都在他心裡拔河。這種矛盾的情緒形成他複雜的內心世界，為他的舞蹈篩落陰影。

他面對「出身不好」這根軟肋的角度，好像也每天都不一樣。彷彿有一個寫著自怨自艾、惱羞成怒、灰心喪志、反抗、接受、視而不見……的轉盤轉來轉去，箭頭每天指向的應對之道都不一樣。即使如此，他的核心部分依舊高潔而純粹，沒有受到任何污染。

忘了從什麼時候開始，一起在芭蕾舞學校學習的同伴升格為首席舞者時，為他們編舞成為我的習慣。

我因為想看哈桑用他的身體舞出有稜有角的動作，為他製作《斧頭》。那是一支哈桑本人就是斧頭，手起，刀落，日以繼夜地砍伐木頭，最後被丟到一旁的舞蹈。

音樂選擇了瑟隆尼斯·孟克的作品，因為我覺得他的音樂有一股低溫的幽默感，與哈桑體內憤世嫉俗的幽默感有著異曲同工之妙。〈神祕境域〉與《斧頭》的一直線動作連動，正好對眼睛造成有規律的、很舒服的視覺效果。可想而知，用銳角的姿勢固定住手腳的舞蹈非常困難。雖然不到《彼得洛希卡》的木偶那麼難，但我認為這個角色大概只有哈桑能勝任。為《斧頭》編舞時，哈桑不再動不動跑來找我麻煩：「喂，你這小子。」可見他似乎還滿喜歡這部作品的。

天生的女王，是我對凡妮莎的第一印象。

光是一頭燦爛似火的紅髮與翡翠般的綠眼珠，就夠令人印象深刻了，她還有不屬於十幾歲

---

7 莫里茨·科內利斯·艾雪，荷蘭著名版畫藝術家。

8 兩人皆為爵士音樂家。

9 亨利·埃米爾·伯努瓦·馬諦斯，法國畫家，野獸派的創始人及主要代表人物。也是雕塑家及版畫家。

少女的威嚴。要在YAGP脫穎而出，不僅必須舞技精湛，還需要有特別的存在感，而她完全具備。

明明給人一點也不在乎周圍眼光、我行我素的感覺，其實對其他舞者觀察入微，是個非常努力的人。我三不五時召集學生，為他們編舞的事，她似乎也都看在眼裡。她表示希望我為她的畢業公演編舞，我著實受寵若驚。

研究她想跳什麼作品、喜歡什麼東西後，發現她和我有一個意想不到的共通點。她也從小就騎馬（想也知道她是那種上流階級的「騎馬」，跟我這種連馬鞍也不裝，恣意在牧場上橫衝直撞不一樣）。聽說她爺爺和爸爸都是馬術的奧運選手，所有親戚都善騎馬。

透過馬的話題，我們一下子就熟稔起來。她看起來很高傲、很難親近，但是一聊才發現她其實是很活潑的女孩子，甚至有點害羞，是隨處可見的少女。我感覺彷彿從小就認識凡妮莎，好像我們曾經一起在牧場上騎馬、彷彿從小一起長大，情同手足的鄰家女孩——

冷不防，腦海中浮現出畢業公演的《青年女囚》。

從有記憶的時候就心無城府地一起玩、一起笑，對彼此抱著淡淡情愫的童年。再也回不去的季節，數十年的歲月在短短幾分鐘的舞蹈中推移——

那幾乎是我第一次製作正式的編舞作品，舞蹈的靈感卻源源不絕地泉湧而出，我猜主要是因為對手是凡妮莎。基本上，女生會比男生更快成為一位成熟的舞者，而她的完成度又比其他女生更高，能充分理解我想表達什麼，完美呈現出我要的感覺，這點令我感激涕零。她也是第一個讓我體會到自己想像中的畫面，以最完美的姿態呈現在眼前、跳起舞來很有快感的人。直到今天，提起凡妮莎，我依舊滿心感激。

有趣的是，或許也因為騎馬時的感覺是我們的共通語言，我和凡妮莎的托舉，從一開始就配合得天衣無縫。成為專業舞者後，我和各式各樣的舞伴跳過舞，很少遇到從一開始就能配合得如此天衣無縫的對手。

「HAL，答應我，如果有一天我決定不再當舞者，請再跟我跳一次《青年女囚》。」

那當然。或許是因為與「兒時玩伴」約好了，每次為她製作獨舞的作品時，無論如何都會以《青年女囚》的孩提時代為藍本。

她在《回聲》中如夢似幻、甚至還帶點憂傷的美貌，驚艷了所有人。曾因為《青年女囚》的首演演出名單中，自己的名字排在芭蕾舞團的前輩後面，不甘心到哭泣的她，如今王者歸來，比以前成長了不只一兩倍，成為擁有強大表演力的首席舞者，我非常為她高興。

果然最能讓凡妮莎發揮真本事的，還是「天生的女王」角色。若說《火神》或《刺客》是最適合她的角色，我也不否認。但是在我心裡，凡妮莎比較像是我的「兒時玩伴」。

仔細想想，演出我編舞的出道作品《青年女囚》的凡妮莎，固然令我印象深刻，但第一個升上首席舞者時表明想跳我編的舞以茲紀念的人，其實是法蘭茲。

當時我無論身為一名舞者、還是身為一名編舞師，都才剛起步，要在那個階段說出希望跳我編的舞這種話，其實需要相當大的勇氣。所以當艾瑞克告訴我「HAL，法蘭茲希望你為他創作獨舞作品」時，我還以為他在開玩笑。就連艾瑞克都一臉匪夷所思。

我半信半疑地去找法蘭茲，他劈頭就一臉正色地對我說：「就像你挖掘出凡妮莎不為人知的那一面，希望你也能挖掘出連我自己也沒發現的另一面。」

事實上，自從在日本與王子跳過《睡美人》以來，我來到這裡後幾乎還沒有跟他說過話。因此聽說他看過我在芭蕾舞學校的公演時，我簡直不敢相信自己的耳朵。老實說，他沒有半點猶豫地委託還沒有任何成績的我為他編舞，也令我非常忐忑。

「讓我來編真的沒問題嗎？」

我誠惶誠恐地問，法蘭茲泰然自若地回答：「不行的話，我也不會拜託你了。」

「那你想跳什麼？或是有什麼想跳的主題嗎？」

我又問他，他搖搖頭：

「交給你拿主意。由你決定想讓我跳什麼。」簡直是亂七八糟的回答。

然後他就這麼站起來，準備走人。我連忙抓住他：「等一下，再怎麼說這也太瘋狂了。我需要一點提示，再多說一點嘛。」

當時，但凡有法蘭茲參加的公演，只要我能去，我都會去看。

因為我對毫不遲疑地執起化身奧蘿拉公主的我的手的「王子殿下」，會跳出什麼樣的舞蹈非常感興趣。

每次一出現在舞台上，他的站位就會成為目光焦點，很明顯不適合跳群舞。這也難怪，畢竟他是以三級跳的速度在成長。

他不一會兒就拿到主角級的角色，而且往舞台上一站，總彷彿一開始他就應該在那裡，完全沒有任何問題。不只是因為完美的容貌與技巧，他連存在本身都充滿了戲劇效果。

他扮演的王子，有著完全超出他這個年紀的氣勢。明明活像是童話故事裡一抹記號般的存在，卻能讓人無比真實地感受到角色的德高望重與肩上背負的責任，就像活生生地活在那個時代，真真切切地傳遞出苦惱與悲壯的感覺。

平常明明是那麼寡淡的一個人，在舞台上的情緒表現卻極為強烈；明明演技一點也不誇張，卻能深深打動觀眾的心。

那股氣勢究竟是從哪裡來的呢？我邊思考邊刨根究底地追問他。他雖然惜話如金，卻也坦率地知無不言、言無不盡。

包括他是歷史非常悠久（久到出現在世界史的教科書上）的某家族末裔；包括祖父母和親戚、父親，從小都告誡他要以家族的名聲為榮，接受非常嚴格的教育；包括他底下還有小自己很多歲的弟弟妹妹。

包括母親第一次帶他去劇場，他就成了芭蕾舞的俘虜；包括他下定決心要以成為芭蕾舞者為自己的人生目標；包括除了母親以外，全家族都反對他學芭蕾舞；包括為了繼續跳芭蕾舞，不得不對天發誓，願意接受父親提出的任何條件。

包括必須永遠保持名列前茅，只要父親一聲令下，一定得陪他出席各種社交活動（他也是因此而來到日本）；包括以超乎常人的努力滿足所有的條件後，終於得以加入芭蕾舞團；包括儘管如此，他的舞者生涯在父親眼中依舊是「停滯期」；包括一旦不當舞者，就得繼承父親的事業……

一路聽下來，我什麼話也說不出來。

如此超乎常人想像的誇張人生，他說得雲淡風輕。

為了隨時保持名列前茅，一定得花時間學習，但也不能因此減少練舞的時間。所以他決定完全不講廢話，不跟朋友交際，身體自然而然地養成這個習慣。如今要克服的問題仍堆積如

山，總之為了取得經營管理碩士的學位，他正在上大學的函授課程，只要有空就學習——

「我知道大家都說我性格古怪又冷淡。」

至此，法蘭茲第一次露出淡淡的笑容：

「不過也無妨。我可以活在舞台上。我可以在舞台上隨心所欲地發洩情緒。」

他的笑容裡有著身為芭蕾舞者活下去的壓抑又充實的感受。我懂了，法蘭茲在舞台上扮演王子時，肩上的重責大任其實是他人生的寫照。所以他的苦惱才會那麼真實。

「這些可以供你參考嗎？那就拜託你了。決定好後通知我。」

法蘭茲也不等我回答就站起來，轉身離去。

這是我第一次近距離目睹他寬闊又健美的背。

那一瞬間，我到現在都還記得很清楚。

腦海中突然響起約翰．柯川的〈我所喜歡的事物〉的前奏，配合前奏，我在黑暗中看見法蘭茲沐浴在聚光燈下，擺出姿勢的背影。

而且聚光燈每兩小節就閃一下，法蘭茲也隨之改變姿勢。

他身上穿著十九世紀的服裝。寬鬆的白襯衫，領口圍著領巾，穿著膝蓋底下收緊的褲子和長靴。

「法蘭茲。」

我無意識地呼喚他。法蘭茲一臉不可思議地回頭，我告訴他：

「道林．格雷。」

「什麼？」

「我要你跳道林．格雷。」

法蘭茲露出詫異的表情，然後幾不可辨地吸了一口氣，目不轉睛地盯著我看，身體微微後仰。

「真是直球對決啊。」聽到「道林．格雷」這個標題，包括艾瑞克在內，所有人都露出苦笑。另一方面，聽到我說「我只想做這個，而且有自信可以做好」時，所有人都同意了。

除了同樣都是世所罕見的美男子外，法蘭茲和道林．格雷乍看之下似乎沒有任何共通點。但我注意到了——法蘭茲恐怕也注意到了。

法蘭茲為了能全神貫注跳芭蕾舞，在徹底做好自我管理的情況下，長年受到家庭打壓。平常壓抑的情緒只能在舞台上釋放，付出相當昂貴的代價，才得以為芭蕾舞而活。

然而，在他的內心深處也跟道林．格雷一樣，假裝視而不見地積壓了許多憤怒、焦慮、埋怨、孤獨。

害怕不再年輕的恐懼、對碌碌無為的焦慮、對自身命運的埋怨、無處可去的憤怒。

法蘭茲注意到了，自己的內心也有跟道林．格雷一樣的恐懼與埋怨。

不可思議的是，編舞的時候，我們幾乎不怎麼交談。

我創造出一個又一個舞蹈動作，法蘭茲沒有一絲疑惑地照單全收，完全沒有任何模仿或複製的感覺，簡直就像是早在我跳給他看以前，他就知道接下來的舞會怎麼編。

在我編、他學的過程中，不知不覺間，我編的舞逐漸變成法蘭茲自己的舞蹈。

就像為氣球吹氣，不知不覺間，法蘭茲已經變成道林．格雷的形狀了，變成道林．格雷本

人，站在我面前。

彩排的時候看到完成的舞蹈，所有人都被震撼到失去語言能力，就連負責編舞的我也不例外。那是屬於法蘭茲，屬於道林．格雷的舞蹈。

「我有挖掘出你新的一面嗎？」

後來我曾經這麼問他，法蘭茲微笑回答：「有啊。

「比起挖掘出新的一面，更讓我覺得，我本來就是那樣的人。」

我決定把這句話當成讚美。

「我覺得還不錯的舞者，眼神都有點迷濛呢。」

我剛當上專業舞者還不久的時候，忘了是為什麼，稔舅舅曾經這麼說過，令我記憶猶新。

「眼神迷濛——那是什麼狀態？」

我反問道，稔舅舅用手在自己的眼角搧了搧：「嗯，就是字面上的意思。這部分會籠罩著一層霧氣般的東西。」

「嗯哼，那我呢？」

我還記得自己有點緊張地問道。

稔舅舅認為「還不錯」的舞者，也包括我嗎？這對我很重要。

「嗯……你小時候的確是這樣呢。」

稔舅舅輕描淡寫地說。

「小時候？」

見我露出狐疑的表情，稔舅舅點頭。

「嗯，你很早就過了那個階段囉。」

「那個階段？」

「那大概是舞者浸淫在舞蹈裡的表情吧。」

聽到這裡，我一下子想不起來「浸淫」的字。

「沉溺在跳舞的快感，神情恍惚。傳達到觀眾席上，就連我們這些看的人也感受到快感。」

稔舅舅仰望著空中。

「換個角度來說，專心、投入到那個程度，會把觀眾完全拋到腦後。因為舞者完全進入自己與舞蹈的兩人世界裡。這麼一來，看到舞者更上一層樓固然感動，但觀眾的心情卻很複雜。該說是有點寂寞，還是感傷呢？又或者是由愛生恨也說不定。這些複雜的情緒全部打包在一起，也是觀察舞者的喜悅。」

稔舅舅露出若有所思的表情。

「可是一旦過了浸淫的階段，舞者又會繼續蛻變。舞者將與舞蹈合而為一，變成舞蹈本身，因此他們的世界將無限開闊。他們將毫不吝惜地把一切獻給觀眾，觀眾也能充分地享受這一切。

「當舞者抵達這個境界，每個表情都很清澈，不再迷濛。我認為小春已經抵達那個境界了。」

「稔舅舅也在我的芭蕾舞裡占了幾個百分比喔。」

我這麼對他本人說過，記得舅舅當時看起來很高興，令我感到十分意外，也有點後悔。早知道應該說得更老實一點。

其實我說得相當含蓄。因為他對我的舞蹈是否造成影響，稔舅舅肯定覺得一點也不重要，所以我說得很保守。老實說，稔舅舅豈止占了幾個百分比，根本是對我的舞蹈基礎造成非常大的影響。

稔舅舅的家——也就是我媽的娘家，對我而言，那不是外公外婆家，而是「稔舅舅的家」。

那個家就像百寶箱，裝滿了書和唱片以及各式各樣稀奇古怪的東西，還有博學多聞、有點不食人間煙火的稔舅舅，豆皮也在。

每當我想起豆皮，到現在還是會哭。我對狗沒有抵抗力，曾經想在這裡再養一隻豆皮二號，問題是我經常不在家，所以暫時沒辦法照顧狗。也或許是豆皮從另一個世界傳來，「沒有狗能代替我」的念力所致。

要是沒有那個家——要是沒有稔舅舅，我的舞蹈大概會完全不一樣吧。或許也創作不出《青年女囚》或《道林．格雷》或《蜘蛛女之吻》了，就算有，應該也會變得很淺薄。從小在那個家裡，在日常生活中有如呼吸般自然吸收的「文化」，變成我的財產，而非為了芭蕾才學習的知識或教養。

日文有所謂「見巧者」的說法，亦即很有眼光的人。如果能得到這種人的肯定，就可以獨當一面，無庸置疑。

這種人真的很厲害。尤其是觀眾，普羅大眾也有很多這種眼光獨到的人，他們是真的能理解舞者的技巧好不好，且願意讚賞舞者的個性。

可是這些「專業觀眾」，不見得是我自己想獲得對方肯定的人。

希望對方來看，想知道對方看了會說什麼。

能讓我真心這麼想的人，恐怕只有尚．雅美和稔舅舅。

當然，包括父母、司老師和謝爾蓋在內，我希望也讓所有關照過我的老師們、一起跳芭蕾舞的同伴們、大批的觀眾們看看我的作品。但那只是純粹想討他們歡心、想看到他們開心的表情，類似職業道德的意識。

但尚和稔舅舅是另一回事。對我來說，只要他們肯來看就行了。只要能留在他們的記憶裡就行了。只要這兩個人願意理解我的舞蹈，這樣就夠了。

希望得到理解，這對創作者也是很麻煩的欲求、很棘手的問題。讚賞不等於理解，這個昭然若揭的事實苦惱著無數的創作者。麻煩的點在於「我理解了」和「我被理解了」，都是個人的主觀意識。這種想被理解的欲求，到底是什麼呢？只是創作者渴望受到肯定嗎？抑或只是自尊心作祟呢？

七瀨看完《刺客》說「舞者是在替觀眾跳舞」時，我嚇了一大跳。原來我們是替觀眾站在舞台上啊。

這是很大的衝擊，因為我看舞台表演時從未有過這樣的想法。

站在舞台上的舞者獨一無二，是觀眾必須抬起頭來仰望的藝術家，是無比孤高的存在。

如果我們是在代替觀眾——如果我們只是觀眾的傀儡，藝術家想被理解的欲求，豈不是搞

錯對象了？豈不是無處可去了？

那一刻，我的腦海中浮現出這樣的反駁，但內心深處又覺得七瀨說的話指出了某種真相。

因此當我聽到稔舅舅說「抵達這個境界的舞者很清澈」時，感覺眼前的迷霧完全散開了。有道理，被稱為超級巨星的人都很清澈。不再有「請了解我」這種內耗的雜念，能給予觀眾無盡的愛，再經此從觀眾身上得到更多的愛。原來如此，超級巨星與觀眾完全是兩情相悅呢，我懂了。

這個微不足道的發現令我大受感動的同時，想起稔舅舅從以前就自稱「我是萬春的第一個粉絲」，就覺得非常光榮。

凡是在日本舉行的公演，我一定會寄票請稔舅舅來看，但是很難讓他在第一時間看到我創作的首演。所以《蜘蛛女之吻》碰巧與稔舅舅任教大學的學術休假[10]一致時，他來看我的首演，真的令我好高興。因為那也是我從稔舅舅的藏書中得到靈感的作品。

我也看過《蜘蛛女之吻》的電影版和舞台版，是心心念念想做的作品之一。能使用大量我非常喜歡的皮亞佐拉的音樂，不抱希望地問我一直很喜歡的比利時設計師願不願意幫忙做舞台服裝，對方痛快允諾也很令我高興。

登場人物有遭懷疑是恐怖分子、被捕下獄的華倫定，與在獄中接近他的男同性戀者莫里那、莫里那崇拜的電影女星歐若拉，以及命令莫里那從華倫定口中套出情報的典獄長。劇情圍繞著這四個人進行。全公演的莫里那皆由我扮演，其他三人則以輪替的方式、兩人分飾一角。

莫里那是我心裡一直暗自想挑戰的角色，請設計師製作的紅與黑戲服，下襬左右非對稱，很便於活動，我也非常喜歡。

可以引用《黑色追緝令》[11]及《乾柴烈火》[12]等我喜歡的電影裡令我印象深刻的舞蹈場面，以及與歐若拉艷驚四座的雙人舞〈華麗的探戈〉、與華倫定爾虞我詐的心理戰〈回憶的探戈〉、以及在最後的高潮，四個人並排一起跳的〈自由的探戈〉，簡直太棒了。說穿了我把自己的興趣都放進去了，而且還跳了兼具興趣與收入（？）的角色，是我非常滿意的作品——原本應該是這樣的。

全體觀眾都看著我，所有人都為我深深著迷的感覺實在太爽了。被一起跳舞的舞者挑起情欲也很有快感，雖然只是在舞台上。

傷腦筋的是，扮演華倫定的舞者都為我臣服了。

我承認自己在舞台上咄咄逼人地逼近對方（畢竟我演的就是這樣的角色），但這部作品的成敗取決於莫里那是否夠迷人，所以這也是理所當然。

我在選角的時候其實也很小心，打算選直男來演華倫定的角色，可以的話，最好是已經有穩定交往的女朋友。

---

10 大學老師用於研究或旅行的帶薪休假。

11 一九九四年美國黑色幽默犯罪片，為昆汀·塔倫提諾執導與編劇。

12 二〇〇〇年的法國浪漫喜劇劇情片，由法蘭索瓦·歐容執導。

沒想到那兩個人和我排練幾天後，就立刻忘了原本的目的，下了台也繼續糾纏我。我簡直被他們搞到崩潰。不僅原本革命情感的關係變得尷尬，還演變成牽扯不清的三角關係，我真的很擔心會不會被他們捅一刀。其他團員和工作人員，不曉得什麼時候也得知了我們牽扯不清的關係。我還收到法蘭茲興師問罪的來信，真是夠了。

「你在舞團裡到底有沒有專心跳芭蕾啊！」

我可專心了。公私不分的人又不是我。

我回信為自己辯駁，但只收到「我可不這麼覺得」或「少騙人了」的短訊，可見法蘭茲真的非常生氣，害我不得不三更半夜搭計程車去公寓找他。

法蘭茲用冷到不能再冷，被深津形容為「肯定會嚇到哭著逃跑」、一口氣降至零度以下的冷漠視線迎接我，明明不是我的錯，我卻支支吾吾地為自己解釋：

「那個角色本來就應該那樣跳！我的心在這裡，你應該知道吧！」

法蘭茲面無表情地直勾勾盯著我看。

「不管你跳什麼，在公演期間、在舞台上跟誰談戀愛，我也什麼都沒說不是嗎！」

把舞台上的角色帶到台下，發展成疑似戀愛的關係時有所聞，如果不這麼做，就無法將情感投射到角色上。

因為法蘭茲依舊一聲不吭，我突然想到一個問題，問他：

「難不成是因為你想跳華倫定？但那個角色比較適合拉丁裔的舞者，而且你還有《仙女》要忙，所以我打從一開始就沒考慮過你。」

法蘭茲搖頭：

「不是。我知道自己不適合那個角色，也沒想過要跳。」

我放下心中大石，嘆著氣說：

「現在只是大家都太投入於角色裡，才會產生誤會，等公演結束後就好了。這你也知道吧？」

「我說的不是這個意思。」

法蘭茲目光銳利地瞪了我一眼。

「那是什麼意思？」

我感到混亂，不曉得他究竟在氣什麼。

「因為……」

法蘭茲以百般不情願的語氣開口：

「因為你都不那樣對我。」

「什麼？」我反問。他的臉是不是紅了？

看到他的反應，我總算明白。

我猜他所說的「那樣」，應該是指莫里那糾纏華倫定，咬他耳朵的那一幕。也就是說，這傢伙嫉妒的既不是華倫定，也不是演華倫定的舞者——

而是莫里那。

太荒謬了，我哭笑不得。可是我也不想繼續讓情人不高興，雖然這裡不是舞台，但也只好——

「我知道了啦。」

我改變音色，撩起頭髮。

法蘭茲一愣，看著我。

「你想得到莫里那的愛吧？」

我化身成莫里那，輕佻地伸出雙手：

「你想被莫里那咬耳朵吧？」

「我……！」

我用莫里那的眼神看著他，看得他狼狽不已。

被我猜中了。那就再多服務他一點吧。

「還是耳朵以外的地方比較好？哪裡比較好呢？告訴我。」

我妖嬈地伸手環抱他的肩膀，法蘭茲以複雜的眼神看著我：

「你真是個惡魔般的傢伙啊。」

「當初是你主動接近這個惡魔的吧。」

沒想到法蘭茲意外地心思細膩。

《蜘蛛女之吻》受到極大的迴響，邀請如雪片般飛來，馬上就決定隔年再次上演。不出所料，公演結束後，夾纏不清的三角關係也如夢初醒般消失無蹤，聽說兩位華倫定皆與各自的伴侶重歸於好（其中一隊後來還是分手了，至於是因為我，還是有別的原因，就不得而知了）。

我也把自己開除了。正確地說，是我主動辭演莫里那這個角色（化身莫里那的獻身似乎造成反效果，法蘭茲求我……不對，是命令我「不准再跳莫里那」，還說「下次再讓我看到你跳莫里那，我可能會殺了你」，眼神真的好嚇人）。工作人員固然遺憾，內心貌似也鬆了一口氣。

因此當稔舅舅問我：「你的莫里那好有魅力，為什麼不再跳了？」我只能不置可否地含糊回答。

從此以後，我沒再跳過《蜘蛛女之吻》。

《蜘蛛女之吻》雖然發生過這些狗屁倒灶的事，但我本來就對角色不執著。

經常有人問我：「為什麼不繼續扮演那個角色？」或「輕易把那個角色讓給別人跳好嗎？」

我當然也有很多想跳的角色。

我時時刻刻都想跳舞，想一直跳下去。

實際上，我隨時都在心裡跳舞。潛意識裡，我的一部分隨時都在舞台上跳舞。

如同以前也對七瀨說明過的那樣，我的內心深處永遠埋著舞蹈的種子，隨時都在找機會破土而出。不僅如此，舞蹈的種子無所不在，可能在行道樹的樹蔭下，也可能是在雜沓的人群中。

因此舞蹈有時候會從我的體內長出來，有時會在身體外面，在離我稍微有一段距離的地方，突如其來地如花朵盛開。

「想跳舞」與「想看別人跳舞」，永遠站在天平兩端，搖擺不定。就連我也不知道這次會

往哪邊傾斜。對我而言，兩者想必沒有太大的差別吧。

我對獨舞也沒有太大的興趣。為別人編舞很有趣，但我往往提不起勁為自己編舞，總是有更多更想做的事。

不過——只有那首曲子例外。

看到自己的名字出現在某句話裡，人總會多看兩眼，並感到在意。

我的名字是很常見的名詞，到處都可以看到，所以從小就會在意許多字句，書名、糕餅的名稱、歌詞、曲名。

尤其是讀詩與和歌的時候，這些字眼通常都別有深意，所以總是看得我怦然心動。

西行法師[13]有一首很有名的詩。

願在春日花下死，二月十五月圓時。

「春」與「死」這兩個字，齊齊地撞進我的視線裡，一路橫衝直撞到胸口。

春天是死亡的季節，我之所以隱約有這種想法，或許是受到這首詩的影響。忘了是尚還是誰，大概是許多賢達對我講過的話，在我腦中攪成一團了。

當年華老去，一腳踏進老年的境地，大概會一年比一年更害怕春天。能不能活著迎接春天的惶惶不安，更勝於今年也平穩度過冬天的喜悅。在肆無忌憚的明媚春光面前、在風吹草長的強韌生命力面前，感到無地自容。甚至覺得自己受到指責——喂，你們這群老人，快點讓開，把空間留給新生命。

用美空雲雀[14]的歌〈蘋果花〉來跳舞，我自己編舞的《花下》，就是得自這首詩的靈感。

聽說西行心想事成，真的在二月十五月圓時圓寂。

我又是怎麼想呢？

也跟西行一樣，想在花下的季節逝去嗎？

從我開始學芭蕾，那首曲名就一直占據身體的一角。

從開始學沒多久，就一直惦記著這件事。我有預感，遲早會去到那個地方，遲早會看到那個風景。

伊果・費奧多羅維奇・斯特拉溫斯基的〈春之祭〉[15]。

世上有一些如果想成為芭蕾舞編舞師，就不可以繞道而行的曲子。

〈春之祭〉無疑是其中之一。同樣出自斯特拉溫斯基之手的《火鳥》，和莫里斯・拉威爾的《波麗露》也是，但〈春之祭〉裡有我的名字，所以從以前在我心中就是特別的曲目。

---

13 原名佐藤義清，日本平安時代末期至鎌倉時代初期的詩人。

14 日本女歌手及演員，昭和時代歌謠界的代表人物，被譽為「昭和歌姬」、「歌謠界的女王」。

15 斯特拉溫斯基是作曲家、鋼琴家及指揮家，二十世紀現代音樂的傳奇人物，擁有俄羅斯、法國與美國三國國籍。〈春之祭〉的音樂包含許多當時的新特點，包括在調性、節拍、節奏、重音及不和諧方面的創新。

我其實也對《波麗露》偷偷地燃燒鬥志，多虧有七瀨，不費吹灰之力就創作出來，順利到幾乎令我不敢置信的地步。

七瀨獨門的「舞蹈指揮」實在太妙，每次想起來都忍不住莞爾。總而言之，七瀨真的很神奇。舞蹈與音樂在她心裡早已合而為一，密不可分。

當七瀨在舞台上揮舞指揮棒，舞蹈動作幾乎一下子就浮現在我的腦海，而且從頭到尾一氣呵成。那是我有生以來第一次，也是最後一次的體驗。

趁著《波麗露》順利完成的勢頭，沒多久我們又合作了《火鳥》。

我的《火鳥》並不是把奠基於傳說的故事線改編成芭蕾舞，而是在全體舞者都是火鳥的設定下，讓所有人穿上同樣的紅色衣服舞蹈，製作成〈火鳥之舞〉的群舞。

因為所有人都是不死鳥，為了讓大家都能像隻不死鳥似的盡情翺翔，用上了大量的跳躍和托舉，是我的作品中特技很多的一齣舞碼，結果被深津罵了：「你想殺死我們嗎！再這樣下去，別說不死鳥了，我們只會變成跳到死的舞死鳥！」

舞死鳥，真有創意的諧音哏，賞深津一塊座墊[16]。我覺得很好笑，但其他人也砲轟我：「這個動作太難了」、「托舉的滯空時間太長了」、「你到底在想什麼啦」。

你們可是鳥耶，對滯空時間發牢騷成何體統。

雖然大家大發牢騷、狂吐苦水，結果還是在開幕前想辦法跳出來了，這也是他們的厲害之處。不愧是一流的專業舞者，感謝大家都忠實地依照我編的舞跳出舞死鳥……不對，是不死鳥。

這兩首曲子的製作過程其實都還算順利（至於對舞者而言是不是也很「順利」，就不得而知了），相較之下，唯有《春之祭》遲遲未能開工，就連「我要做」這三個字也說不出口。這首曲子對我而言，就是這麼重要、門檻這麼高的一個目標。

不過，我對這首曲子其實一直有個概念。

我獨自站在空曠的舞台正中央，沐浴在聚光燈下跳舞。

提到《春之祭》，氣勢磅礡的群舞令人印象深刻。

全體成員參加原始的宗教儀式，獻祭的少女要在儀式上跳到力竭而死。因為是這種設定，氣勢磅礡的群舞令人印象深刻，要說當然也是理所當然。

但不曉得為什麼，我不想做成以群舞為主的作品。

我一個人獨舞的作品——唯有這個概念從頭到尾都沒有變過。

雖說是獨舞作品，但同時也有一大群人圍著正在跳舞的我跳舞的概念。

我不知道那到底是什麼樣的舞蹈、什麼樣的設定。

翻成中文是「春之祭」，但原文與其說是「祭典」，更傾向於「儀式[17]」，我個人的印象則以「春之祭品」的感覺更強烈，感覺這個作品名稱更貼切。

「春之祭品」——恰恰是「死於春天」的意思。

我將成為「祭品」——不如說我終將成為芭蕾舞的祭品，即使最終歸於這個解釋，也必須

---

16 日本搞笑節目中有個橋段，如果來賓回答夠機智，就能得到一塊座墊。引申為稱讚別人講話夠好笑之意。

17 「春之祭」的法文標題「The Coronation of Spring」，意思是「春天的加冕儀式」。

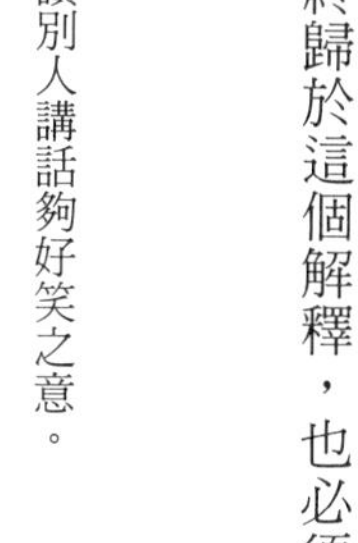

設定一個主軸。
而我遲遲想不出那個設定。
儘管如此，〈春之祭〉依舊是非常了不起、非常不可思議的曲子。
首演時引起爭議、毀譽參半這件事非常有名，但那一連串清脆的不協和音，聽再多遍仍令我飽受震撼。從被演奏的那一刻起，已經過了一個世紀以上，至今依舊保持前衛的作品並不多見。
斯特拉溫斯基似乎是「幻視」型的作曲家。
他在創作《火鳥》時，腦中已經浮現〈春之祭〉的概念，是很有名的事蹟。
他的作品都是他本人「親眼所見」，所以反過來說，他的曲子充滿了可視化的魅力。因此像《火鳥》或《彼得洛希卡》那種具有明確故事線的作品，很容易浮現出明快的畫面，容易編成張弛有度、「便於理解」的舞蹈。
普羅高菲夫的作品，也是相同的道理。我看過各種版本的《羅密歐與茱麗葉》，還是以他的作品更容易產生畫面，因此主要場景不容易做出太大的差別。就像〈蒙特鳩家人與卡帕萊特家人〉[18]這首曲子，不管由誰編舞，舞步大概都不外乎那樣吧。
七瀨在寫當代舞用的曲子時，會隨時提醒自己別讓旋律限制舞步，也是避免變成這樣。
在這一點，〈春之祭〉也是一首很特別的曲子。
只有設定，沒有劇情，因此可以加入故事線，改編成古典芭蕾，也可以編成抽象的當代舞。
而且要把編舞師所有的芭蕾語彙運用到淋漓盡致，所以不管由誰來編，都能變成傑作。曲風如此強烈，說不定不管編成什麼舞，看起來都會很迷人。

與深津在舞台上共舞的次數，一隻手就數完了，可是每次與他共舞，都能得到一些靈感，就像得到舞蹈的碎片。

感覺像是一種觸媒，為了讓我開發還沒見過的舞蹈。

從這個角度來說，他也是一個很不可思議的存在，讓我感受到緣分。

他是我第一個「編舞」的對象，我從那時候開始就有這種感覺了。

當時我還不曉得自己敢不敢對他說出「陪我跳『冬天的樹』」這種話，但是在把他當成樹幹撫摸的過程中，腦海隱約浮現出某種畫面。

當時的我全神貫注在舞蹈上，還無法用言語組織這種概念，但那個畫面一直烙印在我心裡的某個角落。

孩子們手裡拿著蠟燭，聚集在雪地上——

穿著銀灰色服裝，貌似深津的舞者，和穿著深藍色衣服的我站在舞台上——

和我牽手轉圈，咧嘴大笑的少女——

---

18 《羅密歐與茱麗葉》第一幕第二場第十三曲，又名〈騎士之舞〉。

有如八釐米的影片，畫質十分粗糙。

從《雅努斯》可以看出，那是後來我編舞素材的碎片。

其他同學升上首席舞者時，我都會為他們製作獨舞，但是給深津的《雅努斯》，我也參了一腳。或許是因為在無意識的情況下，想從他身上得到什麼新的靈感。

一字一句地增加芭蕾舞的語彙、接受尚的指導、自以為踏實地走在成為編舞師的路上，但當時的我其實有點停滯不前，像是陷入瓶頸的狀態。

猛然回神，發現自己編的舞大同小異。這麼快就老狗變不出新把戲啦？未來還很長，我已經江郎才盡了嗎？也就是說，身為舞者的我，已經陷入停滯期。我飽受疑神疑鬼的折磨，焦慮得不得了。

所以我才會那麼一頭熱地製作肉眼看不見，但深津可能會跳的舞蹈。與深津腦內的畫面有所出入也是事實，但憑良心說，我的低潮也有影響。

得到尚的建議，源源不絕地湧現雙人舞的想法時，我真是鬆了一口氣。這麼一來，總算得以擺脫低潮。

後來很順利地想出前所未有的舞蹈動作，我深刻地感受到，自己身為編舞師的能力又往上提升了一個等級。

與深津為《雅努斯》進行最後一次彩排時，腦海中前仆後繼地浮現一幕幕的畫面，就像初次與他共舞時那樣。

直覺告訴我，啊，這是我未來要編的舞蹈碎片。

我無法用言語說明那是什麼碎片、又將成為什麼樣的作品，但我可以確定，無論是什麼樣的作品，都是我心愛的作品。

《雅努斯》之後，再次與深津合作，是尚・雅美三合一公演的作品《五重奏》。顧名思義，原封不動地使用了布拉姆斯[19]的鋼琴五重奏三十四號作品的第一樂章與第四樂章，將其改編成芭蕾舞，由兩名男舞者、三名女舞者共同演出，是一部以男女之間的「五角關係」為主題的作品。

起初與深津配對的不是我，而是別的首席男舞者，但他在公演前突然受傷，緊急由我代打。

三十四號作品是一首力道十足，充滿布拉姆斯的風格、非常戲劇化的曲子，因此舞蹈非常有氣勢、戲劇化。

二＋二＋一、二＋三、一＋四、五……五人的組合可以有很多種變化，一下子靠近、一下子分開、大家一起跳……令人眼花撩亂的隊形變化也很好玩。

光是以二＋三的排列組合為例，就有男男＋女女女、男女＋女女男、女女＋男男女等三種，我和深津真的已經好久沒有在舞台上合作了。

尚的編舞能讓女舞者在舞台上看起來美若天仙，一向具有很高的評價。三名女舞者都跳得開心無比，我和深津也盡可能扮演好花花公子的角色來襯托她們，與她們發展成錯綜複雜的戀

19 約翰尼斯・布拉姆斯，浪漫主義中期德國作曲家、鋼琴家和指揮家。浪漫主義音樂時期的代表人物。

愛關係，跳出成熟的舞蹈。

深津真的很會帶人。就連細微的站位、身體的角度、放開對方的時機，都令我看得如癡如醉。

我從《雅努斯》的時候就知道他很厲害了，可是像這樣久違地和他一起跳舞，發現他的技巧磨練得更精湛了。

不愧是深津。

法蘭茲和哈桑之後也到處巡迴公演由我編舞的獨舞作品，深津卻很少有機會再演出《雅努斯》，一想到可能是我害的，就覺得有點對不起他。深津總給我一種「自己人」的感覺，所以我在他面前總是比較任性。

《五重奏》充滿了愛情的激昂與幻滅、悲哀與憐惜等各種愛恨嗔癡的悲喜，還有尚獨有的反諷與幽默感。

五個人肢體交纏，反覆進行錯綜複雜的托舉，言笑晏晏的同時，也整齊劃一地跳著男歡女愛的舞蹈。三名女舞者互相瞪視，跳著劍拔弩張的探戈，兩名男舞者則在一旁事不關己地跳著查爾斯頓舞[20]。

是一部光是跳舞就覺得很開心的作品。與深津合作也有一股「知道該怎麼做」的感覺，這讓我感到很快樂。

深津也說「這種感覺真是久違了」，說的沒錯，我跳著跳著，忍不住笑出來。

故事尾聲，我的右手牽著深津的左手，互相推搡以取得平衡，這時，腦海中突然閃過一個畫面。

咦？

那個畫面太過鮮明，導致我有一瞬間狼狽不已。

幸好有確實取得平衡，我猜深津應該沒有發現我的狼狽。

然而，儘管只有一瞬間，那個畫面仍深深地烙印在我心底，前所未有的深刻。

這時我才發現，這種事只會發生在與深津跳舞的時候。

渾然忘我地跳完《五重奏》，上台謝幕時，我彷彿站在另一個地方，靜靜地凝視著烙印在身體裡的畫面。

那是什麼畫面？

那塊舞蹈的碎片，究竟是什麼碎片？

落幕後，我們五個人在舞台上歡呼擊掌、互相擁抱。

「好久沒跟你跳舞了，好開心吶。」

深津笑著說，我也笑著回答：「我也是。」

「我們以後還有機會再合作嗎？」

「天曉得。」

我不置可否。

---

20 一種搖擺舞，流行於一九二〇年代的美國，配合輕快的節奏彎曲膝蓋，重心從一條腿移到另一條腿是其特徵，因出現在電影《大亨小傳》裡而廣為人知。

「今天我只是臨危受命來救火——下次可能又會換別人代打。」
「呿！既然都是代打，真希望能這樣繼續和你打完全場。」
與他勾肩搭背地退到後台的一路上，我都還在思考那個畫面。

整齊地擺放著幾張陳舊的桌子。
周圍很昏暗，寂靜無聲。
空蕩蕩的場所，人煙罕至。

腦海中閃過這樣的畫面。
那是——那個地點是？
我知道了。
那是教室，學校的教室。
在那個沒有半個人的教室裡——
感覺一把冷汗正沿著我的背脊往下滑落。

我獨自一人，在那個沒有半個人的教室裡跳《春之祭》。

我不太喜歡學校。
不對，這個說法並不正確。

單用喜歡、討厭這麼單純的字眼，無法清楚表達我對學校的感情。

我認為自己還算理解學校這個場所的目的性與必然性，我也不吝於協助學校完成那個目的。我是個非常聽話的學生，一直拿全勤獎，也不曾惹過任何麻煩。

即使如此，我還是無法融入學校，怎麼也無法在學校與自己之間找到折衷點，只留下鬱結於心的後悔。

我對學習很有興趣，認為學習是通往世界的入口。入口的前方是一片深遠的世界，可以讓我靠近世界的構造與組成。這種預感令我滿心期待。

可惜沒多久，我就發現學校教育的主要目的，是以讓學生不假思索地回答學校想要的答案，而感到失望透頂。

換句話說，「教育」並不是讓我們從真正的意義上「學習」。既然如此，在稔舅舅家和豆皮一起玩，還可以學到更多東西。

那個名為學校的場所，對管理有著異樣的執著。給我待在框架裡、必須跟大家一樣、不准特立獨行、不許在師長看不到的地方做任何事、別想太多、搞清楚誰是老大……諸如此類的壓迫感（到底誰是「老大」啊？大人嗎？老師嗎？還是世人或所謂的當權者？），真是太噁心了。

儘管我一直提醒自己不要出風頭，依舊無法消除自己是異物、本來就不應該出現在這裡的疑問，也很害怕會不會被周圍的人發現這個事實。

不過，我猜周圍的孩子們都注意到了——小孩其實是對異物很敏感的生物，會本能地察覺

到這傢伙怪怪的、不太對勁、最好別跟他扯上關係。

所以我雖然沒有受到霸凌，但也總是孤零零的一個人。周圍的孩子們也順從本能，下意識對我避之唯恐不及，我甚至覺得他們視我為無物。

大人們都說我「很乖巧」、「很安靜」，但實不相瞞，我這輩子從未有過想跟誰玩、想跟大家一起去什麼地方的想望。

事實上，從小——大概是剛上幼稚園的時候，我的世界就沒有其他人的存在。不管是別的小孩，還是大人，都無法進入我的視野。只有稱為父母的人會伸出大手，不時進入我的視線範圍照顧我，但是就連骨肉至親，我也不覺得我們有多親近。

那段時間，我看到了什麼？

即使現在再想起當時的事，我也無法用言語說明。

眼前一直颳著藍色及綠色的狂風，我拚命睜大眼睛想看清楚，卻只剩下拚命的心情。只剩下把感官打開到極限，想用眼角餘光捕捉到什麼巨大的東西、想用全身感受到什麼的意志。

上了幼稚園，我總算明白自己是稱為小孩的存在，以及還有其他小孩，小孩不只我一個。但是在我眼中，他們只是物體。

看到他們在幼稚園的操場上玩，我只覺得有無數的物體在蠕動，在這個名為操場的畫面中，有圖案在蠕動。後來我花了很長一段時間才明白，那一個個圖案也跟我一樣，都擁有意志及感情；也跟我一樣，根本不曉得別人在想什麼。

遇見芭蕾舞之前，即使年紀還小，內心一直隱隱約約有股異樣的焦慮。

那令我非常痛苦。我並沒有痛苦的自覺，但背後始終緊貼著令我心浮氣躁的不安，「現在不是在這裡做這種事的時候」的焦躁，有如潮水般一次又一次地將我淹沒。為了承受這份痛苦，我隨時處於備戰狀態，所以在還是小小孩的時候，我就已經疲憊不堪了。

開始學芭蕾以後，大家都說我「總是笑嘻嘻的」或「笑容是你的註冊商標」，但小時候大家都說我是個不會笑的孩子。因為小時候的我，隨時都處於焦慮不安的狀態。

所以母親帶我去體操俱樂部，我親眼目睹到人類以流暢洗練的動作完成某種「形狀」時，衝擊大到沒辦法形容。

我覺得那是我有生以來，第一次「看到什麼」的時候。

看到人類這種生物只是純粹地，為了「動」這個目的，為了美好的「形狀」，獻上自己的模樣。

我想用自己的身體重現看看。

在這股宛如初體驗的衝動驅使下，我不知不覺跳起來。

轉了一圈。

著地的剎那，內心響起「卡嚓」一聲。

那一瞬間、那種感覺，該怎麼形容呢？

就像推開世界的門，就像這個世界接受我的存在了。

總之我全身都受到衝擊，夾雜著激動與戰慄、喜悅與絕望的衝擊。

我花了很長一段時間，獨自反芻那個「形狀」。就像父母不肯買新的口香糖給我，只好不死心地拚命咬著早已沒有味道的口香糖。

走到哪裡轉到哪裡，拚命想重拾當時的體驗，但是怎麼也無法感受到相同的感覺。

只剩下直覺告訴我，最初雖然是在體操俱樂部聽見「卡嚓」聲，但未來大概無法在那裡再聽到相同的「卡嚓」聲了。

母親說她從體操俱樂部的回家路上聽我說「不是那個」時，留下了非常強烈的印象，但我的記憶早已模糊。

不管怎樣，唯有那個「卡嚓」聲一直在體內迴盪，因為除此之外，我什麼也聽不見。

每次想起那個時候在那個地點被司老師發現的僥倖，就連現在仍忍不住發抖，虔敬地感謝上蒼。

你在哪個芭蕾舞教室上課？

那是我第一次聽到「芭蕾舞」這個單字的瞬間。

以及那個充滿魄力，有點可怕，好像在責怪我的聲音。

輪廓分明的臉，也一下子就撞進我的視線裡。

當時我不太記得別人的長相，唯有司老師的臉，有稜有角地鐫刻在腦子裡。

萬一沒有遇見司老師，萬一我一直處於踩不到地的狀態，懷抱著焦慮與不安，為此疲於奔命，拚命屏住呼吸，繼續過著學校生活的話……

那種難以形容的痛苦，那種了無生趣的疲憊。

我到底會變成怎樣？

光是想像，我就害怕得簌簌發抖。

不僅如此，只因為聽過一次那個「卡嚓」的聲音，不安與焦慮可能會越長越大也說不定。

如今我已經能有所自覺，自己在本質上其實是我行我素又樂觀的性格，但是以當時鑽牛角尖的程度與世界的偏狹程度來說，精神遲早會崩潰失衡，說不定會陷入恐慌。

而事到如今我總算能如此侃侃而談，但當時的我對於自己陷入的恐慌狀態，大概對誰也說不清、道不明吧。

去司老師的教室時，我受到另一種文化衝擊。

我去體操俱樂部的時候也有同樣的感覺，但司老師的教室更誇張，每個人都認真地面對人類的「形狀」，受到嚴格的控制，只為了呈現「美」這件事，令我受到相當大的震撼。

也有人窮盡一生都在追求那個「形狀」。

光是世上存在著值得他們這麼做的東西就夠震撼了，更重要的是那些「形狀」都美極了。

逐一呈現在眼前的「形狀」全都閃閃發光，令我想全部烙印在視網膜上，想立刻用自己的身體加以重現。

感覺自己在那些必須窮盡一生的時間才能定型的「形狀」另一頭，窺見了類似人類的真理。

而且在那些嚴格的「形狀」前方，有個明亮、開闊、通風、自由的地方。

覺察到這種預感的瞬間，至今仍歷歷在目。

我可以在那裡活下去。

確定這點的安全感，也絕不會從我心裡褪色。

開始跳芭蕾舞以後，與學校在精神上的距離，似乎不再像以前那麼遙遠。

不安與焦慮也逐漸減少，心情開始恢復平靜。

只要撐過去就好了。我已經在別的地方找到容身之處，所以只要把學校生活分開來過就好了。就算感覺不舒服，只要壓下來就好。

想是這麼想，但總覺得自己好像是被名為學校的系統排除在外的異物，始終有一股揮之不去的負疚感。

沒錯——學校是一個不折不扣的系統。

而且這個名為系統的多數派，無時無刻都敏感地覺察到少數人的存在，會採取試圖將少數人排除在外的行動，只為了確保自己的優勢與團結，需要活祭品。

我一直覺得自己被吊在教室裡。

這傢伙是異類，看的東西跟我們不一樣，不成體統，打倒他、吊死他、獻給我們的系統之神。

長久以來，我在教室裡聽過無數這種沒有發出聲音的聲音。

我很害怕。

一直很緊張。

擔心被指責、被排斥，擔心自己的存在被埋葬。

當然，我也知道那是一種扭曲的優越感。

我不一樣，我跟你們不一樣。我的神是芭蕾舞，我的神美麗不可方物，你們的神全部加起來也比不上她的美。

而他們也感受到我這股扭曲的優越感。我的優越感令他們感到強烈的屈辱和嫉妒。

正因為如此，我必須被吊死。

為了滿足雙方扭曲的優越感，為了讓雙方互不相容的世界能落在和平共存的平衡點上，我也必須成為春天的祭品才行。

在空無一人的教室裡跳著《春之祭》。

與深津跳舞時得到靈感，開始思考那意味著什麼後，已經過了好幾個禮拜。

自認已經在心裡整理好了，我去找尚。

尚辭去藝術總監一職後，仍在芭蕾舞團裡有個小房間，他會在那裡寫作、回答大家找他商量的問題，有時候也會給舞者一些指導。

我一踏進房間就說：「尚，我這次要做《春之祭》喔。」尚回答：「這樣啊。你終於想做啦。」

「嗯，我終於想做了。」

我走到尚寫作的書桌旁，坐在角落。

「所以呢，你打算怎麼做？要跳嗎？」尚問我。

「嗯，我要跳。」

見我點頭，尚又問我：「你一個人？」

「嗯，我一個人。」

聽見我的回答，尚笑得很開心：「這也算不忘初心呢。」

我只告訴過尚，如果有一天我要跳《春之祭》，我會做成自己的獨舞作品。

以前向他坦白的時候，尚露出意外的表情。

「為什麼？」

尚不解地問我，我聳聳肩。

「因為標題是我的『祭典』啊。是『萬春祭』。既然如此，除了我還有誰能跳。」

我的回答令尚有一瞬間的傻眼，隨即「咯咯咯」愉快地笑了。

「那可真是太令人期待了，你會露出燦爛的笑容給我們看嗎？」

接到尚病危的通知時，我正在瑞士公演。

和大家一起趕到醫院時，他已經重度昏迷。我只能隔著玻璃探望瘦了一大圈的尚，臉色灰敗地躺在病床上。

所有人都屏住呼吸，淚盈於睫，目不轉睛地守望著他。

「沒問題。」

凝視著他緊閉的雙眼，耳邊一直傳來這句話。

「沒問題。」

也有人強顏歡笑地猛點頭。

「沒問題。」

騙人的吧？

「沒問題。」

尚，我怎麼可能沒問題。未來我還需要你一直告訴我「沒問題」。而且你還沒看過我的《春之祭》，我也還沒直視你的眼睛對你說「謝謝你一直以來的照顧」。

尚一次也沒醒來，在兩天後的凌晨去世了。

我在追悼公演跳了《HANA》。

尚為我編的，既溫柔，又有深度的舞蹈。

那是我在公共場合跳的第一次，也是最後一次的「花」。

跳完以後，所有人都哭了。但誰也無法告訴我，那是不是「沒問題」的舞蹈，所以就連我也不確定。

「HAL，你還好嗎？」

藝術總監特蕾絲憂心忡忡地問我。「什麼？哦，嗯，我還好。」我以毫無靈魂的聲音回答。

只有她知道，實際上不只芭蕾，我在精神上、在很多地方都很依賴尚。

我告訴她「我這次要跳《春之祭》喔」的時候，她隨口應了一句：

「我知道，尚交代過我了。」

「什麼？」我不由自主地看著特蕾絲，她微微縮了縮肩膀。

「尚跟我說，HAL好像要跳《春之祭》的獨舞，要我好好輔助你。」

「這樣啊。」

沒想到尚為我做到這個地步，我再次刻骨銘心地體會到，我何其幸運能有這樣的師父。

「可是，我要在哪裡跳呢？光獨舞就占了四十分鐘，在年度公演跳也說不過去。」

「怎麼會？這不是很好嗎？如果是HAL的獨舞，而且是《春之祭》的話，一定會引起話題，對帶動票房也很有幫助。」

特蕾絲苦笑著說。

「仔細想想，從你加入芭蕾舞團，我們就經常把你當工具人使用，而且使用得理所當然。你還沒加入芭蕾舞團就開始幫忙編舞，再龍套的角色都能跳得很好，就連臨時救火的高難度角色也能完美詮釋。」

特蕾絲不好意思地搔搔頭。

「我想起來了，有一次大家突然驚覺『咦？HAL還沒升首席舞者嗎？』明明三番兩次讓你替首席舞者上台。也就是說，在我們眼中總覺得你已經是工作人員了。才驚覺『喂喂喂，這樣不行吧』，慌慌張張地讓你升格。而且是在公演時突然升格，所以也沒能幫你慶祝，其實那個時就應該讓你獨舞了。」

第一次聽她如此掏心掏肺的告白，我忍不住笑了。

是有這麼回事呢。我記得那個時候，尚難得以略顯焦慮的表情，在開幕前躡手躡腳地走到我身邊，對我說：「你升格了。」我還反問：「怎麼是現在？也太唐突了吧？」

「就是因為這樣。」特蕾絲一臉尷尬地向我低頭賠不是。

我只要能詮釋各種角色、為各種角色編舞就心滿意足了，所以對首席舞者的地位並不執著。不如說，一旦成為首席舞者，能跳的角色反而會受到限制，所以能跳各種角色的定位，對我還比較好。

可想而知，看在外人眼中，首席舞者的地位還是有如鍍了一層金，走到哪裡都被捧在手心，有什麼要求也比較容易如願，雖然也會受盡利用就是了。

單是決定要跳《春之祭》還好，問題是當時除此之外還有許多專案同時進行，所以實際上很難擠出時間來製作。

我還得準備下一部全幕芭蕾舞劇《文藝復興》。

以攤開歷史畫冊的感覺，迅速俯瞰從神聖羅馬帝國成立的西元一千年左右到大航海時代前夜，再到瓦斯科．達伽馬[21]發現印度航線的一千五百年前後的五百年，是這部作品的主題。登場人物數量非常龐大，因此每個舞者都必須同時演好幾個角色。陸續登場的歷史人物，皆以角色扮演的方式跳古典芭蕾，但整部作品給人的印象比較偏向當代舞。打算將古典音樂與現代音樂，以織錦畫[22]的方式排列組合，與舞蹈連動。

---

21 葡萄牙著名航海探險家，人類歷史上第一位從歐洲遠航到印度的人。

另一方面，身為一名編舞師得到認可的同時，通常就不太有機會讓人為自己編舞。但是以我個人來說，視我為一名舞者，想為我編舞的外部邀請，倒是從來沒有斷過。

我心裡還是有個想跳舞的靈魂，所以也感恩戴德地接受他們的邀請。但為我量身打造的角色，不是奧蘭多[23]就是阿修羅像[24]，再不然就是梅菲斯特[25]。果然我給大家的印象就是這種、從各個角度來說都比較難以定義的角色。

日本的芭蕾舞團將泉鏡花[26]的《草迷宮》和三島由紀夫的《薩德侯爵夫人》、木下順二[27]的《子午線的冥想》改編成芭蕾舞作品的計畫，也在進行中。

我出國後就一直在思考要怎麼將日本的經典文學改編成芭蕾舞，得到改編成當代舞比古典芭蕾適合的結論。日本的文學作品，與日本人生來為能樂或日本舞而動的身體構造密不可分，因此看到古典芭蕾的動作時，會有一股不太對勁的感覺。因此我認為與前衛的當代舞適合度比較高。

我從以前就很習慣同時進行很多事，但行事曆已經像拼圖般拼得密密麻麻了，名符其實地連把屁股坐熱的時間都沒有。

所以我沒發現——不，我其實也覺得哪裡怪怪的，卻沒有餘力慢慢思考。

我大概每隔一、兩個月會和尤莉亞在她家或她常去的飯店見一次面。

也曾經有過對她十分著迷、一天到晚都想見她的時期，但是過了一年左右，一頭熱的腦子總算冷靜下來。

她丈夫在公司附近買了間公寓住，很少回家，兩人處於實質分居的狀態。法蘭茲的雙胞胎弟妹早就去瑞士的寄宿學校念書了，所以尤莉亞幾乎等同於獨居。

尤莉亞其實也是非常嚴格的專業觀眾之一，從她批評法蘭茲精采的舞蹈「索然無味」，就可以看出她有多嚴格。

有我和法蘭茲參與演出的公演，她一定會來看，看完一定會提出精闢的感想。收到她字字珠璣的心得，與法蘭茲相視苦笑：「好嚴格啊！」已經是家常便飯。

我忙得不可開交，與尤莉亞有空的時間總是兜不起來，所以已經四個月沒見面了。

有一天我突然發現，已經很久沒有收到她對於公演的感想了。

換句話說，她沒來看表演。

不太對勁。

我有點不安，傳訊息給尤莉亞，結果收到「家母身體不適，這幾個月我都待在娘家」的回信。我鬆了一口氣，但不對勁的感覺並沒有消失。

---

22 掛在牆壁上裝飾的一種綴織紡織品。
23 橫跨時空及雌雄轉換的角色。
24 阿修羅易怒好鬥，驍勇善戰。
25 在浮士德傳說中作為邪靈的名字，此後在其他作品成為代表惡魔的定型角色。在《浮士德博士》裡，梅菲斯特不只是惡魔的發言人，也可能是一個情人的角色。
26 活躍於明治後期至昭和初期的日本小說家。
27 日本劇本作家、評論家。

又過了幾個月，結束另一場公演後，依舊沒有收到尤莉亞的感想。
即使我主動傳訊息給她，她也不回。
正當我內心充滿不安時，收到法蘭茲傳來的訊息：
「下週末方便來我家探視家母嗎？」
「怎麼回事？」我連忙打電話給法蘭茲。
他在話筒那頭沉默了半晌，以低沉的嗓音回答：
「她說她想回家──說她已經受夠醫院了。」
感覺腦袋彷彿重重地挨了一拳。
法蘭茲的聲線微微顫抖：
「她說她想在家裡……」
我知道他沒說出口的下半句話是「嚥下最後一口氣」。

「我明明叫他不要告訴你。」
相隔許久再見到尤莉亞，這是她的第一句話。
法蘭茲幫她搖起電動床，與護士一起默不作聲地離開房間。
我無言以對，只能呆站在那裡。
她變得好瘦好瘦。
頭上包著頭巾，美麗的金髮已不復見。
不過，初次見面就將我吃乾抹淨的眼神還是炙熱如昔。

「為什麼？」

我在她枕畔坐下，握住她的手。

手指瘦骨嶙峋、冰冷至極的觸感，令我心頭一緊。

「為什麼不告訴我？」

我質問她，她一臉凝重地說：「看吧，我就知道你會擔心。」

聽說就連法蘭茲也是最近才知道尤莉亞的病情。

「我希望你們專心跳舞嘛。」

尤莉亞語帶嘆息地說。

「那也不能都不說啊。」

我說不下去了，親吻尤莉亞的手。輕輕地摩挲她的手，想帶給如冰塊般寒涼而粗糙的手一點溫暖。

「我還記得喔——記得法蘭茲第一次帶你回家時，你那意氣風發的表情——害我好羨慕、好嫉妒那孩子，有一瞬間甚至萌生殺意了。」

尤莉亞以沙啞粗嗄的嗓音回憶道。

尤莉亞果然還是尤莉亞。

我感到如釋重負，噗哧一笑：

「別殺死我心愛的人啊。」

尤莉亞瞪了我一眼：

「怎麼？他是你心愛的人，那我算什麼？」

「從定位上來說，不是情婦嗎？我心愛的情婦。」
這次換尤莉亞噗哧一笑：
「你啊，有時候真的很殘酷耶——不過連你的殘酷我也喜歡。」
她看我的眼神變得柔和。
我從未見她露出如此悲切、如此無奈的眼神。
她的眼神令我心裡一凜。
尤莉亞才不會露出這種眼神。
「心愛的人——啊。不過，你們的關係有點不可思議呢。雖然是情侶，又有一股針鋒相對的感覺——所謂的緊張感嗎？有時會在你們身上感受到這種氛圍。」
她又恢復平常那種充滿理性、探究的目光，我不禁鬆了一口氣：
「那是因為，我們都是替身吧。」
我把下巴撐在尤莉亞的枕畔。
「什麼意思？」
她一頭霧水地看著我，但光是要轉動脖子似乎就很吃力，微微皺眉。
我努力隱藏內心的不捨，回答：
「意思是說，我們真正愛而不得的對象只有一個，那就是芭蕾舞之神。我不知道芭蕾舞之神長什麼樣子，但我和法蘭茲從小就只愛著祂一個人，全心全意，熱烈又瘋狂。每天都拚了命地想讓祂知道，我們有多麼愛祂。」
「嗯、嗯。」

「無奈芭蕾舞之神性感無比，卻也冷漠至極。別說是委身於我們了，連回頭看我們一眼都不肯。這麼一來，我們有時也會疑神疑鬼，懷疑自己該不會永遠得不到祂的青睞吧。」

尤莉亞聽得笑聲不斷。

「所以我們既是爭奪芭蕾舞之神的競爭對手，也同樣是神的粉絲。目前可能是同為天涯淪落人，互相舔舐傷口的同伴。所以才說是替身。」

「原來如此。」

尤莉亞嘆息：

「如果對手是芭蕾舞之神，我確實沒有勝算呢。」

她靜靜地面向前方，目光悠遠。

穿過視線盡頭的牆壁，望向非常非常遙遠的遠方。

那麼悠遠的眼神有點可怕。

「法蘭茲就拜託你了。」

尤莉亞依舊凝視前方，喃喃自語：

「別看他那樣，他其實是很孝順的孩子。」

「我知道。」

我拚命忍住聲音的顫抖。

「你就要被他獨占了，真有點不甘心啊。」

冷不防，她就要離開這個世界的恐懼，猛地襲上心頭。

她就要不在了，消失無蹤，從此不復存在。

我情不自禁地握緊她的手。
這雙手就要不在了，這個觸感也將消失無蹤。
「好痛啊，HAL。」
尤莉亞皺眉，我連忙放開她。
就連她的疼痛、蹙緊的娥眉，也將不復存在。
或許是察覺到我的恐懼，她愣了一下。
慢慢地面向我，雙眼一眨也不眨地盯著我看。
用過去曾經一口將我吞噬的眼神：
「吻我，HAL。」
我彷彿在她凝眸深處看見熊熊燃燒的藍色火焰。
「不要晚安的親吻，而是我們平常的親吻。」
我照做了。
一如過去我們在她房裡交換過的親吻，互相渴求、彷彿要吃掉對方的親吻。
可是她的唇瓣已經無法回應我的親吻了，只剩下死亡的苦澀味道。

治喪期間，法蘭茲始終不發一語。
整個人處於虛脫狀態，只是盯著虛空中的一個點，有如靈魂出竅地呆站著。
我以法蘭茲的朋友身分（放眼望去，頂著這個身分的人好像只有我一個），站在遠處守護著他。

第一次見到他的父親，身高頎長這點跟他一樣，但五官毫無相似之處。兩個還是學生的雙胞胎弟妹長得比較像父親，給人很稚嫩的印象，全程抽抽噎噎地哭泣。法蘭茲看也不看父親及弟弟妹妹一眼。

這時我才知道，法蘭茲和雙胞胎弟妹並非同一個母親所生。雙胞胎是法蘭茲十四歲的時候，父親跟情婦生的子女，雙胞胎的母親生產時不幸去世，父親只好帶著雙胞胎回家，由尤莉亞撫養長大。

這大概也是法蘭茲與父親如此疏離的原因之一。

他不只失去了母親，也失去了唯一理解他、支持他的親人。

尤莉亞的孤獨與法蘭茲的孤獨。

整個治喪期間，我都在思考這個問題。

我也失去了愛人，失去了直言不諱的評論家。

我和法蘭茲都非常崇拜芭蕾舞之神沒錯，但尤莉亞是我們現實生活中的女神。那一年，我們失去了我們的女神。

「小春，我又失戀了。」

七瀨每次突然跑來找我，通常都是伴侶對她耐心耗盡，憤而離去的時候。

起初是演完《刺客》之後。

她突然跑來我家，垂頭喪氣、淚流滿面的模樣實在太可愛，害我腦中頓時閃過「乾脆假借安慰她的名目乘人之危」的邪惡念頭，但她隨即哇哇大哭，看到她眼淚和鼻涕糊一臉的模樣，

我便打消這個念頭。七瀨，看到妳那張臉，再怎麼熾熱的戀情都會冷卻喔，現在就連小學生也不會哭成那樣了。

「好好好，妳先擤擤鼻涕。」我把面紙拿到她的鼻尖，只見她哭哭啼啼地說：「嗚嗚，小春，你好像我媽。」我是七瀨的媽嗎？至此，我終於完全失去興致了。

眾所周知，七瀨是個不折不扣的音樂瘋子，一旦開始作曲，就是沒日沒夜地廢寢忘食，發揮令人佩服得五體投地的專注力。聽說曾經一個禮拜沒出門，回過神來，已經三天沒吃飯了。一旦產生作曲的靈感，就什麼也看不見，完全成為音樂世界的俘虜，誰也不理。這麼一來，伴侶被拋在一邊，自然會心生不滿，認為七瀨不在乎自己。

尤其是接到大案子，這種生活可能會持續一個月以上，以製作《刺客》為例，她大部分時間都窩在德國（其實是待在我們家的芭蕾舞團）作曲，所以這也是沒辦法的事。回到巴黎時，家裡已人去樓空，女朋友早就搬走了。

儘管如此，七瀨依舊很受歡迎，馬上又找到新的伴侶。

她的伴侶是同性的事早已是公開的祕密（不過，她本人好像也沒有要隱瞞的意思），這次受託製作她心心念念的歌劇（作曲家似乎都特別看重歌劇），簡直是卯足了勁，對伴侶不理不睬的程度肯定比以前更嚴重。

「所以呢？歌劇完成了？」

「嗚、嗚，完成了，終於完成了。」

我把面紙遞給眼淚鼻涕又糊一臉的七瀨，她接過擤了擤鼻涕，點點頭。

「順便問一句，妳做了什麼曲子？」

上次她說正式公布前不可以透露，所以我沒問，既然曲子已經完成了，遲早會正式公布吧。

「《一九八四》[28]。」

「哦，喬治·歐威爾的小說？」

「沒錯。『老大哥正看著你～』，這個句子此時此刻也還在我腦中不斷跳針喔。」

「聽起來很有趣。是英語版嗎？」

「嗯。而且是第一次在英國演出。」

提到音樂，她立刻停止哭泣。

對比之下，她的伴侶也太可憐了。我忍不住對素未謀面的人寄予同情。

七瀨拚命地向伴侶解釋，試圖挽回對方的心時，電話響了。是工作上的電話。七瀨的注意力立刻被電話吸引過去，壓根兒忘了眼前的伴侶。伴侶氣得臉色鐵青、咬牙切齒，轉過身衝進自己的房間，開始收拾行李——

我眼前浮現出以上的畫面。

「對了，關於《文藝復興》啊……」

七瀨說道，表情已經完全進入工作模式。

我們這次要合作的是《文藝復興》，我簡單扼要地向她提過構想。如今她好不容易忙完歌

---

28 原為英國作家喬治·歐威爾創作的一部反烏托邦小說。

劇，可以開始製作《文藝復興》了。

對七瀨而言，來我家除了可以向我報告歌劇與戀情同時告終，還能討論工作上的事，可謂一舉兩得。

「對。」

「由三部曲構成，一共三幕。這部分已經確定了對吧？」

「呃……第一部曲是神聖羅馬帝國成立、東西教會分裂、十字軍第一次東征。第二部曲是十字軍後期、百年戰爭、黑死病、看不到希望的中世紀？第三部曲是文藝復興運動與大航海時代啟程。雖然很粗略，但基本上是以這種方式構成吧？」

「大致上的構想是這樣。」

「小春，你說你想使用那個時代的音樂，但比較有名氣、名留青史的作曲家，其實是在比較後面的時代才出現喔。就拿巴哈來說好了，他可是十八世紀的人。」

「這樣啊。」

「嗯，所以我只能靠想像來創作。第一部曲用〈葛利果聖歌〉[29]如何？〈葛利果聖歌〉成立於十一世紀前後，所以稱不上是那個時代的音樂。第二部曲再用巴哈的管風琴，是不是就有中世紀的感覺了？也能呈現出凶險的氣氛。第三部曲則採用巴洛克音樂[30]，像是韋瓦第[31]的作品，是不是很有文藝復興的味道？」

「嗯、嗯。」

「可是因為時代略有出入，如果要結合現代音樂，我想乾脆做成古典曲式的音樂好了。〈葛利果聖歌〉的風格、巴哈的風格、韋瓦第的風格……這麼一來也比較容易融入自己創作的曲子。」
「原來如此。」
「光是現代音樂就有琳琅滿目的分類，小春比較傾向哪一種？」
「目前只有模糊的概念，比起現代音樂，就像《文藝復興》的劇名，我更想稍微『復興』一下以前的音樂。在舞台前面跳舞的歷史人物跳的是古典芭蕾，後方的群舞跳當代舞。依照妳剛才的建議，第一部曲前面是〈葛利果聖歌〉、後面是摩城音樂[32]；第二部曲是巴哈加電子音樂；第三部曲則是韋瓦第加饒舌音樂。」
「配合得天衣無縫呢。摩城音樂——電子音樂——饒舌音樂。」
七瀨的腦海中似乎已經浮現出畫面了：
「嗯。考慮到各自與古典芭蕾的結合方式，倒也不是不可能。」
「在佛雷・亞斯坦[33]的電影裡啊——聽說亞斯坦用音樂劇電影嘗試過各式各樣的特殊攝影

---

29 西方基督教單聲聖歌的主要傳統，是一種單聲部、無伴奏的天主教會宗教音樂。
30 文藝復興之後開始興起的音樂類型，特點是極盡奢華，加入大量裝飾性的音符。
31 安東尼奧・盧喬・韋瓦第，義大利作曲家、小提琴家、羅馬天主教司鐸。擅長創作協奏曲，其小提琴協奏曲《四季》聞名於世。
32 誕生自英國摩城唱片公司的音樂風格，早期以靈魂樂與黑人音樂為主，再加入藍調與爵士樂等音樂元素。
33 美國電影演員、舞者、劇場藝術演員、編舞家與歌手。在舞台與大銀幕上的演出生涯長達七十六年。麥可・傑克森早期經常模仿佛雷・亞斯坦的扮相及舞蹈橋段。

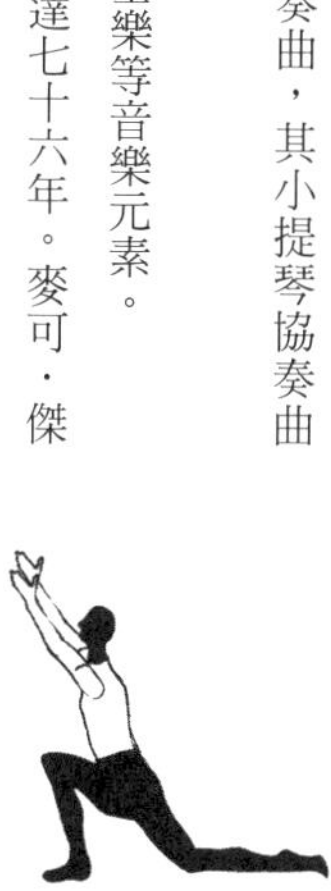

喔——有個畫面是伴舞們在後面一直以相同的速度跳舞，只有亞斯坦一個人在前面，以慢半拍的速度跳舞。那是哪部電影來著？總之亞斯坦看起來像是慢動作攝影，那畫面非常酷炫。而且根據我的記憶，跳到一半還變成無聲電影。音樂消失了，變成默片，亞斯坦與伴舞以不同的速度跳舞。我想在舞台上呈現出這個效果，也是我最早想創作《文藝復興》的契機。」

「這跟《文藝復興》有什麼關係？」

七瀨露出莫名其妙的表情。

「我也說不上來。可能是因為我覺得可以看見歷史的脈動吧。總之，我想在最後一幕的高潮看到音樂消失，前排的人以慢半拍跳舞、後排的人以快節奏跳舞。」

「嗯哼。」

「在無聲的情況下跳五分鐘左右，然後音樂再響起來。」

「歷史又開始轉動了，是嗎？」

「歲月的流逝非常殘忍、冷酷，但有時也是一種救贖。我想讓觀眾親眼看到那一幕。」

忽然，尤莉亞直勾勾地凝視遠方的側臉浮現眼前。

「你啊，有時候真的很殘酷耶。」

尤莉亞發出忍俊不住的笑聲。

殘酷的是時光的流逝。她的手和聲音都已經不存在於這個世界上了。即使是記得她的我，遲早也會平等地淹沒在時光的洪流裡。

「聽起來似乎需要很多人呢，服裝也是一大考驗吧。」

七瀨又絲毫不顧形象地擤了一下鼻涕，把面紙扔進垃圾桶。

「《一九八四》的服裝也是個大工程。原本決定要以黑白色系的制服統一，可是呈現不出想要的效果。想說有沒有可以拿來參考的東西，到處蒐集制服。如果只是土又醜的制服，我以前的國中制服倒是非常吻合。」

七瀨笑靨如花地說。

「七瀨的國中制服長什麼樣？」

「白色的絲質襯衫搭配深藍色的背心裙、夾克外套。背心裙是百褶裙，土到掉渣。男生則是立領制服。」

「我們學校也是立領制服，女生則是奇形怪狀的水手服。」

「啊，說到學校，我想起一件事。」

七瀨突然睜大眼睛：

「前些日子，久違地跟我媽聊天，她說小春以前念的小學好像要廢校了。」

「欸，真的嗎？」

我坐直身體。

「聽說要跟別的學校合併。」

「什麼時候？」

「我媽說明年春天。」

廢校，我在口中重複這句話。

也就是說，會出現失去用途的桌椅。

「那就這麼決定了。」

特蕾絲微微頷首。

「這不是正好嗎?明年六月要去日本公演,不如在第二個舞碼的特別公演中加入《春之祭》。」

「可以嗎?」

「可以啊,沒有人會反對吧。這是不是就是所謂的『衣錦還鄉』?」

特蕾絲正狂熱地學日文,經常講出語不驚人死不休的成語。

我第一時間打電話給司老師。

告訴她我要在日本公演跳《春之祭》,想借二十五張小學的桌子用來當舞台的大道具,以及我的母校要廢校的事。

「哈哈哈,是我也想拿來用呢。」

司老師立刻理解我的用意。

我的名字在故鄉已經有一定的知名度,所以縣政府一下子就答應了我的要求。爸媽也聯絡上我以前的級任老師(聽說老師混得風生水起,轉去縣政府的教育委員會高就了),與司老師分頭進行。

我以前上的小學雖然面臨廢校的命運,但已經預定重建,再過幾年就會變成當地的社區活動中心及住宿設施。因此桌椅將繼續沿用,但如果是施工前的期間,可以免費借給我們。當然,搬運要由我們自己來。

運送及人事費用,接下來再傷腦筋,總之需要的桌子已經有著落了。

司老師實際拍下桌子的影片、正確測量桌子的尺寸，傳送給我。

跟我想的差不多。只要我再親自跑一趟，挑選盡量堅固、沒有變形的桌子就行了。

二十五張桌子。

這個畫面已經深深地鐫刻在我腦中。與深津跳舞時浮現腦海的那個空無一人的教室，如今已在心裡占有不動如山的一席之地。

於是，我開始等待。

《春之祭》與我過去編舞的做法完全不一樣。

並非刻意改變做法，而是直覺告訴我應該這麼做。

拚命地聽歌、看譜，再聽歌、看譜，然後耐心地等待。

我看著心裡那個空無一人的陰暗教室，耐著性子等待。

感覺很不可思議。

在我心裡，那個教室始終存在。一直都在，在我心裡同一個地方。

那是一個安靜的、陰暗的，有點潮濕、有點不祥，但是又很莊嚴的場所。

我坐在有段距離的地方，看著那個教室。

等著什麼東西出現，等著誰來。

等著從哪裡傳來聲音，等著吹動門板的風聲。

我在等待。

在開會討論《文藝復興》的時候，在以首席舞者的身分跳舞的時候。

在散步的時候，與誰談笑的時候，看電影的時候，吃飯的時候。
不知要等到什麼時候。
也不知是否真能等到。
過了一段時間，我等得有點累了。因為一直坐在黑暗裡，屁股好痛，眼睛也有點乾澀。
痛痛痛。我稍微起身，揉了揉屁股，感覺腳邊好像有什麼溫熱的東西，定睛一看。
有一彎清泉從黑暗中流到我腳邊。
仔細看，水面漂著小小的粉紅色花瓣。
我輕輕地拿起那片花瓣。
那一瞬間，我感覺到風。
輕柔的風拂過我的臉頰，吹動我的頭髮。
我專注地凝望風吹來的教室，緩緩起身。
有人從裡面走出來。
是我熟知的人，是以前常常見到的人。
哎，你總算來了。我輕聲嘆息。
白色的影子靠近我。裸著上半身，身體鍛鍊得很結實，但仍殘留著些許少年的稚氣。
我站在那裡。還是國中生，有點緊張，有點僵硬，深怕被吊起來的我。
嗨，好久不見。
我向他打招呼，但他好像沒聽見，用疑惑的眼神看著桌子。
這麼小啊。我好像聽見他喃喃自語。

對呀。桌子就是這麼小，教室就是這麼小，你總是一個人孤零零的。

我說。但他好像還是沒聽見，又把周圍看了一圈，然後仰望天空。

我也一起仰望天空。

又高又遠的地方，有一個小小的光點。

那個光點真的很小，跟罌粟籽差不了多少。而且光線非常微弱，微弱到只要稍不留神，就會失之交臂。

你看得見那個嗎？

我問他。這時突然聽見「哐當」一聲，我望向聲音的來處。

國中生的我正站在左右五行、前後五列的正中央、那張桌子上。

依舊抬頭看著天空，好整以暇地舉起雙手——靜靜地開始跳舞。

事到如今才要慶祝 HAL 升上首席舞者？

那都幾年前的事了？

公布隔年的日本公演內容後，大家都傻眼地大呼小叫。然而正如特蕾絲所說，沒有人反對，眾人關心的焦點立刻轉移到「我想去京都」、「我想爬富士山」、「壽司」、「拉麵」等想在日本做的事。

節目表正式決定後，日本那邊也接獲通知，即使遠在德國，也可以真真切切地感受到我的獨舞《春之祭》受到萬眾期待。

差不多該進入正式製作階段了，但我還有其他年度公演和客座公演，該做的事堆積如山，

所以一拖再拖，只能擠出零碎的時間，編舞遲遲沒有進展。

跳舞就像祈禱。

製作《春之祭》時，這個想法一直存在於我的腦海中。

不知道是誰、為了誰、祈禱什麼？是我在為自己祈禱嗎？還是我為了看不見的人祈禱呢？跳舞這個行為是一種祈禱嗎？還是祈禱這個行為變成舞蹈顯現出來呢？這部分渾沌不明，沒有定論。

但願今天也能順利地跳完一整天。

但願明天、後天也能繼續跳舞。

從小到大沒有受過太大的傷，只能說是僥倖。因為誰也不曉得會在什麼時候、因為什麼原因，就無法跳舞了。

但願今天也有靈感。

我只能如此向上天祈求，我也有每天都在虔誠祈禱的自覺。我能想到下一個舞步嗎？那能變成我的舞蹈嗎？

《春之祭》是與過去的我合作，這種前所未有的體驗，讓編舞變得很容易也很不容易。我想起與深津合作《雅努斯》時的困惑。

明明應該很了解自己，如今卻有理解不了的部分，其中不乏新鮮的發現，我是這樣的人嗎？編舞是極為刺激又有趣的作業，同時也是非常困難的作業。

從這個角度來看，詮釋角色要來得輕鬆多了。塑造出具有特色的人物，再讓自己貼近那個角色，就能變成完全不同的人，所以很輕鬆，只要化為角色就好了。

問題是，如果要詮釋我自己，又該怎麼做呢？

我不認為自己是那麼有特色的人，也沒有度過驚濤駭浪的人生。自我意識並不強烈，硬要說的話，我其實有點逆來順受、隨波逐流。

仔細思考後，我發現一件事，人生不可能完美地連成一條線，人格也不見得只有一套邏輯。人類是有很多面的生物，面對不同的人，會露出不同的嘴臉，充滿齟齬與矛盾。

國中生的我和現在的我，不時發生因想法或行為缺乏共識，互不相讓的瞬間。

這都不是重點，重點是這次跳的是我自己，這是前所未有的體驗。我不確定自己能否能客觀地審視自己的舞蹈。

奇妙的是，在編舞的過程中，我經常覺得有人在看我。

覺得有無數隻眼睛正圍著在教室裡跳舞的我們，直勾勾地盯著我們看。感覺那些眼睛的主人，正在黑暗中屏氣凝神地等著我們完成舞蹈。

在此之前，也經常感覺有人在看我。

跳舞的時候、編舞的時候，都必須站在觀眾的角度，必須隨時意識到觀眾怎麼看、看了之後有什麼感想。

者。

但以上是我自己的視線。是我站在觀眾的角度，客觀地看著正在跳舞的我、正在跳舞的舞

然而，這次看著我的，是與我全然無關的「其他人」。

用我不知道、對方也不知道我的露骨視線，看著我的「其他人」。我一直覺得他們的視線扎在我身上，扎得我有點痛。

我需要光。

我注意到這件事。

這部作品的最後一幕，需要物理上的光引導我升天。

我找舞台總監商量。

我需要一顆小鏡球，就像《星際大戰》的死星那樣，中間蘊藏著巨大的能量，從空隙往四面八方發射銳利的光線。

長久以來，不管我提出什麼天馬行空的難題，舞台總監都能克服，一路奉陪。這次他雖然也聽得瞠目結舌，所幸沒有仰天長嘆。

不僅如此，當我告訴他正式公演要在舞台上，擺放我在日本母校用過的小學課桌時，他問我：「那是什麼樣的桌子？」我給他看司老師拍的影片和資料，他只是「嗯……」地念念有詞，就像變魔術變出二十五張大小相同的桌子。

其實我一直很猶豫要不要拜託他製作桌子的布景，也想過找一些現成的木箱之類的，代替桌子用來彩排。

過完年，他叫我過去一下，看到二十五張排列得整整齊齊的桌子，我激動到說不出話來。絕大部分都是拿舞台的裝飾來廢物利用，或者是拆開來用，所以幾乎沒有花到一毛錢。總監輕描淡寫地說，儼然不是什麼大事。

跟日本的課桌不一樣，並非不鏽鋼製，所以重量略有不同，感覺可能跟正式公演不盡相同，但如果只是用來走位的話已經很有用了。

我再三地向他道謝，幾乎有點造成他的困擾，因為我有預感，等到《文藝復興》大概又會被罵得狗血淋頭，所以我決定先不告訴他《文藝復興》的舞台布景需要兩條可以改變速度的巨大輸送帶。

眼前實際有了桌子，用那些桌子來跳舞後，具體的畫面源源不絕地湧上心頭，編舞總算開始有點進展了。

三月，第三學期[34]結束後，日本開始放春假，我臨時回日本一趟，造訪已經退役的小學。相隔多年再回到小學，感覺小到令我難以置信。

從高年級用的課桌裡挑出二十五張做記號，但教室的體感實在太小，感覺就像鑽進娃娃屋裡。

把選好的桌子搬到營養午餐室保管，這麼一來，搬走的時候，卡車可以直接停在外面。

34 日本小學一共有三個學期，第三學期在三月結束後，從四月再開始一輪新的學年。

公演時再委託搬家業者搬運，費用則由芭蕾舞團負擔。
接下來——只剩下完成作品了。

過去的我和現在的我的共同作業，終於連動起來了。對彼此的齟齬及矛盾充滿困惑、不解、焦躁、抗拒，但總算小心翼翼地開始靠近彼此，互相理解，互相幫助。

真切地感受到過去的我活在體內，緊密貼合，一起跳舞的感覺，那一瞬間我嚇了一大跳，是前所未有的感覺。

在過去的我體內，察覺到更小的我。

認真的、笨拙的、神經質的、惶惶不可終日的我。

此時此刻，我正和那個小時候的我，一起存在於內心深處。

另一方面，內心也產生「我真的在跳我自己嗎？」的疑問。

最後，我終於想通了。既然這是舞台作品，我就只是在詮釋「我」這個角色。

我是春天的祭品，是《春之祭》這部作品的角色。

不過，就算是這樣也沒關係。因為不管怎樣，我是獻給芭蕾舞之神的祭品，這點從未變過。

我把自己的肉身獻給芭蕾舞之神，心甘情願成為供物。我只是想透過這部作品證明這一點。

跳舞果然很像祈禱。

不——《春之祭》就是我的祈禱本身。

日本公演前的正式總彩排日。
因為是獨舞的劇碼，再加上一直利用零碎時間獨自練習，所以沒什麼機會給老師們看，所以今天其實是第一次讓芭蕾舞團的人看到全貌。
大家魚貫地走進觀眾席，滿臉好奇。
比起觀眾，第一次跳給芭蕾舞團的人看還比較緊張。
我深深地吸進一口氣。
舞台上只有二十五張桌子和我獨自一人。
然而，當幕升起——我就只是，只是跳舞而已。

每個人的反應都不一樣。

凡妮莎泫然欲泣地衝向我，一把環抱住我的脖子時，我想起《青年女囚》的首次公演。
也想起她的髮絲永遠散發出太陽與稻草的味道。
「有這麼感動嗎？」
我抱住她的身體，問她。
「才不是。」凡妮莎沒好氣地回答。
「那是重新愛上我了？」

「當然也不是啊。」她的聲音帶著怒氣。
也不用這麼斬釘截鐵地否認吧，我心想。她攬住我的手更用力了。
「可是——可是啊，看完以後胸口好痛。」
這可真是至高無上的讚美啊。
我大口吸進「兒時玩伴」令人懷念的髮香。

哈桑的反應也很有他的風格，一臉驚慌失措地跑過來，用力抓住我的肩膀。
「喂，你不要緊吧？」
他一向生龍活虎的眼裡浮現怯色，令我大吃一驚。
「什麼意思？」
「我還以為你會直接往另一邊墜落，再也不回來了。」
「另一邊是哪邊？桌子的另一邊嗎？」
「我也不知道，總之是又黑又暗的無底深淵。啊……嚇死我了。」
哈桑大大地嘆了一口氣。

「好想讓尚看看啊。」
深津的反應也很有深津的風格。
「不過，我覺得尚看見了。不，他一定看見了。對吧？你也這麼想吧？」

然後是法蘭茲。

他慢條斯理地走向我。我們一起在芭蕾舞團的時候，他這樣直接走到我身邊是非常稀奇的事。

「你要一個人去很遠的地方嗎？」

他以前所未有的沉靜嗓音對我說。

聽到他的聲音，我有個直覺。有朝一日，當法蘭茲離開芭蕾舞團，我們大概永遠不會再見了。等他退團後，大概再也不會來看公演，也不會再來看我跳舞吧。

那一刻，我如此確定。法蘭茲恐怕也是。

「對呀，我要去。」

聽見我的回答，他微微一笑。

「祝你好運。」

他輕盈地轉身，就像以前在日本跟我跳完《睡美人》之後那樣，踩著大步，頭也不回地離去。

上野公園的大禮堂裡，我們芭蕾舞團的公演海報上貼著「銷售一空」的紅紙。

特別公演只有三次，我能跳《春之祭》的機會也只有三次。

「聽說有很多人是為了看你的《春之祭》特地來日本喔。」特蕾絲告訴我。

「所以我不是說了嗎？你的《春之祭》一定會掀起話題，門票也會很搶手。還是排入年度公演吧。事實上，我已經收到很多為什麼不在德國公演的抗議了。」

「好是好，但桌子怎麼辦？日本的課桌是用借的，公演完就得還回去了。」
「直接製作成大道具吧。或是跟德國的小學要他們淘汰的桌子。」
「說的也是，可以直接使用各地小學的課桌呢。」
「想通這一點的話，就可以去世界各地巡迴演出了。」
特蕾絲似乎已經打算讓我去世界各地跳《春之祭》了。
搬進大禮堂的小學課桌，果然跟排練用的不太一樣，我花了一點心力才習慣。可是使用了漫長歲月的老桌子，每一張都充滿了個性十足的魅力與存在感，為我想與之抗衡的舞蹈注入了新的活力。
我還得趁排練的空檔抽出時間接受日本媒體的採訪。媒體的數量已經精簡到不能再精簡了，採訪還是一場接著一場，沒完沒了，比跳舞還累人，害我在莫名其妙的地方累得像條狗。
如此這般，行程排得太滿，直到第一場公演結束後，我才好不容易見到我邀請來看的家人和其他人。

特別公演的第一天。
表演過再多次，第一天還是有股特殊的緊張感。
永遠也無法習慣，總是坐立難安，心跳一百。
節目單由三部曲構成，我的《春之祭》安排在第三部曲。
我雖然不至於緊張到手足無措，但是這段等待上場的時間還是很難受。

為了壓軸演出，配合正式上場的時機讓專注力來到最高點，其實需要一點訣竅。

我並不迷信，但自從尚去世後，我會在舞台旁邊的幕後面閉上雙眼，回想尚說「沒問題」的聲音後才上台。

就像現在，我閉著眼睛，聽見尚的聲音，踏上舞台。

舞台上還有二十五張舊桌子，我們已經是很熟悉的好搭擋了。

隔著布幕也能感受到竊竊私語的觀眾們充滿了期待。

一個人。只有我一個人。

會場安靜下來。

然後，幕無聲無息地升起。

低音管莊嚴地、悠揚地、充滿民族風的旋律。

我抱著膝蓋，蹲在桌子前的正中央。

聽見耳邊傳來的音樂，我緩緩地抬起頭來。

一彎清泉，漂浮水面的花瓣，輕撫臉頰的微風。

悄悄地四下張望。發現自己置身於昏暗、未知的世界，誠惶誠恐地直起身體，小心翼翼地觀察。

不期然，背後撞到桌子，我這才意識到悄然無聲排列在身後的桌子。比外觀還巨大的存在感。

我摸索著桌子站起來，繞了二十五張桌子一圈。

時而推兩下，時而摸一摸，時而把臉頰貼在桌面上，時而咚咚地敲敲看。

沒多久，發現桌子之間的空隙，鑽進去。在初識的世界裡探險，接觸世界。這才第一次意識到，原來還有這樣的空間。

像是用桌子做把桿練習，像是在桌子之間恣意嬉戲，我戰戰兢兢地測量桌子與自己的距離，以笨拙的動作一再確認桌子的觸感。

耳邊再度傳來低音管令人懷念的旋律，我有如驚弓之鳥跳到中間那張桌子上。

強烈的不協和音激烈地奏響。

令人心頭一凜的不協和音。彷彿有一群不祥之人或異形列隊前進，發出讓心七上八下的聲響。

我茫然地呆站在桌上，蜷縮著身體，一臉怯懦地左顧右盼。

我能看見。不只我，觀眾應該也看得見。

看見那群粗魯地踩著震天價響的腳步聲，前來控訴我的人們。

不協和音與他們猙獰的腳步聲將我包圍。

偶爾夾雜著管樂器尖銳的樂音，有如朝我投擲而來的石塊。

我感到困惑，感到恐懼，為什麼要這樣對我？難道世界不愛我嗎？

我好像受到責難。那傢伙是誰？我好像被視為橫空出世的異端。好像被當成應該用於獻祭的供品。

我護著頭，可憐兮兮地躲開石塊，為了保護自己，拚命用貧乏的語彙，向那些從四面八方朝我湧來、緊迫盯人的惡意與憎恨解釋。

等一下，給我一點時間。我還沒準備好。我還不足以成為一個正確的祭品。我需要時間，需要緩刑。請給卑微的孩子一絲憐憫。

我摸索著，繞著遠路，不斷從嘗試錯誤中學習支配這個世界、支配世界表層的規律。一面汲汲營營地向周圍乞求短暫的慈悲。

我以僵硬的動作在桌子之間前進。整齊畫一的阿拉貝斯克、不知變通的阿蒂迪德，雙手抱住桌子，額頭貼著桌面，一再行著卑躬屈膝的大禮。手臂的角度和行禮的時間，都比照標準進行。

如何？我拚命學習，終於能跟大家一樣，不違逆任何人。

沒有回答，只有冷冰冰的視線。大家可有聽見我的聲音？我不免有些慌張。

看看我，我的動作很標準！而且如同大家對我的期待，我比誰都快！

我拚命地在桌上重現有如教科書般索然無味的舞蹈。

然而，我突然開始懷疑，驀地停下舞步。注意到腳邊深不見底的冰川裂隙。

多麼絕望的——深淵。

我會掉下去——毫無防備地落入桌子與桌子間的地獄。從常識與「理所當然」，掉進「普通人」一無所悉的地方。

那是個陰暗、荒涼無邊、空氣凝滯得令人難以呼吸的恐怖世界。沒有色彩，也沒有希望，只有深不見底的虛無。

我試圖往上爬。

試圖從桌子之間的地獄、從深淵逃到陽光普照之處。
我在桌子之間滿地亂爬。
拚命抓住身邊的桌子，有時明明手肘以下已經撐到桌上了，卻還是止不住地往下沉淪。有幾次上半身已經成功坐到桌上，無奈黑暗的引力實在太強了，還以為能逃出生天，卻又不由分說地被拖下去。
爬到桌上，又沉下去。爬到桌上，再沉下去。我不斷地重複著徒勞的嘗試，有如看不到盡頭的修行。
終於成功逃離地獄！
啊，我爬上來了！我終於回到人間了。
我在桌上喘息，搖搖晃晃地站起來，調整姿勢，靜靜地開始奔跑。逐漸加快速度，揮舞手臂，宛若脫兔般頭也不回地往前跑。
痛苦的、沒完沒了的、人生的鐵人三項。再來是游泳，我拚命地游。為了不溺斃，為了活下去。使勁地用雙手撥開水面，用腳踢水，用盡全身力氣往前游。
停下來就是死。停滯是不對的，必須一直游下去。唉，再來是什麼項目呢？什麼？飛上天？真的要我進化為鳥嗎？
我拚命地拍動翅膀。
用盡所有力氣，好不容易擺脫重力這個沉重的枷鎖，離開陸地。
費盡九牛二虎之力，總算破空而起。時而乘風低空飛行，時而醜態百出地滑翔，離墜落只有一步之遙，但總算免於落地。

不可以，現在絕不能像伊卡洛斯[35]那樣在這裡墜落。我咬緊牙關，奮力一搏，擠出肺裡的空氣。

可惜力不從心。耳邊響起「啪」的一聲，我有如斷了線的傀儡，倒在桌上。

驚心動魄的沉默。

但，劫難尚未結束。誰也不肯放過我。我發現這次換成別的要求了。當野生動物習得人類的生活與規律，下個階段是什麼？

哦，這次是自省嗎？不能只有動？原來如此，還期待情緒、心動、感官嗎？這麼抽象的東西？對過日子沒有任何幫助吧？是嗎？既然如此，絕不能辜負各位的期待。

我一屁股坐在桌上，慢條斯理地伸出手臂。

沒錯，我知道。只要讓我稍微休息一下，給我一點觀察周遭的時間。

只要讓我想起四目相交那一瞬間的戰慄、初吻的顫抖、緊繃的頸項冒出那層薄汗的冷冽、肌膚交疊時的一體感，我就能用指尖、用後仰的頭，描繪給你們看。

冷不防，過去跳過的舞如殘像般在指尖甦醒。

這是青年女囚？不，是聖女貞德吧。是紫丁香花精，是阿爾博特，是小紅帽和莫里那。

是溫柔的瞬間，還是愛？又或者是慈悲或奉獻？

---

35 希臘神話中，與父親利用蠟及小鳥的羽毛製成翅膀，試圖逃離囚禁父子倆的小島，最後飛得太高，導致蠟做的翅膀在太陽下融化，從高處墜落而死。

這才是所謂的人性吧。我是否多多少少也進化了一點呢？

拋出去的問題還沒來得及聽到回答，激昂的齊奏再次逼我一躍而起。

來，前進吧。舞蹈吧。進入下一個階段。

身體就快要只剩下反射動作了。

來了，忘我的狀態。

我體內冷靜的部分如此確認著。

曾幾何時，有什麼東西一股腦兒往我身上集中。

集中在四周，彷彿將我團團包圍，以慢動作朝我撞過來。

明明籠罩在斯特拉溫斯基如此巨大的音量下，卻又靜得令人心驚。存在本身的寂靜，貼近我每一寸肌膚。

身體明明感覺已經放鬆下來了，意識卻異常清醒，緊張到近乎疼痛，這兩種互相拉扯的感覺十分奇妙。

我被填滿了，卻又空蕩蕩的。

全身儼然變成只剩一層皮的容器。

有什麼從我的中心迸發，無邊無際地擴散，同時感覺一切好像正一直線地往我身上集中。

這裡有的是什麼？既不是人類，也不是動物，只是某種生命體。能量。物理運動。狀態。現象。定律。法則。

存在，就只是存在。在空間裡占有一席之地。

已經不再是任何人，就只是化為舞蹈本身。連舞蹈的自覺都沒有，只剩下我這個人體的輪廓，任由能量穿過細胞膜，以電光石火的速度自由來去於內外之間（這就是完美的雙向互動嗎），名為我的意識，存在我體內，同時也分布在我外側的前後左右，遍及廣袤的世界。

不知不覺間，我張開雙腳，站著咆哮。舉起雙手，揮舞著、呼喚著、拉扯著，試圖讓什麼降落在我身上。

我現在是什麼表情？

是鬼神？是傀儡？抑或只是持續舞動的傻瓜？

《春之祭》會輪流展現出陷入迷幻狀態的顛狂，與安靜的冥想部分。

可以在冥想的部分調整呼吸，真是謝天謝地。話說回來，這種養著活祭品而不殺的時間分配實在太巧妙了，斯特拉溫斯基或長老們啊，你們真是太狡猾、太老奸巨猾、太有一套，我都快忍俊不住了。

沒錯，即使每天渾然忘我地往前衝，仍會不知不覺喪失一些什麼、放棄一些什麼、削去一些什麼。假裝沒看見那些痛苦、絕望與惆悵，熬過每個胸口揪緊的瞬間。對自己視而不見地奮力甩開那些對回不去的笑容、親吻的觸感、七零八落的情緒有所自覺，其實是撕心裂肺的苦痛。

然而，疼痛與焦躁都只是人生的一部分。宛如一層薄膜包住名為充實與成熟的果實，是人生收穫的一部分。

再撐一下。哎呀，到底是誰在鼓勵誰呀？

活祭品正以迅雷不及掩耳的速度持續進化。

必須快點站起來，開始狂奔，扮演好名實相符的活祭品才行。

黑子[36]現身。

迅速地穿過課桌之間，聚集在我跳舞的桌子周圍，然後以相同的力道、相同的速度，把周圍的八張桌子往中間推。

桌子四周黏著特殊的魔鬼氈，可以讓桌子緊緊地靠在一起。

九張桌子，我在更大的空間舞蹈。

空間繼續擴大。

黑子再次無聲地以相同的速度推來十六張桌子。

二十五張桌子以我為中心，聚集在我周圍，連成一片，變成一個更大的舞台。

裂縫消失了，憂愁與迷惘也消失了，再也沒有什麼東西能阻擋我。

我用上整個舞台，高高跳起、揮舞手臂、敲打地面、搥胸頓足、不停旋轉。跪下來懇求、嘲笑、哭喊、肆無忌憚地煽動身邊的人、教唆別人、惹人厭、被嫌棄、顛倒眾生。

我一點也不覺得累。累？我的字典裡才沒有這麼沒出息的字。

管弦樂團激昂的齊奏，和我的心跳與世界的節拍完全一致。我原地踏步，祈求似的在嘴巴前面交錯十指，配合節奏一次又一次地互相撞擊兩邊的手肘。

打擊樂器「咚、咚、咚、咚」地發出令人心神不寧的強烈節奏，敲響了我、敲響了舞台、敲響了世界。

哈哈哈，斯特拉溫斯基好酷啊。你寫的重音與休止符都落在最完美的位置！真是太迷人了！

我成為祭品。成為祈求。成為歡喜。

心臟就快停止跳動。心臟停止跳動的瞬間，我會變成別的東西。

我知道周圍是呼天搶地、熱狂、恍惚、陷入失神狀態的人，他們的臉、聲音、動作正圍繞著我。那些惡意，如今皆原封不動地變成陶醉與喜悅。看吶，支配這個空間的人是我，是身為活祭品的我。

痛快地高呼「活該」的心情，與隱隱作痛的憐憫——「你們永遠只會躲在安全地帶的話，就永遠也體會不到這種刺激的感覺」——融為一體，刺穿我的胸口。

就快了。

我雙膝跪下，宛如被惡靈附身地雙手搥打地面，然後把雙手伸向天空，重複以上的動作。

我仰望天空、趴伏在地、呼喚那個名字。那個令我心焦難耐、令我死命追求，甚至以為是憎恨的那個人的名字。

頭頂好像對什麼東西做出反應。

好像有什麼東西存在於高聳入雲的地方。

抬頭看，有一束光筆直地從遠方降下。

我伸出手，那顆不吉利又冷酷的球體降臨在指尖前方，朝四面八方射出銳利的光。

就快了。

穿著黑衣，負責舞台裝置的工作人員。

喜悅達到巔峰，我笑容滿面地抓住那顆球。
蘊含巨大能源的死星。從天而降的使者抓住我，緩緩上升。
儀式逐漸完成。我被獻祭，我如文字所示的升天。升向遙遠的光之中，升向遙遠天際的高度。
光線太刺眼了，令我睜不開眼。
我融化了，融化在光裡，無論是這個世界的形狀、意識，還是這整個世界，全都融入刺眼的白光裡，合而為一。
曾經存在的形狀，現在已經沒有了。都一樣。看得見，同時也看不見。我是一部分，也是全部。
被填滿的容器看起來空空如也。射出光線的黑暗。死裡的生。
全都一樣，眾生平等。
最後的聲音——落幕。

幕再次升起，我站在幾乎要掀翻屋頂的喝采與掌聲的舞台上。
除了如雷貫耳的安可聲外，還可以感受到陸續起身的觀眾撼動了整個劇場。
彷彿看見尚、稔舅舅、司老師、謝爾蓋、雙親、尤莉亞都在為我鼓掌。
聽見大家呼喚我的聲音。
春、小春、春同學、春先生、AL、HAL、HAL！

我可有讓世界為之戰慄？

關於這點，我目前還不確定。

不過，只有一件事是可以確定的。

為了迎接未來尚未謀面的許多季節，有生之年，只要我還有一口氣在，無論以什麼樣的形式，我都會繼續跳舞。

沒有不安。

因為我的名字有一萬個春天。

本作品為虛構。與現實生活中的人物、事件、團體、企業等沒有任何關係。

Eurasian Publishing Group
圓神出版事業機構
用心與你對話．視野無限寬廣
圓神出版社
Eurasian Press

www.booklife.com.tw reader@mail.eurasian.com.tw

小說緣廊 032

spring【故事之神恩田陸十年大作】

作　　者／恩田陸
譯　　者／緋華璃
插　　畫／林韋達
發 行 人／簡志忠
出 版 者／圓神出版社有限公司
地　　址／臺北市南京東路四段50號6樓之1
電　　話／（02）2579-6600．2579-8800．2570-3939
傳　　真／（02）2579-0338．2577-3220．2570-3636
副 社 長／陳秋月
副總編輯／李宛蓁
責任編輯／胡靜佳
校　　對／胡靜佳．李宛蓁
美術編輯／林雅錚
行銷企畫／陳禹伶．鄭曉薇
印務統籌／劉鳳剛．高榮祥
監　　印／高榮祥
排　　版／莊寶鈴
經 銷 商／叩應股份有限公司
郵撥帳號／18707239
法律顧問／圓神出版事業機構法律顧問　蕭雄淋律師
印　　刷／祥峯印刷廠
2025年5月　初版
2025年6月　4刷

定價 540 元　　ISBN 978-986-133-969-6　

我可有讓世界為之戰慄？
關於這點，我目前還不確定。
不過，只有一件事是可以確定的。
為了迎接未來尚未謀面的許多季節，有生之年，只要我還有一口氣在，無論以什麼樣的形式，我都會繼續跳舞。
沒有不安。
因為我的名字有一萬個春天。

——《spring》

國家圖書館出版品預行編目資料

spring / 恩田陸著；緋華璃譯. -- 初版. -- 臺北市：圓神出版社有限公司，2025.05
400 面；14.8×20.8公分（小說緣廊；32）

ISBN 978-986-133-969-6（平裝）

861.57 114002834